아버지가 울고 있었다

아버지가 울고 있었다

| 배철식 장편소설 |

존경하는 아버지 영전에

시시울

작가의 말

    대학교 1학년 소설분과에서 첫 단편소설을 창작했다. 합평 때 칭찬도 들었지만 선배들과 지도교수님께 처참하게 깨진 기억이 있다. 그 이후로 소설을 창작하지 못한 큰 이유는 조정래 작가의 '태백산맥' 때문이었다. 날을 세우며 소설 읽기를 여러 번, 소설이라면 적어도 '태백산맥' 정도는 되어야 한다고 생각했다.

    교사로, 가장으로, 자식으로 살며 그렇게 세월이 흘러갔다. 그런데 아버지가 돌아가시고 얼마 되지 않아 장 출혈로 응급실에 실려 가는 일이 생겼다. 그래서 처음으로 학교에 3개월간 병 휴직을 신청하고 몸과 마음을 추스르기 위해 보름간 혼자 무주 덕유산에 머물렀다. 그때 내가 가진 것은 노트북 하나와 책 몇 권, 그냥 무엇에 홀린 듯이 글을 써내려가기 시작했다. 덕유산에서 보름 동안 산책과 식사 그리고 명상 시간을 빼고는 자판에서 내 손이 떠나지 않았다. 온전히 나에게만 집중할 수 있었던 시간이었다. 아니다! 내가 아니라 오로지 돌아가신 아버지와의 아름다운 이별을 위해 전념한 시간이었다.

처음엔 책으로 출간하겠다는 생각이 전혀 없었기에 독자를 생각하며 글을 쓰지도 않았는데, 글이 어느 정도 채워질 무렵에는 아내, 아들과 딸, 그리고 누나들과 동생에게만이라도 보여줘야겠다는 생각이 들었다. 그런데 어쩌다 보니 출간으로 이어지게 되었다. 출간은 온전히 바름 선배의 몫이었다. 선배가 없었더라면 온전하게 이 책이 나오지 못했을 것이다. 언제나 잊지 않고 글을 쓰라고 잔소리했던 대학 동기 오연희 교수의 마음도 잊지 못할 것이다.

올려다보는 하늘엔 아버지가 계실까? 이 책을 아버지께 바친다. 병원에서 투병 중인 엄마에게도 꼭 읽어드리고 싶다.

2023년 4월

배철식

아버지가 울고 있었다

차례

작가의 말 _4

나그네 설움 _9

왼쪽 뺨 _20

구강의 추억 _40

아버지의 등 _76

눈물 _109

범람 _139

하얀 세상 _172

면회 _204

눈길 _228

아버지의 온도 _237

발문 _정바름 _254

프롤로그

점심을 먹고 급식실을 나오는데 1학년 여학생 몇몇이 밝게 인사를 건넸다.

"선생님, 안녕하세요?"
"응 그래, 너희들도 점심 맛있게 먹고……."

"선생님!"
이름도 기억하지 못하는 한 여학생이 나를 불렀다.

"선생님이 우리 아빠였음 좋겠어요."
"……."

하늘을 보았다.
문득 아버지가 생각났다.

아버지……

나그네 설움

점심 식사가 끝났다. 교무실로 향하려던 발걸음을 돌려 벚꽃 숲길로 향했다. 햇빛을 가린 나뭇잎들 사이로 바람이 멈추었다. 금요일, 대부분의 직장인들은 금요일 오후가 가장 좋다고 한다. 더러는 술 약속도 잡고, 취미활동에 집중하기도 하고, 주말을 맞는 설레임으로 오후를 솜털처럼 가볍게 보낸다.

'이번 주말에도 고향에 가야 하나?'

청주에 사는 동생이 간다고는 했지만 못내 개운치 않다. 늙으신 부모님을 찾아뵙는 것이 습관처럼 배어버린 나의 주말.

벚꽃나무를 지나면 잘 갖추어진 야외농구장이 있다. 이미 점심을 먹은 3학년 남학생들이 땀을 쏟아내며 경기를 즐기고 있다. 패스하고 슛을 던지는 학생들의 몸짓에서 역동적인 기운이 넘쳤다.

'그래 이번 주말에는 나도 고향행 대신 산책을 즐기고 탁구장에서 땀을 흠뻑 빼야지.'

나뭇잎 사이에 내려앉았던 바람이 코끝을 상큼하게 스쳐갔다.

그때 불현듯 전화벨이 울렸다. 전화기 너머 엄마의 다급한 목소리가 들려왔다.

"읍내 병원인데 별다른 치료를 못 해준다는구나. 아무래도 또 대전의 대학병원으로 가봐야겠다."

새삼스러울 것도 없었다. 아버지의 소화 기능이 현저하게 떨어진 것을 이미 알고 있었고, 더구나 전립선 비대증이 악화되어 병원 신세를 여러 번 졌기 때문이다.

"빨리 택시 불러!"

전화기를 타고 오는 아버지의 고통스런 고함 소리가 들렸다. 엄마는 가위에 눌린 듯 무거운 탄식을 뒤로하고 전화를 끊었다. 그러나 아직 남은 수업도 있었고 조퇴를 하기에는 급해 보이진 않았다. 더구나 대전에 누나 둘이 살고 있었으니까 누나들이 알아서 할 거라는 기대가 있었다.

퇴근할 무렵 누나에게 전화가 왔다.

"대학병원 응급실이야. 우리가 병원에 와 있으니까 너는 너무 걱정하지 말고 쉬어라. 내일 출근해야 하잖아."

나는 아버지의 유일한 아들이다. 4녀 1남의 외아들이기에 아들로서의 압박감은 누나들보다 훨씬 무거운 것이었다. 지난주에도 고향 집에 다녀왔기에 살짝 외면하고 싶은 마음도 있었지만, 갈등은 순간이었다. 누나에게 수업이 끝나면 바로 출발한다고 했다.

금요일 저녁, 병원에 도착했을 때 엄마와 둘째 누나는 응급실 대기실에 있었다. 응급실은 보호자가 한 명으로 제한되어 있어 셋째 누나가 아버지 곁에 있다고 했다. 엄마의 깊은 주름 속에서 그대로 피곤함을 읽어낼 수 있었다. 그래도 누나 둘과 아들이 오니 마음이 한결 놓였는지 엄마는 대기실 한 켠 의자에 눕다시피 하고 나를 맞았다. 어쩜 이렇게라도 아들딸을 볼 수 있다는 기쁨과, 오늘은 더 이상 아버지의 시중을 안 들어도 된다는 안도감이 교차하는 듯했다. 아버지의 상태를 묻고 잠깐 한숨을 돌리고 있는데 셋째 누나가 응급실에서 나왔다.
"언니야! 조금 힘드네. 나랑 교대 좀 부탁해."
쉬운 상황이 아니라는 것은 누나의 말소리와 표정에서 대충 짐작할 수 있었다.
얼마간의 정적이 흐르고 둘째 누나가 나왔다. 미세하게 눈가가 떨리고 말소리는 힘이 없어 보였지만 다급한 분위기였다. 아버지가 나를 찾는다고 했다. 두 누나의 굳은 목소리 그리고 어수선한 눈빛만으로 나는 충분히 겁을 먹었다.
응급실에서 아버지를 찾는 일은 어렵지 않았다. 한쪽 커튼 안에서 들려오는 절규가 응급실을 채우고도 남았다. 아버지는 속옷만 입고 하얀 침대에 누워 깊은 자물쇠로 닫은 것처럼 눈을 꼭 감고 있었다. 두 손으로 침대 난간을 붙잡고 이를 갈며 외치고 있었다.
"차라리 날 죽여줘! 죽여 달라고!"
아버지의 생식기에는 소변줄이 매달려 침대 밑 소변통으로 줄줄이 이어져 있었지만, 소변의 흐름은 볼 수 없었다. 아버지를 부르자 아버지는 부들부들 떨면서 아들의 존재를 확인하셨다. 순간 나는 돌덩이처럼 굳어져 버렸다. 아버지는 마치 유언을 남기듯 통장과 현금에 대해 얘기했다. 무슨 말씀인지 제대로 알아듣지 못했지만 우선은 무조건 알았다고 대답했다. 나는 그 작은 침대에서 지옥을 보았다. 그것은 커다랗게 또아리를 틀고 혀를 날름거리는 흡사 뱀과 같은 모습이었다.
아버지는 전립선 비대증이 갈수록 악화되어 심한 통증을 동반했다. 식사량도 많이 줄었고 그나마 겨우 죽을 드시는 정도였다. 움직임이 거의 없었던 아버지에게 심한 변비가 찾아온 것도 이미 알고 있었고 엄마가 고무장갑을 끼고 아버지의 대변을 파냈다는 이야기도 들었다.

아버지의 몸부림과 탄식이 극으로 치닫더니 대변이 속옷을 빠져나오기 시작했다. 속옷은 이미 흥건하게 젖었고 아버지의 둔부에서 허벅지로 흘러내린 변은 침대를 노랗게 적시기 시작했다. 아버지의 속옷을 벗기는 일이 내가 할 수 있는 일의 전부였다. 정신을 차리고 대변을 닦아낼 화장지를 찾으러 간 사이에 누나가 들어왔다. 아버지는 누렇게 변한 침대 위에서 알몸을 드러내고 있었다. 아버지의 알몸을 본 것은 딱 두 번뿐이었다. 초등학교 때 목욕탕에 한 번, 그리고 대전 이모부와 함께 유성에서 온천욕을 할 때가 전부였다.

84세의 알몸! 가까이에 있던 환자들은 고통을 호소하며 빨리 진료해주기를 고대하고 있었지만, 보호자들은 코를 막고 눈을 찌푸렸다. 나는 누나에게 두루마리 화장지를 던져주다시피 하고 병원 편의점으로 뛰었다. 성인용 기저귀와 물티슈가 필요했다. 편의점에서 돌아오는 길에 둘째 누나를 만났다. 언제 받았는지 아버지의 속옷을 빨러 화장실로 가고 있었다. 다행스럽게 엄마는 대기실 의자에서 쪽잠을 자고 계셨다.

아버지는 일주일 정도 보지 못했던 변을 다 쏟아냈다. 그래서 그런지 아버지의 표정은 편안해졌다. 그런데 이렇게 사람이 많은 공간에서 알몸으로 대소변을 보고 있다는 것은 얼마나 잔혹한 일인가? 아버지의 대변은 꽁꽁 매어놓은 실타래가 풀리듯 한동안 이어졌다.

한 시간의 사투가 지나자 밤 12시가 넘었다. 누나들이 아버지를 모시고 고향으로 간다고 했지만 하나밖에 없는 아들이라는 자존감을 내세워 내가 아버지를 모셔다 드리기로 했다.

아버지의 고향이자 내 고향이었다. 뒷좌석에 타신 엄마는 금세 잠으로 빠져 드셨다.

"밤길이니 천천히 운전해라."

아버지의 말투에 여유가 묻어났다. 룸미러를 보니 아버지는 차창 밖을 살펴보고 있었다. 잠깐의 정적이 흐르고 아버지의 말이 이어졌다.
"벌써 많이 왔구나. 내 나이에는 전립선이 안 좋은 남자들이 대부분이라더라."
"……."
달빛도 없고 차들도 보이지 않았지만 이 길은 아마 백 번도 훨씬 넘게 다닌 길이기에 감각적으로 방향을 읽었다. 이원면을 지나면 4킬로 정도 강을 따라 도는 길이 직선과 곡선을 반복하며 이어지고, 반대편 산 중턱으로 진분홍 복숭아밭이 강물과 나란히 하고 있다. 강기슭에 랜턴 불빛이 보였다. 다슬기를 잡으러 온 사람들이리라. 다슬기는 낮에는 주로 바닥에 깔려서 먹이를 찾고 밤이 되면 이끼가 낀 돌 위나 바위 위로 오른다. 그래서 밤엔 훨씬 쉽게 다슬기를 잡을 수 있기 때문이다.
"학교생활은 어렵지 않냐?"
"항상 비슷하지요."
나는 길게 말을 잇지 않았다. 대신 혹시 추울까 싶어 히터 버튼을 눌렀다.
"아범이 고생한다."
"고생은 무슨 고생이에요. 엄마가 아버지 뒷바라지하느라 너무 힘들지요."
살짝 코까지 골며 자던 엄마가 뒤척이며 눈을 떴다.
"집에 가서 밥 먹고 푹 자고 가거라."
"아뇨, 집에 모셔드리고 바로 돌아가야 해요. 토요일이지만 학생들과 요양원에 봉사활동 가기로 했어요."
"피곤해서 큰일 났구나."
"아버지, 이렇게는 너무 어려워요. 벌써 몇 번이에요! 아무래도 요양병원 알아봐야겠어요. 이러다 엄마까지 잘못되면……."

긴 침묵이 이어졌다.

얼마를 잤는지 모른다. 집으로 돌아온 시간이 대략 새벽 4시, 8시 30분쯤 일어났다. 갑자기 허기가 몰려왔다. 그러고 보니 어제 저녁을 먹지 못했다. 오후에 병원으로 출발해서 고향집까지 들렀다가 다시 집으로 돌아오기까지 저녁을 챙겨 먹을 겨를조차 없었던 것이다. 아내는 이미 식탁에 아침 식사를 차려 놓았다. 삶은 달걀 하나, 사과 반 쪽, 토마토 주스 한 잔, 그리고 손가락 크기의 가래떡 하나. 평소엔 꾸역꾸역 먹었던 아침을 오늘은 급하게 먹는다. 초여름 햇살이 슬금슬금 창문에 기대어 나랑 눈맞춤을 했다.

'저 안마의자를 팔든지 버리든지 해야지.'

4년쯤 된 안마의자가 눈에 거슬렸다. 언덕 위 아파트 10층에서 바라보는 바깥 풍경을 안마의자가 거반 가리고 있었기 때문이다. 홈쇼핑에서 충동적으로 구입한 것인데, 지금은 장식용도 되지 못하는 이 의자를 어떻게 처리할지 고민하고 있던 터였다. 그냥 버리자니 삼백만 원이 넘는 거금을 들인 것이어서 공짜로 주기에는 너무 아까웠다. 서울에 사는 친구에게 우리집 베란다 전망은 유일한 자랑거리였는데, 지금은 그 풍광을 죄다 가리고 있으니 어떻게든 처분해야겠다고 생각했다.

*

늦었다. 학생들과 봉사활동 가기로 한 10시가 되어가고 있었다. 나는 순수 자원봉사 활동을 원하는 학생들을 지원받았다. 학교에서 교육과정으로 편성한 단체 봉사활동이 10시간이어서 한 학년에 20시간의 봉사활동을 채워야 내신성적에 불이익이 없다. 봉사활동도 세 가지 유형으로 나뉜다. 꾸준하게 한 곳을 찾아가 몇 십 시간을 채우는 학생, 그리고 10시간을 억지로 때우는 학생, 이마저도 포기한 학생이다. 비율로 보면 20, 60, 20 정도쯤 된다. 담임교사는 학기 말, 특히 학년 말이 되면 봉사활동 내역을 출력하여 칠판에 붙여놓는다. 특별히 부족한 학생들은 따로 불러 다그치기 바쁘다. 교과성적도 좋지 않은데 감점까지 받으면 고등학교 진학에 어려움이 있다고 협박조로 말하곤 한다. 그런데 내부적으로 잘 들여다보면 봉사활동 10시간 정도를 채운 학생들도 문제 있는 경우가 훨씬 많다. 아빠 찬스, 엄마 찬스를 이용하여 확인서만 받아오는 경우가 제법 있기 때문이다.

    요양원에서 보내준 봉고차가 학교 현관 앞에 대기하고 있었다. 한 학생이 오지 않아 전화를 하니 집에서 지금 출발했단다. 십 분을 더 기다리기로 하고 교무실에 잠깐 들어와 미처 마시지 못한 커피 한 모금을 마셨다. 갑자기 가슴 한 곳을 누르고 있는 의무감이 돌기처럼 올랐다. 그래서 고향 집에 전화를 했다. 평소엔 엄마에게 전화해서 아버지의 상황도 엄마의 푸념도 듣곤 했는데, 오늘은 할 수 없이 아버지에게 전화를 했다. 아버지의 목소리가 차분하고 안정되어 있었다. 일단 짜증이 섞여 있지 않아서 마음이 편했다.
    '또 열흘은 버티시려나. 엄마의 수발이 그나마 여유롭겠지.'
    아버지는 훈련소에 입대한 손자의 안부까지 물어보셨다.
    "걱정하지 마시고 아버지 건강 관리 잘하세요. 그리고 제발 엄마에게 심한 말 하지 마시구요."
    기다리던 학생이 도착했는지 아이들이 손짓을 했다.
    요양원은 학교에서 차로 25분 정도, 폐교된 초등학교 건물이었는데 요양원으로 용도를 바꾼 시설이다. 정문으로 들어서면 수령이 족히 백년은 훨씬 넘었을 오래된 느티나무가 세월의 무게를 감당하며 버티고 있다.

봉사활동의 일정은 대충 정해져 있다. 한 시간 정도는 주로 청소를 한다. 화장실, 현관, 복도 등이 우리의 몫이다. 요양보호사들이 근무하지만 구석구석 그들의 손길이 미치지 않는 곳을 청소한다.

청소를 마치면 할머니 할아버지들이 계시는 방으로 이동한다. 교실 한 칸 크기라 규모가 낯설지는 않다. 의자가 20개 정도 놓여 있고 열댓 분의 할머니들이 앉아 있다. 칠판의 대형 화면에는 누구나 익숙할 법한 트로트에 맞추어 체조 동영상이 신나게 흐른다. 그러나 조금이라도 따라하시는 분은 겨우 두세 명이다. 초점을 잃은 채 멍하니 동영상만 바라보시거나, 꾸벅꾸벅 졸거나, 아예 화면을 보지 않고 유리창 너머의 바깥을 보시거나, 각각의 시선들이 흐트러져 있다.

몇 년 전 이곳에 처음 왔을 때 나는 소박하지만 경쾌한 율동을 기대했다. 내가 앞에서 이끌면 될 거라고 생각했다. 나는 흥이 많았고, 멍석은 못 깔지만 깔아놓은 멍석에서는 누구보다 신나게 그 자리의 주인공이 되거나 인상 뚜렷한 조연을 맡곤 했었다. 따라서 요양원에서도 노인분들의 어깨춤을 이끌어 낼 수 있으리라는 믿음이 있었다. 그런데 예상은 보기 좋게 빗나갔다. 내가 동영상의 젊은 총각보다 더 큰 동작으로 따라 하고, 때론 박수도 요란하게 치며 할머니에게 다가가 손을 잡고 흔들어도 커다란 변화가 보이지 않았다. 그 이유 중 하나는 거의 모든 할머니들이 엄마처럼 신경안정제를 복용했을 거라는 추측이 가능했다. 아직 강한 수면력을 가진 신경안정제의 여운이 할머니들의 육체를 지배하고 있는 것이다.

봉사활동의 마지막은 할머니들을 휠체어에 태우고 야외 산책을 나가는 것이다. 요양보호사들이 가장 원하는 시간이었다. 거동이 불편한 분들이라 함께 휠체어로 산책하기에는 요양보호사 수가 부족했고 체력마저 뒷받침해 주지 못하는 탓이었다. 꽃구경도 하고 한창 자라는 농작물을 따라 걸으면 할머니들의 기분이 한껏 좋아졌다. 소복하게 다가오는 바람, 잔잔하지만 넉넉한 햇살, 열린 조각하늘에 걸친 짙푸른 나뭇잎, 일찍 여문 고추며 애호박까지 할머니들의 눈요깃거리가 넘쳐났다. 30분 정도 걸으며 한 바퀴를 돌면 모두 느티나무 아래로 모여 노래자랑 시간을 가졌다. 휠체어에 탄 할머니들이 느티나무 아래에 옹기종기 모여 있고 그 뒤로는 요양보호사들이 박수칠 준비를 마쳤다.

처음 요양원으로 봉사활동을 왔을 때는 시행착오를 겪었다. 학생들에게 노래를 주문하니 이 시대의 아이콘인 아이유의 '너의 의미'를 부르는 게 아닌가? 낯선 선곡에 할머니들은 박자에 맞지 않은 박수를 치다 말다를 반복했지만 반응은 매우 미미했다. 눈치를 주었어도 별반 다를 게 없었다. 다음 선곡은 윤도현의 '나는 나비'였다. 손녀 같은 학생들을 바라보는 것 자체가 기쁨이긴 했지만, 여전히 할머니들의 반응을 제대로 이끌어 낼 수는 없었다. 결국 내가 출격했다. '오늘도 걷는다마는 정처 없는 이 발길'로 시작하는 '나그네 설움', 이 노래는 아버지의 애창곡이었다. 나그네 설움에 이어서 엄마의 최애곡인 이미자의 '동백 아가씨'를 부를 때쯤이면 드디어 할머니들이 반응을 보이신다. 계속해서 국민노래인 '남행 열차'와 '아파트'가 이어지면 할머니들이 살짝 어깨춤을 추고 같이 부르시기도 한다. 한바탕 요란스럽게 노래를 부르고 나면 우린 다음을 기약하며 요양원을 떠났다.

*

나는 아버지 앞에서 한 번도 '나그네 설움'을 불러본 적이 없었다. 그 노래를 처음 들었던 기억은 아버지의 환갑잔치였다. 그전까지 동네 어른들의 환갑잔치에는 축의금을 주고받는 것이 당연하게 여겨졌다. 그러나 아버지는 결혼식도 장례식도 아닌 환갑연에 축의금을 받는 것은 시대에 뒤떨어진 생각이라고 단정지었다. 그래서 축의금을 받지 않는다고 마을 방송으로 공지하셨고, 관광버스까지 빌려 동네 분들을 읍내 뷔페로 편하게 모셨다. 우산을 준비하여 하객들에게 하나씩 주는 것도 잊지 않았다. 술잔이 오가고 축하와 덕담이 뷔페를 허공으로 띄울 무렵, 드디어 아버지의 노래 '나그네 설움'을 들을 수 있었다. 노래를 부르는 아버지의 얼굴에는 얼큰한 술냄새와 잘 어우러진 묘한 만족감이 거나하게 묻어났다. '나그네 설움'의 가사가 얼마나 애잔한지는 나중에야 알았다.

　새벽에 전화를 받았다. 엄마가 갑자기 2차 뇌졸중으로 쓰러지셨고 손쓸 틈 없이 돌아가셨다고 누나가 꺼이꺼이 울었다. '아버지가 아니고 엄마가?' 전혀 상상도 해보지 못한 일이 일어났다. 마치 준비라도 하고 저장했던 것처럼 눈물이 솟구쳐 흘렀다. '아, 엄마! 엄마!' 병세가 악화되고 있던 아버지에게만 온갖 신경이 곤두서 있었지, 뇌졸중 1차 치료 후 불편한 몸으로 아버지의 병간호를 책임진 엄마를 위해 해드린 것이 없었다. 빨리 고향으로 가서 엄마를 봐야 하는데, 발이 떨어지지 않았다. 터진 울음은 통곡으로 이어졌다.
　그때 아내가 나를 흔들어 깨웠다. 나쁜 꿈을 꾸었구나. 꿈이라니 얼마나 다행스런 일인가! 눈물이 흘러내려 베게 속을 적시고 있었다. 나는 조용히 방문을 열고 나왔다. 빨리 이 슬픈 꿈에서 벗어나야 했다.
　새벽 4시 10분, 소파에 기대어 앉았으나 눈물이 멈추지 않았다. 담배와 라이터를 들고 아파트 현관문을 열고 1층으로 갔다. 흡연 가능한 공간을 찾아 담배를 한 개피 꺼내 물었다. 초여름 새벽, 배수로 곳곳에서 울려 퍼지는 맹꽁이 울음소리가 정적을 깨고 아파트의 새벽을 깨웠다. 시골 아파트 배수구 여기저기에서 암컷들을 유인하기 위해 울어대는 수컷 맹꽁이가 서식하고 있었다. 어느 주민은 맹꽁이 소리 때문에 숙면이 어려우니 어떻게든 처리해 달라고 군청에 민원까지 넣었는데, 돌아온 답은 2급 멸종 생물이라 인위적으로 어떻게 할 수 없다는 답변을 받았다는 이야기를 들었었다. 그런데 오늘은 정말 다행스러웠다. 그 맹꽁이 소리를 앞세워 나도 그만큼 소리 내어 울 수 있었다. 여명이 밝아오고 있었다. 엄마의 목소리가 사무치게 듣고 싶었다.

이른 아침에 엄마에게 전화를 드렸다. 평소 같으면 아버지의 안부부터 여쭈었을 것인데 엄마 상태를 먼저 확인했다. 어머니는 여전히 지친 목소리였다. 그래도 아버지가 조금 기운을 차리시고 짜증을 덜 내신다고 했다. 여전히 소변줄은 끼고 계시지만 죽도 반 그릇을 넘게 드셨다고 했다. 그래서 조금은 살 것 같다고 하셨다. 아버지의 몸 상태가 곧 엄마의 일상생활 리듬이 되어버렸다. 엄마도 잘 챙겨 드시고 아버지가 짜증 내거나 혹시 욕을 하시면 집에서 나가 차라리 쉬고 오라고 했다.

왼쪽 뺨

정민이 아버지

캡슐로 내린 커피 한 잔을 들고 학교로 향했다. 내가 근무하는 곳은 3학년 교무실, 3학년 교무실만 학생들 교실과 함께 쓰는 2층에 있다. 주교무실과 떨어져 있는 것이 유일한 장점인 곳이다. 그간 조금 미뤄두었던 학생들의 생활기록부를 점검하고 입력이 필요한 곳에 기록을 해야 했다. 학년 말보다는 덜하지만 학기 말에도 동아리 활동, 봉사활동, 행동특성 및 종합의견, 독서상황, 창의적 체험활동, 진로활동, 과목별 세부 특기사항 등 확인하고 기록해야 할 사항들이 많다. 컴퓨터를 켜고 조금 식은 커피잔을 들고 창밖을 보았다. 짙은 녹색의 느티나무 잎이 창가에 매달려 있다. 참 상큼하다.

느티나무 가지와 창 사이로 거미줄이 원을 그리고 있다. 매달린 거미 한 마리, 그리고 먹잇감이 되지 못하는 나뭇잎 하나, 거미줄 사이로 햇살이 들어왔다. 환기를 시키려 잠깐 문을 열자 거미가 그 소리에 본능적으로 놀라 느티나무 가지 위로 도망쳐 오른다. 햇살이 뜨거워지는 휴일 오전, 운동장엔 아무도 없다. 돌아서서 의자에 앉으려는데 사람이 보였다. 강아지가 그 여자의 뒤를 따르고 있었다. 웰시코기이다. 막내동생과 함께 살고 있는 반려견이라 쉽게 알 수 있었다. 비교적 다리가 짧지만 귀여운 구석이 많은 녀석이다. 강아지는 여기저기 기웃거리느라 짧은 벚꽃나무 터널에서 한창 바쁘다. 화단으로 향하며 냄새도 맡고 자기 영역을 표시하기 위해 뒷다리 한 쪽을 든 채로 소변을 본다. 이번엔 대변을 본다. 챙이 넓은 모자를 쓴 젊은 여자가 비닐장갑을 끼고 대변을 봉지에 주워 담는다. 상식을 갖추고 있는 주인이라 다행이다. 산책만 시키고 반려견의 대변을 방치하는 주인들을 많이 보았으니까. 다시 의자에 앉으려고 고개를 돌리려다 운동장 한구석에 있는 학생을 보았다. 정민이였다.

정민이는 지난 금요일 아파서 등교하지 않았다. 생리통이라고 했다. 한 달에 한 번 출석 인정 결석으로 처리할 수 있는 생리통은 악용의 여지가 있었으나 정민이 어머님이 1교시 시작하기 직전에 전화를 주셨다. 정민이는 햇빛을 온전히 몸으로 맞으며 터벅터벅 운동장을 걷고 있었다. 아주 천천히, 그리고 뚫어져라 땅만 바라보았다. 원래 말을 많이 하지 않던 아이이긴 하지만 최근 몇 주는 도통 말이 없고 침울해 보였다. 그렇지 않아도 틈을 내어 상담 시간을 가지려 했던 참이었다.

'날도 더운데 저러다 가려나?'

창문을 닫고 에어컨을 켰다. 그리고 반 학생들이 제출한 독서활동 기록지를 번호별로 정리했다. 그렇게 다그쳤건만 다섯 명의 학생들의 기록지가 없다. 이번엔 1, 2학년 독서상황 기록과 비교해 보았다. 도 교육청 생활기록부 관리 규정에 따르면 학년이 다를 때 같은 책을 독서상황란에 기록하면 안 된다고 명시되어 있었다. 그런데 2학년 때 기록된 '아몬드'란 책을 또 써낸 녀석이 있었다. 충분히 예견된 일이라 짜증이 날 정도는 아니었다. 우선 학생들의 명렬표를 꺼내 제출하지 않았거나 중복으로 기입한 학생들 번호 옆에 메모를 했다. 월요일 아침 조례시간에 확인시켜 주고 다시 잔소리를 해야 한다.

한 시간이나 지났을까? 이제 조금 서늘해진 커피잔을 들고 창가로 갔다. 미세먼지가 없는 날이라 파란 하늘을 볼 수 있었다. 에어컨 바람으로 시원해진 탓인지 교무실에서 바라본 하늘은 청량하고 시원해 보이기까지 했다. 그런데 아직도 벚꽃나무 의자에 정민이가 마네킹처럼 앉아 있었다.

"정민아!"

큰 소리로 불렀으나 미동조차 없었다. 조금 멀어서 그런가 싶어 이번엔 더 크게 불렀다. 그러자 정민이가 고개를 들고 쳐다보았다. 아직 나를 보지 못한 것 같아 다시 한 번 크게 불렀다.

"선생님 3학년 교무실에 있어. 잠깐 교무실로 올래?"

그러나 내키지 않은 표정이었다.

정민이는 상담 테이블에 앉아서도 고개는 자꾸 아래로만 향했다.

"아팠다며, 지금은 좋아졌어?"

정민이는 아주 미세하게 고개만 끄덕였다.

"무슨 일 있어? 네가 말수가 적긴 하지만 요즘은 도통 친구들과도 어울리지 않는 것 같고, 수업 시간에도 멍하니 칠판만 바라보고, 점심도 거르는 것 같던데……."

분명 무슨 일이 있을 것이다. 정민이는 가까운 아파트에 살고 있었고, 고등학교에 재학 중인 언니가 있었다. 아빠는 군청 공무원, 엄마는 전업주부였는데 가정적으로는 별문제가 없는 학생이었다. 성적도 적당한 상위권, 3학년 현재까지 전혀 말썽을 피운 흔적도 없었다. 우리 학교는 한 학년에 세 반밖에 되지 않아 학생도 많지 않았고 더구나 사립이라 이미 학생들의 기본적인 정보를 알고 있는 경우가 많았다. 정민이와 나 사이에 잠시 정적이 흘렀다. 일요일의 텅 빈 학교, 점심시간이 다 되어가는 시간, 나는 너무 재촉하면 정민이의 마음이 쉽게 열리지 않는다는 것을 알고 있었다. 냉장고에서 오렌지 주스 하나를 꺼내 정민이 앞에 놓았다. 그러나 뚜껑도 열지 않았다.

"그래, 말하기 힘든 무언가가 있구나. 선생님이 기다릴게. 굳이 말하기 싫으면 안 해도 돼."

나는 다시 책상에 앉아 생활기록부를 점검했다. 하지만 머릿속에는 온갖 추측이 난무하며 일에 집중되기 어려워 괜한 자판기만 두드리고 있었다. '학교 폭력, 왕따, 가정폭력, 성적 문제, 혹시 이성 친구, 아님 성추행?' 꼬리를 물며 여러 추측들이 내 머리에 또아리를 틀었다. 그렇게 이십 분 정도 지났을까? 정민이가 드디어 입을 열었다.

"쌤, 저는 사랑을 할 수 없는 사람이에요."

목소리는 작았지만 책상을 타고 넘어오는 소리는 또박또박했다. 나는 서두르지 않고 천천히 상담 의자로 다시 향했다. 정민이는 보통의 친구들과 조금 다른 면이 있었다. 머리카락은 항상 매우 짧은 숏커트였고, 교복 하의는 늘 바지였다. 다른 여학생들은 치마를 선호하는 편이다. 혹시 편한 바지가 있더라도 아주 가끔은 치마를 입고 오는 경우가 많았다. 그런데 정민이가 치마 입은 것을 나는 한 번도 보지 못했다.

"그게 무슨 말이야? 정민이가 사랑을 할 수 없다니, 누굴 사랑할 수 없다는 거지? 부모님, 아니면 친구, 그것도 아니면 남자 친구?"

"선생님도 비슷하네요. 사랑의 범주가⋯⋯."

쌤에서 선생님으로 호칭이 바뀌었다. 시계바늘 돌아가는 소리가 들릴 만큼 고요했기 때문에 겨우 알아들을 수 있었다. 탁자 위로 정민이의 눈물방울이 쏟아져 내린다. 툭툭툭 처마 끝에서 비가 내리듯 탁자의 나리꽃 그림 위로 떨어졌다. 나는 티슈통에서 손에 잡히는 대로 휴지를 뽑아 건네주었다. 정민이는 안경까지 눈물로 얼룩져 있었다. 나는 잠시 아무 말도 않고 정민이의 다음 말을 기다렸다. 살짝 고개를 들어 눈물을 닦는 정민이의 왼쪽 뺨에 시퍼런 멍이 들어 있었다.

"누구에게 맞았구나. 너를 이렇게 심하게 때린 사람이 누구니? 그래서 너 금요일 날 학교에 오지 않았구나."

"아빠요……."

순간 나는 깜짝 놀랐다. 지난 3월 말 상담 기간에 정민이의 아빠 엄마가 다녀갔었다. 그들에게서 상담 내내 상대방을 배려하는 자세를 역력히 읽어낼 수 있었다. 그래서 매우 차분하고 교양 있는 분들이라 생각했었다. 이십 년간 담임을 맡으며 많은 학부모님과 이런저런 이유로 만나서 이야기하거나 전화 통화를 하는 시간을 가졌지만, 정민이 아버님은 그 중 분명 예의 바르고 상식이 통하는 분이었다. 그런 아빠가 딸의 뺨까지 때리다니.

"엄마 아빠가 성당에 다녀서 저도 초등학교 때 베로니카라는 세례명을 받았어요."

"그런데 성당이나 신앙에 무슨 문제가 있었어?"

"아니요. 제 마음이 너무 힘들어서 학원 갔다 오다가 가끔 성당에 들러 성모상 앞에서 울면서 기도했어요. 제 몸을 바꿔 달라고. 중 1때부터 정말 힘들 때마다 했으니까 스무 번도 넘게 기도했어요."

정민이는 눈물을 뚝뚝 흘리며 이어갔다.

"늦은 시간에는 성당에 사람이 없거든요. 마음대로 울 수도 있고, 그것보다는 내 기도가 더 간절했어요!"

몸을 바꿔 달라는 말이 무슨 뜻일까. 아무리 생각해도 도무지 알아들을 수 없었다.

"몸을 바꾼다는 말이 어떤 뜻이지? 혹시 성적 취향이 다른 사람?"

나도 모르게 꺼낸 말이었으나 아차 싶었다. 사실이든 아니든 이건 내가 감당하기 어려운 내용이었다.

"네."

그런데 설마 했던 우려는 현실로 다가왔다. 나는 심호흡을 하고 최대한 냉정을 잃지 않으며 대화를 이어갔다.

"언제부터 네가 그런 사람인 걸 알았지?"

"초등학교 6학년 때요. 그런데 선생님도 저를 이해하지 못하겠죠. 다른 사람들에게 이야기를 전할 수도 있구요. 아무래도 상관없어요. 전 이미 살고 싶지 않으니까."

정민이의 흐느낌은 커져 갔고 어깨까지 크게 요동치고 있었다. 나는 커피 한 모금을 마시고 심호흡을 하며 긴장의 끈을 풀려고 노력했다. 그리고는 출입문을 확인했다. 잠시 복도에 나가 혹시 누가 있는지 살피며 복도 끝을 보았다. 훅 더위만 밀려들었을 뿐 정적만이 휴일 한낮의 복도를 휘감았다. 문을 닫고 다시 의자로 향했다.

"초등학교 6학년 담임선생님을 좋아했어요. 분홍색 블라우스가 너무 예쁜 선생님! 좋다는 말과 사랑한다는 말을 저에게 구분 지어 말하라면 저는 선생님을 사랑했다고 하는 것이 맞을 거예요. 학교가 끝나면 우연인 척하면서 선생님이 퇴근할 때까지 주차장에서 기다렸어요. 만나면 가슴이 얼마나 뛰던지 김영란법 때문에 아무것도 줄 수 없는 것이 안타까웠어요. 그리고 제 마음을 들키면 안 되니까 정말 열심히 공부도 했어요. 칭찬받으려고요."

정민이는 봇물처럼 자신의 속내를 털어놓기 시작했다.

"매일 가장 일찍 등교해서 교실 창문도 열고 청소도 했어요. 그걸 아신 선생님은 저를 항상 예뻐해 주셨어요. 집에서는 제대로 청소를 해 본 적이 없는데……. 졸업하는 날 얼마나 울었는지, 친구들과 가족들은 졸업을 아쉬워해서 그러는 줄 알았는데 사실은 선생님을 매일 볼 수 없다는 것이 슬펐어요."

"여자가 보기에도 멋지고 예쁜 여자가 있을 거야. 그 선생님이 정말 예쁘고 정성껏 가르치시는 모습에 그런 마음이 들었던 건 아닐까?"

나는 이미 답을 알고 있으면서도 뭔가 확신을 하기 위해서 내키지 않는 질문을 던졌다.

"저도 그러길 바랬어요. 그런데 도저히 되지 않는 거예요. 중학교 3학년, 선생님을 마음속에서 보낸 지 얼마 되지 않아 다시 사랑이 찾아왔어요. 2학년 노을이 아시죠? 후배를 좋아하게 될 줄은. 하지만 자꾸 제 마음이 움직여요. 등교 시간도 일부러 맞추구요. 점심시간에도 노을이를 만나요."

"노을이면 버스킹 동아리에서 보컬을 담당하는 학생 말하는 거지?"

"네, 그래서 저도 일부러 그 동아리에 가입해서 점심시간마다 동아리실에 가고 있어요. 노을이를 생각해도 두근거리고, 저도 어쩔 수가 없어요. 노을이의 노래를 듣는 시간이 세상에서 가장 행복해요."

"정말 많이 힘들었겠구나."

정민이는 더 이상 말을 잇지 않았다. 벌써 한 시를 넘기고 있었다.

"그런데 아빠는 왜 너의 뺨을 때린 거야?"

화제를 돌렸다. 정민이는 나를 쳐다보지 않고 창밖 하늘만 바라보았다. 거미가 드디어 줄에 걸린 날벌레를 잡았다. 한 끼 배를 채우기에는 충분하리라.

"혼자 버텨내기가 힘들어서 언니에게 마음을 열었어요. 충분히 이해해줄 거라 바라진 않았지만, 그래도 가장 편한 사람이라 최소한 비밀은 지켜줄 것 같아서요."

화장지로 눈물을 훔쳐내는 정민이의 손가락이 미세하게 떨렸다.

"불행하게도 그 비밀을 언니 혼자 간직하기에는 너무 힘들었나 봐요. 엄마 아빠에게 전달되었고, 아빠랑 말다툼 끝에 처음으로 아빠에게 맞았어요."

"그건 네 잘못이 아니야, 일부러 그렇게 된 건 아니잖아?"

"……."

1학기 수행평가로 토론을 선택했었다. 채점하기 어려운 단점이 있지만 학생들에게 기준을 정확하게 명시했고, 최대한 공정성을 확보하기 위해 교사만 채점에 참가하는 것이 아니라 토론을 지켜본 학생들도 같이 참여하는 시스템을 만들었다. 토론주제도 학생들이 선정할 수 있도록 했고 중학교 3학년에서 토론 가능한 주제를 모아볼 것을 주문했다. '교복 착용', '스마트폰 걷기', '군 가산점 제도', '촉법 소년', '동성결혼 합법', '방탄소년단 군복무' 등이 주제로 뽑혀 토론을 했었다.

'동성결혼 합법'과 관련해서도 치열한 공방이 이어졌다. 정민이는 찬성 편에 서서 평소와 다르게 매우 주체적으로 자신의 주장을 내세웠다. 반대편에서는 문란한 성 문화, 저출산 문제, 에이즈 확산, 자녀를 입양할 경우 전통적 부모의 역할, 심지어는 수간까지. 그리고 신앙심이 깊은 학생들은 하느님의 섭리를 근거로 들며 동성결혼 합법화를 반대했다. 반대편 논리는 주로 정민이의 몫이었다. 동성애가 선택이 아니라는 점, 그들의 자유로운 사랑을 존중해야 한다는 점, 결혼을 하고도 법으로 인정받지 못하고 모든 의료보험 등 모든 권익으로부터 소외된다는 점, 또한 결코 이성애자나 신자들에게 해를 끼치지 않는다는 점, 개방화된 서구사회와 그리고 아시아에서도 대만이 동성결혼 합법화를 만들었다는 점 등을 열거했던 것으로 기억된다. 정민이는 상기된 표정으로 긴장선을 넘나들었지만 단호하게 자신의 주장을 펼쳤다.

"부모님도 너를 이해하기 위해서는 아직 시간이 필요할 거야. 선생님이라도 매우 충격적으로 받아들였을 것 같아."

"저도 처음부터 완전한 이해를 바라는 것은 아니었어요. 그냥 들어만 주셨어도 됐는데, 어떻게 뺨을 때려요?"

"정말 많이 힘들었겠구나. 하지만 정민아, 너는 잘못한 것이 없어."

나는 정민이의 어깨를 토닥여주었다.

*

아버지도 엄마의 뺨을 때린 적이 있었다. 초등학교 4학년 초여름이었다. 그날은 유난히 손님이 많았다. 외할아버지가 한 시간 이상을 걸어 우리 집에 오셨다. 외손자들 주려고 몇 봉지의 카스테라를 사 오셨다. 인자하신 할아버지의 말씀도 좋았지만, 달콤하게 혀를 타고 사르르 넘어가는 카스테라의 맛을 알고 있었다. 아들을 두지 못해 대신 외삼촌을 양자로 들인 외할아버지는 하나밖에 없는 외손자를 아끼셨다. 두 번째 손님들은 면사무소 직원들이었다. 우리 동네를 담당하는 직원은 한 명이었지만 점심시간만 되면 인근 동네를 담당하는 직원들이 우리 집으로 모여 점심을 먹었다. 아버지는 공무원들과의 관계 속에서 자신의 존재감을 확인하고 싶었으리라.

마당에 닭이 열 마리 정도 있었다. 알을 낳지 않는 수컷은 백숙 감으로 딱 좋았다. 아버지는 아침에 엄마에게 명령하듯이 말했다. 가장 큰 수컷 두 마리를 오늘 점심으로 대접하라고.

나는 외할아버지와 마루에 걸터앉아 있었다. 술까지 몇 잔 곁들인 직원들이 맛있게 먹었다는 의례적 인사를 남기고 자전거를 타고 떠났다. 닭들은 주로 뒤안에서 놀았다. 벌레를 쪼아 먹고 가끔은 흙도, 그리고 풀도 뜯어 먹는 것을 보았다. 암탉들은 비정기적으로 달걀을 낳았다. 대숲 사이에서 낳는 경우가 많았지만, 때론 예상치 못한 곳에서 알을 발견하기도 했다. 따뜻한 알을 먹는 것은 일상처럼 되었다. 닭이 알을 낳으면 엄마는 살짝 꺼내와 이빨로 양쪽 모서리를 깨서 나의 입에 물렸다. 처음에는 정말 비리고 맛이 없어서 먹기 싫은 약을 먹듯 의무처럼 먹었다. 물론 아버지도 예외는 아니었다. 엄마는 가장 큰 달걀을 아버지의 것으로 부엌에 정성스레 놓아두곤 했다. 닭은 어릴 때 암수를 구별하기 힘들다. 어느 정도 중닭이 되어야지만 성을 구별할 수 있다. 알을 낳지 못하는 수탉은 여름에 백숙으로 손님상에 올라가곤 했다.

아버지가 손님 배웅을 마치고 대문 안으로 들어왔을 때 하필 뒤뜰에서 놀던 닭들이 앞마당으로 몰려나왔다. 그런데 아버지가 찍어두었던 수탉이 그대로 있었던 것이다.

"이봐!"

아버지의 목소리가 마당을 쩌렁쩌렁 울렸다. 닭들도 놀라서 파닥거리며 뒤뜰로 총총 자취를 감추었다. 안방에 차려 있던 음식상을 치우느라 바빴던 엄마도 깜짝 놀라며 마당으로 나왔다. 외할아버지의 무릎에 앉아 카스테라를 먹던 나는 삼키지를 못했고 잠시 숨이 멎었다. 그런데 외할아버지가 보는 앞에서 아버지는 엄마의 뺨을 때렸다.

"내가 가장 큰 수탉 잡으라고 했지!"

엄마는 잠시 정신을 잃었다. 시간이 멈추었다. 내 입속에 그렇게 맛있는 카스테라가 있다는 것을 잊고 있었다. 외할아버지가 조용히 나를 마루에 내려 앉히고는 대문을 향해 걸어 나가셨다. 오신 지 한 시간도 되지 않았는데 점심 한 끼 드시지 않고 뜨거운 뙤약볕 아래로 대문을 나서는 할아버지의 어깨가 어린 눈에도 무척이나 슬퍼 보였다. 나는 그 기억을 잊지 못한다. 배려와 예의가 하나도 없고 무식하기 짝이 없는 아버지!

뺨을 때린다는 것은 상대방에게 최고의 상실감과 공포를 주는 행위이다. 물론 다른 사람이 보는 앞에서 그런 일을 당한다면 자존감마저 곤두

박질친다. 더욱이 가장 사랑하는 사람들이 보는 앞에서 남편에게 뺨을 맞은 엄마의 마음을 다 알 수는 없었다. 그 뒤로 외할아버지는 돌아가실 때까지 우리 집에 오지 않으셨고, 나는 더 이상 카스테라를 입에 대지 않았다. 어른이 된 후에 엄마에게 조심스럽게 그때 상황을 여쭌 적이 있다. 왜 가장 실한 수탉을 잡지 않아서 그 사달이 났는지를. 나중에야 알게 되었지만, 그 수탉은 아버지와 나를 위해 엄마가 훨씬 전부터 찍어두었던 것이었다.

*

정민이와 늦은 점심을 먹었다. 생활기록부 점검은 다음으로 미루었다. 막국수 집을 오가는 차 안에서, 그리고 음식을 먹으면서 나는 대충 같은 이야기를 반복했다. '선생님은 너를 어느 정도 이해할 수 있어.' 그리고 '성 정체성에 관한 것은 너의 잘못이 아니야. 사회적 인식도 서서히 바뀔 거야, 조금만 참고 기다리자.' 이런 내용들이었다.

나는 이미 성 소수자에 대한 논쟁을 크게 한 적이 있었다. 한국어를 전공하여 석사학위를 취득하러 한국에 온 태국 여성과 내 친구가 결혼을 했다. 조교로 근무하며 연애까지 이어져 박사과정을 밟고 있던 친구는 결국 태국으로 떠났다. 그는 나의 가장 소중한 친구였기에 태국행을 막으려 노력했지만 그의 사랑 앞에서 내 설득은 허무하게 끝났다. 그 친구는 태국어를 할 줄 몰랐다. 경제활동을 고민한 끝에 그의 여자친구가 한국 붕어빵이 참 맛있다는 소리를 듣고 나와 함께 중고 빵틀 가게를 갔었다. 태국 촌부리에서 붕어빵을 팔아 기본 경제활동을 시작한다고 했다. 그러나 보기 좋게 참패했고, 방콕에 있는 외국인 학교 교사를 거쳐 지금은 촌부리에 있는 국립대학 한국어과에서 원어민 교수로 근무하고 있다.

그는 나보다 더 보수적인 생각을 가졌던 친구였다. 그 친구가 주로 한국에 왔지만, 거의 매년 한 번은 내가 그 친구를 만나러 태국에 갔었다. 어느 핸가 방센 해변에서 맥주 한 캔을 마시며 나는 친구에게 예민한 이야기를 꺼냈었다. 발단은 오후에 받았던 마사지에서 시작되었다. 친구는 나에게 확연히 남성으로 보이지만 긴 파마머리에 빨간 립스틱이 진한 사람에게 안내하였고, 정작 본인은 사십대로 보이는 여성에게 몸을 맡겼다. 역삼각형 구도의 얼굴과 내 팔뚝보다 훨씬 굵은 근육을 가지고 다리에 털이 숭숭한 그 사람의 손길이 거슬려 마음이 편치 않았다. 멀미라고 해야 하나, 구역질이라고 해야 하나, 설명하기 어려운 느낌이 뭉슬뭉슬 올라와 마사지를 강제로 중단시키고 에어컨 밑에서 차를 마시며 시간을 때웠다. 서운한 감이 없지 않았다. 그래서 시작된 논쟁이 밤늦게까지 이어졌다. 요점은 그랬다. 그 여자가 훨씬 기술이 뛰어나고 힘이 있어 나에게 일부러 안내했다는 것이다.

"그 사람이 어떻게 여자라고 할 수 있어?"

"아직 수술이 다 끝나지 않아서 그래. 내 단골이라 대충 알아. 우리가 마사지를 받으러 간 거지 성을 구분하러 간 것은 아니잖아?"

논쟁거리만 있었을 뿐 승자도 패자도 없었다. 결국 국가 간 문화 차이로 결론지었다. 태국에는 일부러 드러내진 않지만 서로의 성 정체성에 대해 인정하고 있었다. 그렇지만 한국은 그렇지 않았다. 매번 대통령 선거에서 동성결혼 합법화를 질문하면, 존중은 하지만 아직 사회적 합의가 필요하다는 전제로 살며시 질문을 피해 가는 후보들이 대부분이었다. 한참 전 모 연예인이 생방송 중 커밍아웃을 했을 때, 연애 뉴스가 얼마나 뜨거웠는지 모른다.

실제로는 보지 못한 성 소수자가 내 제자라니! 속으로는 그 험난한 길을 어찌 가려나, 차라리 정체성을 숨기고 혼자 사는 것은 어떨까, 가능하다면 같은 성향을 가진 사람을 만나면 얼마나 좋을까 생각했다. 정민이는 무엇보다 아빠에게 받았던 상처를 잊지 못할 것이라고 했다.

"뺨은 처음 맞아봤어요. 내가 잘못한 것도 아닌데, 일부러 그런 것도 아닌데 어떻게 뺨을 때릴 수 있어요?"

정민이는 오른쪽 볼을 만지며 머리를 한 번 세차게 흔들었다.

"그 감정선들을 지우고 억누르려고 얼마나 끙끙 앓았는데, 그래서 새벽에 혼자 걷고 밤에 그렇게 기도도 했는데."

정민이가 혹시 최악의 선택을 하지 않도록 하기 위해 나는 정민이 입장에서 위로가 되거나 힘이 되는 말들을 쏟아냈다. 그러나 아버지와는 말 한 마디도 섞지 않을 거라고 했다. 그 말에는 결연함마저 느껴졌다.

정민이를 아파트 정문에서 내려주고 다시 학교로 향해 핸들을 잡는데 낯선 번호의 전화가 울렸다. 받을까 말까 망설이다 차를 세웠다. 끝 번호 네 자리가 웬지 익숙했다.

"여보세요."

"정민이 담임 선생님이지요? 정민이 애비입니다."

특별히 잘못한 것도 없는데 심장이 쿵쾅쿵쾅 뛰었다. 지우개를 살짝 훔치려다 주인에게 들켜 어쩔 줄 몰라 하는 초등학교 4학년의 내가 보였다.

"예, 아버님! 어쩐 일이세요?"

간신히 마음을 다잡고 차분하게 응대했다. 아마 실물로 마주쳤다면 나는 아주 어색한 자세로 얼음땡이 되었을 것이다.

"다름이 아니라 정민이가 새벽부터 나가서 지금까지 안 들어왔어요. 핸드폰도 꺼져 있고… 친한 친구들에게 수소문해 보아도 모른다 하구요. 너무 걱정이 되어서 혹시 몰라 선생님께 전화를 드렸습니다."

머리가 다시 엉키기 시작했다. 모르는 체 해야 하나? 이야기를 한다면 어디까지 해야 하나?

"예 정민이 조금 전에 저와 헤어졌어요. 점심도 저랑 먹었습니다. 자세히는 모르지만 고민이 깊어 보였구요. 게다가 아빠한테 뺨까지 맞았다고 이야기하며 많이 울더라구요."

"그래요, 그나마 다행이네요. 얼마나 걱정을 했던지. 제가 어제 정민이에게 너무 심하게 했어요. 어디서 무슨 일이 일어날지 몰라 하루 종일 허우적거렸습니다. 정민이 잘못이 아닌 건 알겠는데 제가 보듬질 못했거든요. 사실 아직까지도 이해가 안 되는 것도 사실이구요. 아무튼 선생님이랑 같이 있었다니 천만다행입니다."

"아버님도 이해하기 어려우실 것 같아요. 그래도 어쩌겠어요. 정민이는 아직 청소년이고 그 아픔으로 온통 마음이 멍들어 있는 것 같아요. 아버님의 이해가 간절히 필요합니다."

"선생님이라면 바로 이해하고 보듬어 줄 수 있을까요? 저도 하늘이 무너지는 느낌입니다. 그래도 애는 살려놓고 봐야죠. 아무튼 정말 고맙습니다."

"참, 아버님! 제가 추천해 줄 영화가 있어요. '너에게로 가는 길'이란 다큐영화인데요, 심리적 도움이 될 거예요. 제목을 기억하지 못할 수 있으니 문자로 보내겠습니다"

끊으려는 수화기를 통해 울컥 울음소리가 들려왔다. 갑자기 오래전 기억이 소환되었다. 일요일, 딸을 고등학교 기숙사에 태워다주고 돌아오는 어두운 저녁 길에 비까지 쏟아부었다. 마음은 급했고 청양 산길 어디쯤에서 고라니를 만났다. 자동차 불빛을 보고도 피하지 않는 고라니. 급브레이크를 밟았지만 내 차와 고라니가 충돌했다. 놀란 가슴이 진정되지 않아 운전대만 잡고 있는데 고라니가 기우뚱 일어나서 숲속으로 절뚝절뚝 걸어가고 있었다. 그때 들었던 고라니의 신음소리 같은 것을 정민이 아버지에게 들었다.

아버지

밖에서와는 다르게 아버지는 집에서 엄격하고 말을 많이 하지 않았다. 아버지가 혼자 안방에 계시면 우리 오 남매는 아무도 들어가려 하지 않았다. 가끔 아버지의 눈빛은 먹이를 낚아채기 직전의 매와 닮아 있었다. 동네 어른을 만나면 하루에도 몇 번 무조건 인사를 해야 했고, 동네 사람들의 입방아에 오르내리는 일이 없어야 했다. 물론 성적도 최상위권을 유지해야 했다. 초등학교 선생님들과는 매우 가깝게 지내 막내가 졸업할 때까지 육성회장을 하였고, 면사무소와 군청 공무원은 우리 집 단골손님이었다. 집 밖에서 보여주는 아버지의 모습은 달랐다. 새마을 지도자를 거쳐 이장만 십여 년, 그리고 당시 민정당이라는 집권 여당의 면 책임자셨다. 아버지는 머리가 나쁘지 않았다. 셈이 빠르셨고, 한문 실력만큼은 근방에서 따라올 만한 사람이 없었다.

우리 집은 방앗간을 운영했다. 그리고 걸어서 20분 정도의 거리에 이천 평 정도의 포도밭이 있었다. 양조장이나 방앗간을 운영하면 남들은 대단한 부자라고 여기지만 꼭 그렇지만은 않았다. 방앗간의 최초 운영자였던 당숙부가 부산에서 작은 공장을 차리면서 떠밀리다시피 방앗간을 샀는데 논을 여러 마지기 팔아도 턱없이 부족한 금액이었다. 결국 남은 돈은 벌어서 갚아야 하는 전제가 있었다. 더구나 초등학교 저학년 때까지는 수로망이 없어 산 밑 우리 동네 사람들은 벼농사보다는 밭농사에 집중할 수밖에 없었다. 방앗간에서 가을 벼 수확기 때는 벼를 찧기도 했지만 주로 보리와 밀을 찧었고, 가끔 말린 고추를 가지고 와 고춧가루를 빻아 갔다. '탕탕' 방앗간 돌아가는 소리를 들을 수 없는 날도 많았다.

　방앗간은 나의 놀이터였다. 낮에도 전깃불을 켜지 않으면 무서운 어둠이 내려앉아 있었고, 갑자기 툭 튀어나오는 쥐와 눈싸움도 여러 번 했다. 물론 가장 무서운 것은 어깨를 스칠 듯 빠르게 나는 박쥐였다. 천장은 아주 높았는데 여러 종류의 나무기둥과 두꺼운 쇠기둥, 그리고 서로를 잇는 가죽 벨트에다 높게 달려 있는 커다란 철통과 나무통이 있었다. 누르스름한 먼지가 켜켜이 쌓여 있었고 거미줄은 이곳저곳에서 주인 행세를 하고 있었다. 나는 엄마와 아버지만 알고 있는 스위치의 위치를 파악하고부터는 불을 켜고 들어가 미로를 즐겼다.

　한 번은 또래의 친구들과 내기를 했다. 먼저 불을 켜고 들어가 내가 구슬을 구석구석에 열 개쯤 숨겨두었고, 친구들에게도 환한 방앗간 내부에 구슬의 위치를 확인시켜 주었다. 그리고는 게임이 시작되었다. 어두운 방앗간에서 친구들이 구슬 일곱 개 이상을 들고 나오면 내가 그에게 열 개의 구슬을 주고, 그 이하를 가지고 나오거나 포기하면 내가 구슬 하나를 얻는 게임이었다. 얼핏 보기에는 친구들이 유리해 보였지만 구슬을 얻는 쪽은 항상 나였다.

　게임이 소문나면서 아랫동네에 사는 홍일이가 왔다. 우리 학년에서 덩치가 가장 크고 싸움을 제일 잘해 선배들조차도 쉽게 건드리지 않는 놈이었다. 그 녀석의 도전은 탐탁치 않았다. 홍일이가 성공하더라도 줄 수 있는 구슬을 많이 가지고 있었지만, 실패가 오히려 걱정되었다. 구슬을 받기도 그렇고 친구들 앞에서 안 받는 것은 너무 불공정해 보이고, 구슬 하나를 받아서 홍일이의 눈에 거슬리면 무난하던 나의 학교생활에 불길한 조짐이 생길 것 같았다.

　친구들 여러 명이 홍일이의 도전을 지켜보았다. 방앗간 출입문 앞에는 무게를 이기지 못한 큰 감나무 가지가 막고 있었다. 홍일이는 바닥에 떨어진 노란 감꽃을 밟으며 어두운 방앗간으로 들어갔다. 그리고는 삐그덕 소리와 함께 우리들 눈에서 사라졌다. 우리들의 눈과 귀는 온통 방앗간으로 향해 있었다. 그런데 십 초도 채 되지 않아 요란한 비명 소리가 들렸다. 성공하지 못했던 친구들도 대부분은 그래도 삼십 초 이상을 견디고 구슬 서너 개쯤은 들고 나왔는데 정말 뜻밖이었다.

'아! 날아다니는 박쥐와 마주쳤구나.'

내가 생각했던 최상의 공포가 엄습한 것이리라. 묘한 쾌감이 온몸에 소름으로 퍼졌다. 구슬 따윈 이미 잊어버렸다. 비명 소리가 계속 이어졌다. 이번엔 내가 방앗간 스위치를 올릴 차례였다. 불을 켜려고 할 때 아버지가 들어오셨다.

"이게 무슨 소리야!"

아버지의 천둥 같은 고함이 이어졌다. 무섭기로 소문난 아버지 앞에서 친구들은 재빠르게 뒤뜰 대숲 길로 내빼기 바빴다. 그런데 절뚝거리며 서 있는 홍일이를 보는 순간 내 몸은 돌처럼 굳어버렸다. 쥐덫이 홍일이의 발등을 내리찍고 있었기 때문이다. 홍일이는 서럽게 울기 시작했고 아버지는 빠른 손놀림으로 쥐덫을 풀었다. 풀자마자 홍일이도 대문을 향해 정신없이 뛰었다. 더 이상 울음소리도 들리지 않았다. 그때 아버지의 손이 내 뺨에서 번쩍였다.

"방앗간에 쥐새끼들이 많아 몇 군데 쥐덫을 놓았더니만 사람 새끼가 잡혔네!"

별이 보인다는 것이 이런 것이구나. 몹시 매웠고 쓰리고 화끈거렸다. 그런데 친구들이 담장 위로 고개를 쏙 내밀고 쳐다보는 것이 아닌가? 숨고 싶었다. 내 몸이 크게 휘청거리자 호주머니를 가득 채웠던 구슬이 쏟아져 대문 밖으로 또르르 굴러가기 시작했다. 구슬 하나를 더 가지기 위해 얼마나 애썼는지 모른다.

"이놈이 하라는 공부는 안 하고!"

아버지는 매서운 눈으로 나를 한 번 더 쳐다보고는 마루에 오르셨다. 나는 털썩 주저앉았다. 그리고 나머지 구슬들을 모두 꺼내 마당에 떨어트렸다. 구슬들은 노란 감꽃 사이를 지나고 방앗간 시동에 거는 기름 드럼통에 부딪히고는 내리막길인 대문 밖으로 하나둘 사라지고 있었다. 내가 가장 아꼈던 보라색 왕 구슬도 햇볕을 받아 반짝 빛나더니 더 이상 보이지 않았다. 나는 더 이상 구슬을 모으지 않았다. 그 후로 아버지에게 맞았던 왼쪽 볼을 가끔 만지게 되는 버릇이 생겼다.

월요일 아침, 그날도 평소처럼 알람 소리보다 먼저 잠에서 깨어났다. 핸드폰의 알람은 6시 30분에 맞춰져 있지만 알람 소리를 듣고 잠에서 깬 적은 없었다. 혹시 해서 맞춰 두었을 뿐이다. 저수지 둑방길 아침 산책을 마칠 때쯤에야 알람이 울렸다. 아무리 아름다운 음악을 설정해도 소리는 항상 소음이다. 알람을 끄고 습관적으로 엄마에게 전화를 했다. 내 핸드폰 속 시골집 전화번호는 '엄마집'으로 저장되어 있다. 아버지도 살아계시고 아버지의 이름으로 된 집이었는데 전화번호를 저장하면서 '엄마집'을 선택하는 데 일 초의 망설임이 없었다.

"어떻게 주무셨어요?"

엄마의 첫마디에 항상 긴장이 수반되었다.

"신경과 약을 먹으니까 잠은 잘 오지."

"아버지는 어때요. 짜증 내지 않으세요?"

"대학병원 응급실에 다녀온 후로는 그래도 많이 나아졌다. 얼마나 갈지는 모르지만……."

엄마는 말끝을 흐렸다.

"아침 식사는요?"

"도우미 아줌마가 청국장을 끓였는데 아버지가 조금 먹을 수 있을지 모르겠다. 식욕도 없고 죽으로 산 지가 오래됐으니. 이번에는 청국장에 밥을 말아 드려볼까 한다."

"그래요. 참 엄마, 운동은 하셨어요? 엄마도 운동 안 하시면 큰일 나요! 걷지 못하면 갈 곳은 요양원이에요. 오늘은 어디까지 갔다 오셨어요?"

나는 엄마가 세상을 떠나는 꿈을 꾼 후에 엄마의 건강을 꼭 챙겨야 한다는 생각을 했다.

"우리 포도밭까지 갔다 왔다. 힘은 드는데 어쩔 수 없이 한다. 내가 그나마 성해야 니 애비를 챙길 수 있으니. 참, 포도알이 제법 컸더라. 봉지를 씌워야 할 텐데, 이번 주에 시간 되냐? 둘째 누나가 온다더라. 너도 오면 하루에 끝날 것도 같고."

엄마는 그렇게 말리던 포도밭 농사를 올해까지만 하겠다고 극구 고집하셨다.

"포도 농사 그만하라고 했잖아요. 아버지도 많이 편찮으시고 엄마도 일을 할 수도 없고 사람도 없는데 농사는 무슨! 공짜로 주면 할 사람 많을 텐데. 진짜 올해가 마지막이에요! 순 따고, 알 솎고, 봉지 씌우고, 농약 치고, 따서 나르고, 포도송이 정리해서 상자에 담고… 기름값이랑 오가는 시간 계산하면 인건비도 안 나오는데."

안 그래야지 해놓고도 엄마한테 또 짜증을 내고 말았다.

"아버지 통화할 수 있어요?"

"응 화장실에서 지금 나오신다. 조금만 있어라."

한참을 기다려서야 아버지와 통화할 수 있었다. 여전히 소변줄은 끼고 계셨고, 대학병원 응급실에 다녀간 후로 대변을 보지 못한다고 하셨다. 목소리가 비교적 차분했다. 아버지는 내게 주말에 오면 마당 자두나무 두 그루 알 솎기를 부탁하셨다. 난 농사꾼이 아닌데. 주말에도 피곤함이 쌓일 것이다. 핸드폰을 내려놓으며 눈을 질끈 감았다.

구강의 추억

영준이 아버지

월요일 수업이 끝났다. 대부분 학생들은 정과수업이 끝난 후에도 방과후수업을 한 시간 받아야 한다. 월·화는 교과목 중심, 목요일은 특기적성 수업이다. 물론 원치 않는 학생이 훨씬 많았지만 부모님의 허락을 받아야 했다. 대부분의 학부모는 가능한 학교에서 아이들을 책임져줄 것을 원한다. 맞벌이 때문에 집에서 관리를 할 수 없거나, 혹시 집에 있더라도 하교 후 핸드폰에서 헤어나지 못하는 아이와의 전쟁시간을 줄이고 싶어 학교에 맡긴다. 그러면 학교는 딱 그만큼의 역할을 하는 것이다. 군청이나 교육지원청에서 지원받는 돈이 있어 실제로 학생들이 부담해야 할 돈도 얼마 되지 않다는 것도 이유 중 하나다. 정과 수업만 끝나도 교사의 에너지가 방전되어 녹록치 않을 때가 많다. 받을 때는 제법 목돈이 되지만 고갈된 에너지를 다시 쥐어짜듯 모아야 하니까 하루에 한 시간을 더 해야 한다는 것은 고역이었다. 나는 올해 1학기는 방과후수업을 하지 않았다. 그래서 퇴근 시간까지 조금 여유가 있어 잠깐 쉬거나 밀린 업무를 처리하는 경우가 많았다.

 그날은 교원능력개발평가와 관련하여 계획서를 만들고 있었다. 아니 어떻게 교원능력개발평가를 한다는 거지? 공정성을 담보 받을 수 있는 것인가? 동료 교원끼리 서로에게 점수를 준다고, 학부모님은 담임교사를 빼고는 다른 교과 선생님을 바르게 평가할 수 있을까? 아니 심지어 담임교사도 제대로 모르는 부모님도 제법 있는데. 아무리 생각해도 바람직한 정책이 아니었다. 게다가 이것이 성과급을 나누는 기준이 될 수 있다. '차라리 성과급을 안 받고 말지.' 속으로 무척이나 투덜거렸던 업무다. 제출기일은 좀 남았으나 일에 쫓기기 싫어하는 편이어서 모니터를 보며 작년 것과 비교하며 자판을 두들기고 있었다.

 "선생님!"

 "누구?"

 "목소리는 익숙한데. 마스크 잠깐 벗어볼래? 선생님도 이제 치매 초기야."

 "영준이에요, 서영준."

 덩치 큰 사내 녀석이 내 곁으로 가까이 와서 마스크를 살짝 벗었다.

 "아, 영준이 이놈!"

 몰골이 멀쩡하다 못해 깔끔했다. 보라색 차이나 카라 셔츠와 청바지, 그리고 아이보리색 스니커즈가 제법 잘 어울렸다.

 "네가 졸업한 지 얼마나 됐지? 너 이제야 선생님 찾아온 거야? 고등학교 졸업하고 잠깐 들렀었지. 자식! 스승의 날이나 되어야 카톡이나 문자 한 번 주고."

 "아, 죄송합니다. 그래서 이렇게 왔잖아요. 이제 조금 자신이 생겼으니까요. 제가 고등학교 졸업 후에 와서 그랬지요. 자리 잘 잡고 꼭 찾아뵌다고."

영준이 눈빛에 웃음이 가득 고였다.

"그래서 그 약속 지키러 온 거야?"

"아니요, 이제 정말 자리 잡았어요. 저 카센타 차렸어요. 먹고살만 하구요. 결혼계획도 있어요."

얼굴에 자부심이 넘쳐흘렀다. 양손에 고급진 음료수 한 박스가 들려 있다.

"그래서 음료수로 떼우려고? 그리고 김영란법 때문에 못 받는다. 아, 아니구나. 너는 졸업했고 학교와 이해관계가 완전 끝났으니. 덕분에 비싼 음료 마신다. 그나저나 어떻게 벌써 카센타를 차려서 돈을 버냐?"

방과후수업이 끝나는 종소리가 들렸다. 학생들도 교사들도 이제 해방이다. 아니다, 그렇지 않은 경우도 많다. 학생들의 수업 시간에 맞추어 정문과 후문에는 학원 차들이 여러 대 줄지어 서서 손님을 기다리고 있다. 부모님들은 학교에만 부적을 붙인 게 아니라 더 비싼 부적을 학원이라는 공간에다 크게 붙여 놓았다. 안타깝게도 업무정리가 안 된 교사들도 퇴근을 못 하고 모니터와 지루한 전투를 치른다.

"너도 한때는 중학생이었는데, 기억나지? 영준이 니가 선생님 그토록 괴롭힌 거?"

"쑥스럽게 그 이야기는… 그래서 이렇게 왔잖아요. 그런데 선생님 살이 조금 붙었어요. 편하신가 봐요?"

"이놈아, 스트레스 살이란다. 너 같은 놈들이 계속 있거든. 아니다. 너보다는 그래도 착한 학생들이지."

영준이는 머리를 긁적거렸다. '도깨비'란 드라마에 긴 파마머리에 가운데로 가르마를 탄 김동욱과 많이 닮아 있었다. 갈색 염색도 제법 어울렸다.

"너 그 버릇 여전하구나. 괜히 쑥스러우면 머리 만지는 거."

"쌤은 제 기억이 중학교 3학년 그 시절에 멈추신 거죠?"
선생님에서 쌤으로 호칭이 바뀌었다.

사실 영준이와 나 사이엔 조금 특별한 기억이 있었다. 중학교 3학년에 진학해서 나는 영준이 담임이 되었다. 영준이는 형이나 누나가 없어서 특별한 정보를 가지고 있지 않았다. 축구를 무척 좋아하는 녀석이었는데, 점심을 먹고 5교시가 되기 전까지 그 짧은 시간에도 늘 운동장에서 살았다. 어떨 때는 점심을 거르기까지 했다. 공을 향하는 몸놀림과 정확한 패스, 그리고 슈팅 능력도 갖추어서 1학기 봄에는 학교를 대표해서 스포츠클럽 축구대회에도 출전하였다. 축구를 끝내고 5교시 종에 맞추어 학생들이 교실로 입실하면 땀 냄새가 진동했다. 새삼스러운 것도 아닌데 여학생들은 그 땀 냄새가 싫다고 야단이었다. 창문을 모두 열어도 바이러스처럼 그 냄새는 교실의 여기저기로 살금살금 옮겨 다니곤 했다.

그해 1학기 말, 학생기록부에 인적사항이나 주소지 변경 등을 정확히 파악하기 위해 나는 학생들에게 주민등록등본을 가져오라고 했다. 그게 발단이었을 것이다. 영준이가 등교를 하지 않는 것이다. 하루쯤은 그럴 수 있을 것이라 생각했다. 영준이가 전화를 받지 않아서 아버지께 전화를 드렸더니 아버지는 친구네 집에서 자고 아침에 학교에 간다는 통화를 했다고 했다. 남학생이고 그 친구도 집에 놀러온 적이 있어 그러랴 했단다. 그런데 무단으로 학교에 나오지 않은 것이다. '그래 하루쯤은!' 영준이는 어쩔 수 없이 무단결석으로 처리되었다. 다른 중학교에 다니는 영준이의 절친과 연락하려고 노력했으나 쉽지 않았다. 다음 날도 그다음 날도 학교에서 영준이의 모습을 볼 수 없었다. 학교에서 친하게 어울리는 석기도 영준이에 관해 잘 모른다고만 했다. 지난 일요일 오후 읍내 피시방에서 한 번 보았다는 학생은 있었다. 아버지도 영준이가 낮에 잠깐 집에 들어왔던 흔적만 있을 뿐 통화가 되지 않는다고 큰 걱정을 하고 있었다. 무단결석이 3일 이상 이어지면 가정방문을 해서 학생이 어떤 상황이라 등교를 하지 않는지 확인해야 했다. 몇 해 전까지만 해도 3월 가정방문은 단골로 찾아오는 업무였다. 부모님을 못 뵙더라도 집에 잠깐 들러 가정형편이라도 파악할 필요성이 있다는 목적이 있었다. 하지만 최근에는 개인정보와 사생활 노출을 꺼려 간단하게 학생들과 상담을 하는 것으로 대체했다.

영준이 아버지는 욕실 타일 인테리어를 하시는 분이었다. 아무래도 아버지와 엄마를 만나볼 필요가 있어 읍내 까페에서 7시에 만나기로 했다.

5분 전에 카페에 도착했다. 영준이 부모님을 한 번도 만난 적이 없기에 부부로 보이는 사람들을 찾았다. 연인으로 보이는 한 팀과 아이스아메리카노를 마시며 노트북을 보고 있는 남자, 그리고 아기를 안고 남자와 앉아 있는 여자가 있었다. 아직 도착하지 않았나 보다 생각하며 자리를 잡고 앉을 즈음, 아기를 안고 있는 여자 옆의 남자가 다가와서 말을 건넸다.

"혹시 영준이 담임선생님 아니세요?"

"예, 그런데요. 그럼 영준이 아버님?"

마른 체구에 짧은 머리, 그리고 갸름한 턱 오똑한 콧날, 영준이와 많이 닮았다. 하얀 셔츠에 네이비색 바지, 일부러 차려입고 온 듯한 기색이 역력했다.

"아버님! 그럼 저 아기를 안으신 분이 영준이 어머님?"

"예, 맞습니다. 아기는 영준이 동생이구요."

나는 영준이에게서 동생이 있다는 이야기는 듣지 못했다. 3월 초 면담할 때 아버지와 엄마 그렇게 셋이서 살고 있다고만 했다. 2학년 영준이 담임교사가 건네준 교무수첩에도 그렇게 적혀 있었다. 그런데 영준이 동생이라니. 나이가 거의 열다섯 살 차이, 그러면 늦둥이?

"안녕하세요, 선생님! 영준이 엄마입니다. 앉으세요."

등에 업힌 아이는 갓난아이였다. 막 잠에서 깬 듯 눈을 비비고 있었다. 그리고 실눈으로 나를 쳐다보았다. 울지 않아서 다행이었다.

"아버님, 까페보다는 앞 공원 벤치가 좋을 것 같아요. 일어나시죠?"

공원 의자에서도 사람들이 제법 보였다. 초여름 어둠이 슬며시 내려앉고 있고, 가로등이 켜지기 시작했다.

"이 이야기를 안 하면 안 될 것 같아서요. 사실 영준이 친엄마와는 영준이 세 살 무렵 헤어졌어요. 그리고 2년 정도 지나서 지금 이 사람과 재혼했습니다. 서울에서 살다가 이곳으로 이사를 왔구요. 영준이도 친엄마가 아니란 사실을 알고 있어요. 그런데 덜컥 작년에 아이가 생겼습니다. 고민 끝에 아이를 낳기로 결정했구요. 동생이 생겨도 크게 비뚤게 굴지 않아서 정말 다행스럽게 생각했는데……."

긴장한 탓인지 차분하지만 목소리가 가늘게 떨렸다.

"한 달쯤 전에 저에게 그러더라구요. 아빠가 정말 싫다고. 사춘기가 늦게 왔나보다 생각했는데 집에 오면 애가 통 말을 안 하고 방에서만 있더니만, 이제 집에 들어오지도 않네요. 단단히 화가 난 것 같은데 연락도 안 되고. 저도 너무 걱정이 됩니다."

엄마 품에서 동그란 눈으로 멀뚱멀뚱 낯선 풍경을 보고 있는 갓난아기가 보였다.

"영준이가 동생을 대하는 태도는 어땠어요?"

"막 예뻐하진 않았지만 그래도……."

"어머님은 영준이가 조금 달라진 것은 못 느끼셨어요?"

가로등이 켜지고 각각의 가게에서 상호명을 알리는 등불 또한 나란히 밤을 밝히기 시작했다. 상황 파악을 위해서는 어머니의 마음을 챙겨 들어야 했다.

"가출 전날 그런 일은 있었어요. 학원에서 늦게 와서 토스트를 주니까 먹지 않고 문을 쾅 닫고 들어가더라구요. 그래서 학교나 학원에서 안 좋은 일이 있었을 거라고 생각했어요. 물어보면 더 짜증을 낼 것 같아서 내버려 두었어요."

무언가 가족과 관련해서 어려운 구석이 있을 것이라는 확신이 들었다.

"아기가 감기 기운이 있어 정신도 없었구요. 동생이 한참을 우니까 영준이가 안방으로 거칠게 들어오더라구요. 그리곤 '너, 울지 마. 누가 세상에 태어나라고 했어? 아니면 조용히 찌글어져 있던지!' 하고 소리쳤어요. 너무 깜짝 놀라고 당황스러워서 아무 말도 못 했어요. 영준이가 그렇게 큰소리를 낸 건 처음이었어요."

영준이를 걱정하느라 그랬는지 아기를 돌보느라 그랬는지 엄마의 얼굴이 상해 보였다.

"그날 영준이가 왜 그러는지 이유는 알았나요?"

"아기가 열감기가 심해서 영준 아빠가 오고 바로 응급실에 가느라고. 그리고 다음 날 집에 들어오지 않았어요. 아기를 갖지 말았어야 하는데. 다 제 탓이에요. 영준이 하나만으로도 충분히 행복할 수 있었는데……."

영준이 어머니의 말에서 흐느낌이 묻어났다. 달무리가 네온사인 위에서 안개처럼 도시를 감싸고 있었다. 도시는 오늘 막차를 타고 있었다. 밤을 흐르는 차들의 불빛, 긴장의 끈을 살짝 내려놓았을 뿐 그들에게 안락한 수면은 없을 것이라는 생각이 들었다. 건강을 챙기러 걷기에 열중하는 사람들이 무심히 지나갔다. 그때 아기가 울기 시작했다.
 무단결석은 계속 이어졌다. 영준이를 만나기 위해 친구들을 동원했고 하루에도 몇 번씩 카톡을 보냈다. 최소한 내 카톡은 읽고 있었다. 읍내 피시방과 노래방, 그리고 편의점 등을 밤마다 드나들었다. 가장 걱정이 되는 것은 영준이의 안부였다. 그리고 간과할 수 없는 것이 무단결석이었다. 60일이 넘으면 그 후 학교에 꾸준히 등교해도 학적유예처분을 받게 된다. 그러면 진급하지 못하고 3학년을 다시 후배들과 다녀야 한다. 몇 년 전 한 학생이 유예처리 되어 어렵게 졸업한 적이 있었다.
 드디어 영준이에게서 카톡이 왔다. 지금 멀리 강원도에 있으니 더 이상 찾지 말라고 했다. 너의 마음을 알았으니 한 번은 만나자고, 그리고 영준이가 왜 집을 나갔는지 충분히 이해할 수 있다고 답장했다. 나는 늘 아침 조례 시간에 영준이에 관한 안부를 물었다. 분명히 누군가와는 연락을 주고받을 수 있을 것이라는 생각이 들었다.

 현장 체험 학습일이었다. 목적지는 전주 한옥마을. 혹시 오늘은 특별한 날이니까 영준이가 올지도 모른다는 기대를 가졌다. 마침 그날은 내 생일이었다. 어제 아내가 여러 반찬을 준비했고, 케익도 빠지지 않았다. 딸과 아들은 꽃다발과 지갑을 주었고, 아내는 화장품을 주었다. 실속 있는 선물들이었다. 아침에는 미역국을 먹었다. 아내의 성의를 보아서 한 술 뜬 것이다. 차가 출발하기 직전까지 영준이를 기다렸다. 영준이가 없는 3학년 3반 차가 출발하였다. 막 고속도로에 진입했을 때 반장이 내게로 왔다.
 "얘들아, 시작!"
 "생일 축하합니다. 생일 축하합니다. 사랑하는 선생님, 생일 축하합니다~"

박수가 이어졌고 반장 지영이가 돌돌 정성스럽게 말은 4절지를 주었다. 양쪽 귀퉁이에는 노란색 장미가 있었고, 4절지 가득 반 아이들이 그려 넣은 짧은 그림과 아울러 축하 메시지가 붙어 있었다. 중앙에는 환하게 웃는 내 프로필 사진이 떡하니 어색한 웃음으로 달려 있었다. 뭉클했다. 잊지 않고 챙겨주다니. 아이들이 환하게 웃고 있었다.
"야 이놈들 진짜 고마운데, 뭐야 이럴 줄 알았으면 사진을 달라고 하지. 더 멋진 사진 있는데."
그런데 그 순간에도 영준이 생각이 밀물처럼 몰려왔다.
"얘들아 정말 미안한데, 나는 영준이가 너무 걱정된다. 영준이 책상이 영준이를 기다리고 있는 시간이 벌써 보름이 다 되었어."
나는 그만 눈물을 보이고 말았다. 주책이었다. 정적이 흘렀다. 자리에 앉아서 잠시 마음을 다스렸다. 아이들이 얼마나 기다렸던 체험학습인가! 일상 탈출, 사복이 허락되는 하루, 두둑한 용돈에 맛난 먹거리들, 다양한 포즈의 추억 사진. 잠시 서서 안전벨트 착용을 검사하는 척 한 바퀴 돌았다. 이어폰을 끼고 음악을 듣거나 게임을 하거나 벌써 잠을 청하는 학생들도 있었다. 영화 틀어주세요, 노래방 기계 틀어주세요 외치던 아이들이었다. 블랙핑크의 노래가 흐르면 앉아서도 춤을 추는 녀석들이었다.
별 사고 없이 체험학습을 마치고 학교에 도착했다. 교무실로 들어와서 가볍게 짐 정리를 했다. 법인카드로 구입했던 전주동물원 입장요금 영수증, 그리고 혹시 필요할지 몰라 샀던 밴드, 멀미약, 후시딘 등을 약품 보관함에 넣고 있는데 석기가 교무실 앞에서 기웃기웃 눈치를 살피고 있었다. 학교에서 영준이와 가장 친한 친구였다. 무언가 알고 있으리라는 확신이 들어 조용히 상담실로 불렀다.
"석기야, 솔직히 말해줘. 최소한 영준이가 어디서 어떻게 있는지라도.

선생님 진짜 걱정돼서 그래."

상담실 앞으로 지나가는 학생들을 보고 머리를 숙인 채 침묵을 지키다 조용해진 다음에야 고개를 들었다.

"선생님, 홍길동이 누군지 알죠?"

"홍길동? 고전 소설 주인공이잖아. 그게 영준이랑 무슨 상관이 있는데?"

"영준이가 바로 홍길동이에요. 학교에서 친구들 몇 명이 한 달 전부터 영준이를 길동이라고 놀렸어요. 그렇게 매일 패드립을 했어요."

패드립은 학생들 사이에서 가족들과 연계시켜 부르는 일종의 비속어이다.

"길동이가 패드립이라니. 길동이면 서자의 아들, 영준이의 엄마가 친엄마가 아니란 사실을 아이들이 처음 알았어?"

흠칫 놀랐다. 영준이와 시간 날 때 축구 깨나 한다는 녀석들은 알고 있을 거라는 생각을 했었다.

"제가 알기론 저밖에 모르는 비밀이었거든요. 그런데 지난번 선생님께서 주민등록등본을 떼어오라고 하셨잖아요. 애들이 우연히 그걸 보는데 주민등록등본에 배우자의 아들이라고 명시되어서 친구들이 눈치를 챘어요. 그리고 영준이 엄마랑 친한 아줌마가 말을 전했나 봐요. 친모가 아니고 마음으로 낳은 아이라고. 열다섯 살 차이의 늦둥이 동생도 놀림거리였구요."

"아, 그런 일이 있었구나. 추측은 했는데 훨씬 더 심각했구나."

청소년기에는 대부분의 아이들이 어른들에게 마음을 열 생각을 하지 않는다는 것을 다시금 확인했다. 석기의 핸드폰에서 문자 알림 소리를 들었다.

"그럼 영준이는 지금 어디 있는 거야?"

"우리 집이요. 제가 할머니 할아버지랑 사는 거 아시죠?"

"그래, 아버지는 부산에서 사업하시고 아주 가끔 집에 오신다고 했잖아."

"할아버지 할머니는 본채에 사시구요. 저는 조금 떨어진 별채에 혼자 있어요. 영준이가 갈 곳이 없어 헤매길래 제 방에서 있으라 했어요."

"그럼 일찍 얘기를 했어야지. 나도 그렇지만 부모님이 얼마나 걱정을 많이 하시는데."

"영준이가 절대 그러지 말라고 했어요. 그러면 나와도 친구 관계 끊고 사라져 버린다고. 그런데 쌤이 오늘 우는 걸 보고 저도 더 이상 숨길 수 없었어요."

다행이었다. 나도 모르게 '하느님 감사합니다'를 할 뻔 했다.

영준이는 다음 날 학교에 등교했다. 내가 학생들에게 어깃장 부리듯 타이름을 준 후였다. 그리고 당분간 석기네 집에서 있기로 했다. 집에 들어가기는 여전히 싫다고 했다. 강요가 독약이 될 수 있음을 알고 세월이 가르쳐준 지혜이다. 다만 영준이 아버님에게는 조금 기다려 달라는 전화는 잊지 않았다.

등교 후 이틀 뒤였다. 급식실에서 점심을 먹고 캡슐 커피 한 잔을 뽑아놓고 망설이고 있었다. 마시고 양치를 할까, 양치하고 마실까? 교무실에는 음악 선생님과 나 둘뿐이었다. 점심을 먹고 있거나 수학실, 영어실, 특수실, 2층 교무실 등에서 차와 함께 조금 여유로운 시간을 보내고 있으리라. 교무실 문을 두드리기도 전에 석기가 들어왔다. 뒤이어 영준이까지.

"쌤, 영준이가 축구하다가 골대에 쎄게 부딪쳤어요. 어지럽대요."

영준이의 얼굴색이 달랐다. 덜 익은 복숭아 색이라 해야 하나.

"조금 지나면 좋아질 거예요. 너무 아프면 그때 다시 올게요."

영준이의 목소리에는 힘이 없었다. 고개를 떨구더니 손바닥으로 출석부가 나란히 꽂혀 있는 책상을 잡았다.

"얼굴 좀 들어봐."

그냥 지켜볼 일이 아니라는 생각이 들었다. 영준이의 얼굴색이 점점 노랗게 변하고 있었다.

나는 급히 영준이와 석기를 차에 태우고 읍내 정형외과로 향했다. 가면서 아버지 핸드폰으로 전화 드리고 학교에도 연락을 취했다. 정형외과는 점심시간 직후라 대기 환자가 여러 명 있었다. 너무 급해서 진료실로 들어가 자초지종을 말했더니 큰 병원으로 가라고 했다. 뭔가 심각한 문제가 생긴 것이었다. 영준이는 몸을 가누기조차 힘들어하기 시작했다. 다시 뒷좌석에 태우고 인접한 시에 위치한 규모가 작은 종합병원으로 향했다. 거기도 안 된다면 대전에 있는 대학병원으로 가야 하는데, 영준이가 토하기 시작했다. 석기가 어떻게 해 볼 틈이 없었다. 영준이는 정신을 잃고 그대로 쓰러져 버렸다. 나는 운전 중에 병원에 전화를 했다. 이런 응급환자가 가는데 치료가 가능한지. 다행스럽게 전문 선생님이 계시다고 했다. 너무 급하니 대기해 달라고 요청했다.

평소에는 30분 정도가 걸리는 병원이었다. 비상등을 켜고 엑셀레이터를 밟았다. 과속카메라도 보이지 않았고, 네비게이션에서 울리는 경고음도 듣지 못했다. 위급한 상황을 학교와 영준이 아버지에게 알려달라고 석기에게 부탁했다.

병원에 도착하자 CT 촬영을 하더니 서둘러야 한다고 했다. 영준이는 바로 수술실로 들어갔다. 나는 그의 손을 한 번 꼭 잡았을 뿐이었다. 수술실에 들어가고 바로 영준이 아버지가 오셨다. 뒤이어 교장, 교감선생님도 병원에 도착했다. 사건 경위만 자세하게 이야기했을 뿐 서로 말을 하지 않았다. 퀭한 눈빛으로 손을 모으다 풀다를 반복하는 아버지, 창밖을 응시하더니 눈물을 훔치고 있었다. 어떤 말도 별다른 위로가 될 것 같지 않아 못 본 체 했다. 그렇게 아득한 시간이 흘러갔다

정말 다행스럽게도 수술이 잘 되었다고 했다. 영준이는 중환자실로 옮겨졌고, 큰 이상이 없으면 세 시간 뒤에 가족 면회가 가능하다고 했다. 영준이 아버지는 그제야 의자에 털썩 주저앉았다. 나는 영준이가 퇴원하기 전까지 매일 면회를 갔다. 때론 학생들과, 때론 다른 선생님들과 함께 가기도 했지만 대체로 혼자 가는 날이 많았다. 병간호는 영준이의 아버지가 도맡아 하고 계셨다. 다행히도 영준이의 회복 속도는 매우 빨랐다.

수술 후 일주일 뒤쯤 되는 날이었다.

"아버님, 환자보다 보호자가 더 힘들어요. 영준이 이제 혼자서 밥 먹을 수 있고 화장실도 갔다 올 수 있으니 집에서 좀 쉬시지 그러세요."

영준이 아버지는 내가 갈 때마다 항상 고맙다는 말을 잊지 않았다.

"선생님, 고맙습니다. 지금이 아니면 제가 어떻게 영준이랑 이렇게 있어 보겠어요. 하나도 힘들지 않습니다."

"돈도 버셔야 하잖아요. 아버님만 경제활동을 하는 것으로 알고 있는데요."

"그까짓 일 년을 못 번다고 죽기야 하겠습니까! 다행히 특별한 직장이 아니라 다른 사람들이 알아서 해요. 고등학교 졸업하고 배운 기술이 타일 붙이는 것인데. 모아 놓은 돈도 조금 있구요. 무엇보다 제가 지은 죄가 많습니다."

제대로 눈도 마주치지 못하고 양 손바닥만 비비며 영준이 침대 난간에 몸을 맡기고 있다.

"병원비는 걱정하지 마세요. 학교안전공제회에 신청해 놓았거든요. 퇴

원까지 드는 돈은 거의 없을 거예요."

"아이구, 고맙습니다. 그렇게 신경 써 주셔서. 이제 겨우 영준이가 저에게 말을 하기 시작했습니다. 얼마나 고맙던지."

그날 집으로 돌아오는 길에 나는 케익을 사들고 갔다. 아내는 특별한 날도 아닌데 웬 케익이냐고 물었다. '그냥 먹고 싶어서'라고만 했다. 퇴원하고 일상으로 돌아온 영준이는 자동차과가 있는 특성화 고등학교에 진학했다.

"영준아, 벌써 결혼이야? 너 몇 살이야? 혹시 여친이 혼수로 네 아이 데려오는 거 아냐?"

"스물일곱이요. 조금 이르긴 하지만 아버지가 착한 여자 있으면 빨리 결혼하라고 하셨어요."

"그래서 축의금 많이 내라고? 쌤 돈 없어. 식장에 가서 공짜로 뷔페 먹을 거다. 그리고 내가 앞서가는지는 모르겠지만 주례도 사절이다. 그나저나 아버님은 건강하시지?"

난 벌써 알고 있었다. 그간 아버님과 아주 가끔 통화를 했다. 영준이가 졸업한 뒤로는 여러 번 삼겹살에 소주 한 잔도 했다. 술이 조금 들어가면 '고맙습니다'를 반복했던 아버지.

"아버지는 언제나 제 편인 걸요. 제가 모은 거 탈탈 털었구요, 대출로도 부족해서 아버지가 많이 도와주셨어요."

"그래, 아버지니까 가능한 거야 임마!"

나는 수술실에 들어갈 때처럼 영준이 손을 꼭 잡았다.

아버지

 토요일이다. 내가 유일하게 늦잠을 잘 수 있는 날, 그마저도 습관이 되어 6시면 눈이 떠진다. 짧게 뉴스를 보고 동네 가까이에 있는 저수지로 산책을 간다. 아들이 사준 버즈를 끼고 EBS 영어회화를 듣는다. 스타트 잉글리시, 이지 잉글리시, 파워 잉글리시를 듣는다. 못 들었을 경우에는 오디오 어학당 프로그램을 이용하면 지나간 내용을 무한대로 들을 수 있다.
 공설운동장으로 가다가 왼쪽으로 돌아서면 조그만 마을 길을 만난다. 마을 길 옆으로는 고구마, 땅콩, 고추, 호박, 오이, 참깨, 들깨 등 농작물이 자라는 밭들이 꼬리를 물고 있다. 이른 시간임에도 농부들이 비닐을 깔거나 풀을 뽑거나 지지대를 세우면서 새벽을 열고 있다. 화창한 날 저수지를 바라보는 풍경은 참 상쾌하다. 해가 뜨면 저수지 반대편 쪽 솔밭의 그림자가 물에 반사되고 튀어오르는 물고기도 햇살에 은빛 날개를 보여준다. 안개가 부분적으로 옅게 저수지를 감싸면 딱 한 폭의 동양화가 거룩하게 탄생한다. 저어새가 날고 청둥오리의 무리들이 떼지어 비상하기도 한다.
 밤꽃이 한창이었다. 조금 걷다 보면 런닝맨이라는 프로그램에 정우성이란 배우가 출연하여 점프를 했다는 저수지 포인트가 보인다. 어떻게 알았는지 촬영 당일 핑계를 만들어 결석한 학생도 있었다. 여름이면 적어도 한 차례 전국카누대회가 열리는 곳이다. 수목리를 지나 라복리로 들어섰다. 거기서부터는 낚시꾼들을 쉽게 만날 수 있다. 작은 텐트도 있고, 안마의자에 앉아서 줄곧 담배를 피는 낚시꾼도 있다. 이상한 것은 그렇게 저수지를 오가는데 한 번도 물고기를 낚는 낚시꾼을 본 적이 없었다. 한두 사람도 아니고 열 명 이상의 강태공들이 집중을 하고 있어도 나에게 짜릿한 풍경을 보여주진 않았다.

20분 정도 걷다 보면 스무 마리 이상의 소를 키우고 있는 축사를 만난다. 나는 어릴 때 소를 참 좋아했다. 우리집에서는 소를 키우지 않았지만, 들에서나 친구들 집에서 자주 보았다. 그 큰 눈망울을 보고 있으면 마음이 편해지곤 했다. 소는 밭에서도 자주 볼 수 있었다. 마치 쟁기를 끌고 이랑을 만들려는 주인의 마음을 알고 있는 것처럼 보였다. 주인이 '이랴 이랴' 외쳐도 더 이상 움직임이 없으면 소는 거품을 물며 에너지가 방전되었다는 것을 몸으로 보여주었다. 그럼 주인도 빨리 눈치채고 같이 쉬었다. 그리고 소의 엉덩이를 때려주기도 하고 목덜미를 긁어주기도 했다. 일을 마치고 돌아오면 소는 귀한 대접을 받았다. 볏짚과 풀을 넣을 수 있을 만큼 가마솥에 가득 끓여서 넉넉한 인심으로 소에게 대접했다. 그리고 '오늘 고생했다'는 격려를 잊지 않았다.

그런데 축사는 시작부터 달랐다. 사람은 더 이상 소와 더불어 살지 않았다. 사료를 먹였고, 우리에 갇혀 한 번도 축사를 나오지 못했다. 축사를 나오는 날이 어쩌면 도축장으로 끌려가는 날이리라. 들에서 한가로이 풀을 뜯는 소를 더 이상 볼 수 없었다. 인공수정사가 그들의 의지와 상관없이 송아지를 갖게 만들었고, 철저하게 경제적 논리로 투자비용에 대비하여 손익만 계산하고 있었다. 그런데 문제는 그것뿐만이 아니었다. 배출가스와 배변물은 도랑물을 오염하기 시작했고 축사 근처만 가도 그 냄새는 역겨웠다. 소의 큰 눈망울은 예전과 같은데 사육만 당하는 소의 눈망울을 보면 애처롭기 그지없었다. 나의 산책길에 유일한 오점이었다.

저수지를 따라 작은 마을들을 지나면 민박에 가까운 초동펜션 입구를 만난다. 주로 낚시꾼들을 고객으로 삼았지만 가끔은 그냥 쉬러 오는 사람들도 있다고 들었다. 지난가을에 대학교 친구들이 왔을 때 그 펜션에서 숙박한 적이 있었다. 서울에서 내려온 친구는 풍경이 너무 좋다며 땅값 시세를 주인에게 물어보기도 했다. 펜션 주인은 값이 터무니없이 올라서 거래가 되지 않는다고 했다.

엄마에게 전화가 왔다. 어제 동네 아줌마들을 사서 포도 봉지 씌우기 작업을 다 끝냈다고 했다. 다행이다. 초여름 뙤약볕에서 포도 봉지를 싸는 것은 고역이었다. 포도 잎새가 어느 정도 그늘을 주었지만 선크림을 덕지덕지 발라야 했고, 땀이 흘러 눈으로 들어가면 눈이 따가워 견디기 힘들었다. 아래에서 위를 바라보고 하는 일이라 한 시간 정도 지나면 허리도 아팠지만 목이 아파 견딜 수 없었다. 큰 주머니가 있는 앞치마를 두르고 송이를 싼 다음에 가는 철로 된 매듭을 잘 묶어야 했다. 그렇지 않으면 벌레가 들어갈 틈을 주거나 아니면 바람이 세게 불고 비까지 내릴 때 봉지가 날아가 버린다는 것을 알고 있었다. 우리 집 일이라 요령을 피울 수도 없었다. 봉지 씌우는 작업은 꼬박 하루를 고생해야 끝나곤 했다. 동네 아주머니 몇 분이 같이 하셨는데 나는 그들을 따라잡을 수가 없었다. 어찌 보면 대충하는 것처럼 보이지만 결코 그렇지 않았다. 이 집 저 집 초여름만 되면 품앗이를 하거나 돈을 벌려고 하는 일이라 당신들의 품삯 이상을 하였다. 마치 백 미터 달리기 같았다. 나는 죽어라 뛰고 있는데 그들은 가끔 마을 돌아가는 소식이며 농담까지 나누면서도 나보다는 항상 몇 발자국 앞서가곤 했다.

아버지는 또 조금씩 안 좋아진다고 했다. 대학병원에 갔다온 지 일주일째, 예측은 빗나가지 않았다. 나는 갈지 말지 고민하다가 결국 시골집으로 향했다. 아버지의 투병이 있기 전까지는 그렇지 않았는데, 두 시간을 달려 마주한 고향은 넉넉하지도 편하지도 않았다. 엄마가 농사지은 콩으로 갈아 만든 손두부 조림은 그대로 꿀맛이었고, 깻잎 반찬도, 비지장도, 고추 무침도, 총각김치도 나의 식욕을 끌기에 충분했다. 아니, 어느 누구도 흉내내기 어려운 아름다운 맛이었다. 요리에 취미가 있는 아내도 몇 번을 시도했지만 결국 포기한 맛이었다. 엄마의 뇌졸중 여파도 컸지만 무엇보다 아버지의 식단을 조절하는 과정에서 엄마의 특허 음식이 사라져 버렸다. 아버지는 누룽지 죽에 익숙해져 있었고 별 반찬이 필요하지 않았다. 우리가 시골집에 갈 때에도 아주 기본적인 밑반찬 외에 야채죽, 미역죽, 그리고 엄마가 좋아하는 흑임자죽을 포장해서 사 가곤 했다. 아버지는 밥보다 약을 더 많이 드셨다. 병원에서 처방해 준 약은 꼭 제시간에 맞추어 드셨다. 혈압약, 위장약, 신경정신과약, 전립선약, 변비약 등 나 같으면 따로따로 분류해서 챙겨 먹기 어려울 정도의 분량이었다. 그리곤 경로당에 한 번 갔다 오시는 것이 운동의 전부였다. 일반인이 걸으면 5분이면 될 거리를 삼십 분이 넘게 걸렸다. 아버지도 젊으셨을 때는 달리기를 잘 하셨다.

*

초등학교 5학년 운동회 날이었다. 청군 백군, 양편으로 갈린 운동회는 학생들뿐 아니라 동네의 축제였다. 개인 100M 달리기, 대표선수 400M 릴레이 계주, 줄다리기, 기마전, 여자들만 하는 부채춤, 봉체조 등 학생들이 보기에도 볼거리가 많았다. 학생들 한 팀은 느티나무, 나머지 한 팀은 은행나무 밑에서 자리를 잡고 치열한 응원전을 펼쳤다. 그런데 나에게 항상 불안한 것이 있었다. 남매들끼리 편이 갈라지는 경우였다. 보통 3남매 정도는 초등학교를 같이 다녔으니 모두 같은 편이 될 확률은 많지 않았다. 이미 누나들은 졸업해서 중학교로 떠나고 여동생과 나만 남았다. 나는 운동회와 소풍이 마냥 설레지만은 않았다. 소풍 때에는 장기자랑으로 내가 우리 반을 대표해서 노래를 부르는 게 싫었고, 운동회 때는 100M 달리기가 나를 긴장 속으로 몰아넣었다. 나뿐만 아니라 누나들이나 동생의 달리기까지 마음 졸이며 보아야 하니 하루 종일 긴장의 연속이었다. 무엇보다 언제나 1등을 해야 한다는 부담감이 내 마음에서 떠나질 않았다. 2등 정도 할 실력인데 꼭 원했던 건 1등이니, 그러기 위해서는 비법이 필요했다. 출발을 항상 먼저 해야 하는 것이다. 총이 울림과 동시에 출발하거나, 아님 울리기 바로 직전 출발, 그것만이 나의 유일한 전략이었다. 100M 달리기가 다 끝나야 운동회는 비로소 잔치가 되었다.

그런데 그날은 번외 경기로 학부모와 함께 하는 400M 릴레이 계주를 한다고 했다. 내 여동생은 3학년, 우리는 결코 우승할 만한 면모를 갖추지 못했다. 그런데 아버지가 덜컥 무모한 도전을 신청한 것이다. 내가 원치 않은 상황이 발생한 것이다. 그 경기엔 조건이 있었다. 자녀들 중에 아들딸이 반드시 있어야 하고 엄마 아버지가 함께해야 한다는 것이었다. 신청 팀이 많지 않아 육성회장을 맡았던 아버지가 떠밀려 추천을 받았던 것이다. 겨우 100M 경기 1등을 하느라고 순간의 에너지를 다 소비했는데 또 다시 달리기라니 이번엔 내 특유의 장기도 통할 수 없을 것이다. 총 4팀이 급조되었다. 그런데 한 가족을 보니 말 그대로 넘사벽인 팀이었다. 6학년 형이 학교 대표로 100M 경주 군 대회에 참가하는 가족이었다. 아버지는 그런 세세한 내막을 알 수 없었으리라. 우리 가족의 1번 주자는 여동생이었다. 나는 우리 집이 달리기에서 참패를 당하는 것이 정말 싫었다. 그러나 어쩔 수 없이 처음으로 2등을 목표로 잡았다.

교사, 학생뿐만 아니라 여러 마을에서 부모님들이 왔다. 동네별로 천막을 쳤다. 막걸리와 수육, 육개장이나 다슬기국, 배추겉절이도 빠지지 않았고 과일과 떡도 넘쳤다. 일주일 전부터 동네 부녀회에서 준비한 것들이었다. 이미 자녀가 모두 졸업하여 더 이상 학부모가 아닌 어르신들도 와서 막걸리를 드시고 예정에 없었던 줄다리기에 참여하시기도 했다. 학교 확성기에선 동요와 트로트를 번갈아 가면서 틀어주었다. 술에 푹 취한 순내미 사는 노인이 부채춤이 한창일 때 뛰어 들어와 곱추춤을 추기도 했다. 구경꾼들의 시선이 그 노인에게로 쏟아졌고 여기저기에서 웃음이 터져 나왔었다. 선생님들이 제지하러 갔지만 이미 통제 불가능, 오히려 선생님들도 한바탕 웃고 본부석으로 돌아왔다.

드디어 출발선, 첫 번 주자는 여동생이었다, 아직 3학년, 가슴이 콩닥콩닥 뛰었다. 확성기로 몇 번이나 안내되어 모든 사람들이 운동장으로 모여들었다, 시험을 치를 때 선생님이 가지고 계셨던 시험지를 나눠주기 직전의 마음, 빨간색 바통을 가지고 있었다. '탕' 하는 신호와 함께 질주했다. 예상했던 대로 4명 중 4등, 그런데 여기서 행운이 따랐다. 선두를 놓치지 않으려고 사력을 다하던 6학년 여학생들이 몸이 부딪혀 넘어지면서 동생이 2등으로 달렸다. 물론 엄마가 바통을 받기 전에 다시 3등으로 밀려나긴 했다. 이미 간격이 어느 정도 벌어진 상태, 엄마는 3등을 유지하며 나에게 바통을 넘겨주었다. 나는 정말 죽을힘을 다해 달렸다. 한 명이라도 추월하고 싶었다. 가까스로 같은 반 남학생을 추월하기 직전 6학년 형이 나를 앞섰다. 환호성이 터져 나왔다. 나도 바통을 건네주기 10M 전에 그 남학생을 앞질렀다. 탄식과 환호성이 겹쳐 운동장을 가득 메웠다. 마지막 주자는 아버지, 나는 아버지의 달리기 실력을 본 적이 없었다. 우리는 여전히 3등, 과연 아버지는 2등이라도 할 수 있을까!

그런데 이변이 일어났다. 아버지가 빠른 순간에 2등을 제친 것이다. 그리고 1등과의 거리 차를 좁히고 있었다. 운동장 주변을 둘러싼 모든 사람들의 시선이 온통 아버지에게 집중되었다. 2등이라도 했으니 창피는 면했다고 생각했다. 그런데 아버지가 결승 지점을 얼마 앞두고 선두를 추월했고 결국 1등으로 들어왔다. 나는 한 편의 짧은 드라마를 본 것 같았다. 처음으로 아버지가 자랑스러웠다. 추월 직전 선생님께서 생생한 현장을 찍은 사진을 인화하여 주셔서 지금도 간직하고 있다. 그날의 달리기는 결코 무모한 도전이 아니었다. 옛날에 그렇게 빠르고 경쾌했던 아버지가 지금 지팡이를 들고 더듬더듬 걷고 계신다.

*

아내 없이 혼자 고향을 찾은 나는 대문 앞에 잠깐 멈추었다. 명패 아래에 내 이름이 또박또박 쓰여져 있었다. 얼마 전까지는 아버지와 엄마의 이름만 한문 전각으로 새겨 있던 명패였다. 아마 이 집 소유가 내 것으로 되어 있어 우편이나 택배가 내 앞으로 오는 경우를 대비하여 누군가 써놓았을 것이다. 싣고 온 여러 가지 죽과 장에 좋은 요구르트, 수박, 약간의 떡과 참외를 한 상자 들고 집으로 들어섰다. 집안은 어두운 느낌을 지울 수 없었다. 창의 커튼을 여니 햇빛이 반짝이며 중앙 거실에 내려앉았다. 하지만 그 빛보다, 시원한 바람보다 더 큰 무게로 집을 누르고 있는 어두운 그림자가 음습하게 감싸고 있었다. 아버지는 침대에 누워계셨고 엄마는 거실에서 마늘을 까고 계셨다.

"저 왔어요."

새삼스러울 게 없었다. 최근 몇 달, 주말만 되면 항상 엄마 집을 찾았다. 국도를 타고 한 시간 정도, 그리고 대전 통영간 고속도로를 타고 20분, 금산 톨게이트에서 고향 집으로 지방도를 이용하여 다시 20분 이상이 걸린다.

"애미는 안 왔구나."

엄마의 목소리엔 서운함이 묻어 있었다. 아내는 여름 감기를 앓고 있었다.

"예, 몸이 조금 안 좋아서요."

"그래 어쩔 수 없지. 몸이 우선이니까."

아들인 내가 오는 것도 좋았겠지만 여자는 여자를 필요로 했다. 설거지며 집 청소, 그리고 밥상을 차리고 치우는 것 등에서 잠시 해방될 수 있으니까. 엄마는 몸이 불편해도 내가 주방에 서 있거나 청소하는 것을 원치 않으셨다. 집에 여자가 있으면 그런 일은 철저하게 여자의 몫이라고 생각하셨다. 그리고 무엇보다도 아버지의 심부름을 아내가 하는 것을 좋아하셨다. 아버지는 언제나 엄마에겐 짜증을 냈지만 며느리에겐 조금 달랐다. 그래서 엄마가 잠깐이나마 아버지로부터 자유로울 수 있었다.

"아버지, 좀 어떠세요?"

시골집에 가서 아버지를 보면 항상 처음으로 하는 질문이었다.

"늘 비슷하지. 오느라 애썼다."

아버지는 다시 안 좋아지고 있었다. 엄마와 매일 아침 전화통화로 알고 있었지만 애써 고통을 참으며 뱉은 말에서 아버지의 상태를 확인할 수 있었다. 소변줄은 그대로 끼고 있었다. 소변줄을 끼었다는 건 식사할 때만 빼고 안방에서, 아니 정확하게 말하면 침대에서만 생활했다는 반증이다. 당연히 소변줄을 낀 채로 집 밖을 나설 수도 없었고 거실조차도 나오지 못하셨으리라. 드물었지만 동네 사람들이라도 잠깐 들르는 날엔 감추고 싶은 비밀을 들킬지도 모르니까. 아버지가 그 옛날 운동회에서 1등을 추월하던 장면을 찍은 사진이 떠올랐다. 저기 침대가 생활 공간의 전부가 되어 버린 아버지가 그렇게 빨랐던 젊음이 있었던가! 방을 나서서 거실로 향하기 직전 아버지가 불렀다.

"잠깐 앉아 봐라."

이럴 때가 가끔 있었다. 아버지에게는 매우 중요하지만 나에게는 별 의미 없는 이야기가 많았다. 종중 땅이 대부분 아버지와 집안 어른의 공동소유로 되어 있다고 들었다. 아버지가 돌아가시면 상속세가 나올 테니 아랫동네 아저씨를 찾아가서 종중 통장에서 세금을 돌려받으라는 이야기는 두 번이나 들었다. 그리고 얼마 되지 않는 현금 통장이 어디에 있는지도. 오늘도 그런 이야기를 천천히 또박또박 말씀하시리라. 듣는 것 또한 나의 의무이기도 했다. 곁에 늘 계신 엄마보다 아들인 나에게만 전하고 싶은 말들이었나 보다. 실제로 엄마에게 그런 상황들을 물어보면 아는 것이 하나도 없었다.

"내가 사람을 죽였다."

나는 순간 어리둥절했다. 드디어 아버지에게 치매가 온 것이라고 생각했다. 지금도 너무 힘든데 치매까지 오면 어떡하나. 일시적으로 찾아온 섬망증이 아닐까?

"아버지가 사람을 죽였다니 무슨 말씀이세요? 아버지, 지금 정신 온전하신 거죠?"

"죽을 때까지 이 일은 숨기고 싶었는데. 아무래도 털어놓고 가야지 않을까 싶다."

난생 처음 듣는 말이었다. 내가 아주 어릴 적에, 아님 세상에 태어나기 전에 살인죄로 감옥에 갔다 온 것일까? 정당방어라서 감형을 받았을까? 진지한 아버지 얼굴에는 애처로운 서글픔이 구석구석 달려 있었고 손이 파르르 떨리고 있었다.

"누구를 언제! 그게 말이 돼요!"

"아버지의 큰어머니란다."

아버지의 큰어머니에 대해선 한 번도 들어본 적이 없다. 아랫동네 사는 형의 할머니다. 물론 본 적도 없었다.

"그러니까 일정 시절이지. 사촌 형은 돈 번다고 일본으로 갔고, 형수와 조카 둘이 할머니를 모시고 살고 있었지. 그런데 동네에 역병이 돈 거야. 나병환자가 생겼어. 한 명이 죽었고, 그 할머니의 친구분이 나병에 걸렸지. 동네 사람들 모두가 그 집 근처에는 얼씬하지 않았어. 그런데 큰할머니만 친구분이 너무 외로울 거라고 그 집을 자주 갔어. 감자도 쪄 가고, 옥수수도 가져가고, 식구들이 다들 말렸지만 큰할머니의 고집을 꺾을 수 없었어. 사촌 형을 대신해 열댓 살 전후의 조카들이 간신히 농사지으며 살고 있었거든. 누구나 어려운 시절이기도 했고."

아버지는 눈을 감고 계셨다. 조금이라도 진실을 털어내기 위한 몸부림을 나는 직감했다.

"그게 아버지의 살인과 무슨 상관이 있지요?"

나는 아버지를 다그치듯 물었다. 떨고 있던 아버지의 손이 조금 안정을 찾았다.

"마늘 다 떨어졌지? 엄마가 찧어서 냉동실에 넣어 놓았으니까 갈 때 꼭 가져가라."

마늘을 까던 엄마가 아버지의 이야기를 자르듯 말씀하셨다.

"네, 알았어요."

나는 건성으로 대답했다. 아버지의 뒷얘기가 너무나 궁금했다.

"아버지! 그래서요? 그리고 이 이야기를 제가 꼭 들어야 하나요? 왜 하필 지금."

"애비 마음이 조금이라도 편하려고 하는 이야기다. 듣기 너무 불편하면 하지 않을게."

아버지는 한숨을 크게 쉬었다. 그리고 잠시 하늘로 고개를 들었다. 낮이나 밤이나 안방에는 전등이 켜 있었다. 화장실을 자주 가야 하는 아버지는 어둠을 싫어했다. 아버지의 괴로운 마음을 조금 달래보려고 하는 이야기다. 들어주어야 한다는 책임감과 함께 궁금증이 몰려왔다.

"말씀하세요. 그 할머니도 나병에 걸리셨어요?"

"결국 큰할머니까지 나병에 걸리고 말았다. 근데 문제는 거기서부터 시작되었다. 동네에 소식이 파다하게 퍼졌고, 큰할머니는 철저하게 따돌림을 당할 수밖에 없었어. 나도 가지 못했었든. 걸리면 죽는 병이라고 동네 사람들이 수군거리고 다녔어. 그렇게 겨울을 버텼는데 하루는 조카들이 찾아온 거야. 굶어 죽겠다고, 어떻게 좀 해달라고. 농사짓기도 버거운 조카들의 마음을 금방 알 수 있었어. 농사를 지으려면 농기구도 빌려야 했고 품앗이도 꼭 필요한데 누구한테도 갈 수 없고, 아무도 집에 오지 않는다고, 식구들 다 굶어 죽게 생겼다고. 지 애비 없이 먹고살려고 아등바등하는 게 보기가 너무 안타까웠거든."

아버지는 잠시 말을 끊으셨다.

"여기 물 좀 가져와."

목이 마르신 게다. 거실에 있는 엄마보다 내 몸이 더 빨리 반응했다. 정수기 물 반 컵에 온수를 조금 내리면 된다. 아버지는 벌컥벌컥 물을 마셨다.

"그 시절에는 혼자 할 수 있는 일이 별로 없었어. 기계가 처음부터 마무리까지 책임지는 지금과는 비교가 불가능하지. 아무리 생각해도 별 방법이 없는 거야. 너의 둘째 작은아버지랑 그 이야기를 듣고 몇 날 며칠이나 걱정하고 고민했는지 몰라. 요즘 같으면 병원에서 충분히 나을 수도 있고 치료만 제때 하면 죽을병은 아니었지만 그땐 정말 죽었고 모든 사람들이 그렇게 생각하고 벌벌 떨었거든."

"그래서 그 할머니를 죽이신 거예요? 그게 있을 수 있는 일이에요?"

"네가 모든 것을 이해하라고 하는 것은 아니다. 입에 풀칠하는 것조차 힘든 시절이었어. 별 방법이 없었다. 삼촌 아니, 둘째 작은아버지와 큰할머니를 하늘나라로 보내기로 했단다."

"그럼 정말 실행에 옮기셨어요? 아니 그건 살인이에요! 말도 안 돼!"

나는 가슴이 파르르 떨렸다. 듣고 싶지 않아졌다. 하지만 벌써 너무 많은 것을 알아버렸다.

"어떻게요? 날카로운 도구를 이용했나요? 너무 끔찍해요."

"그건 아니다. 그럴 수 없었지. 연탄을 이용했다. 그땐 연탄도 귀했단다. 어렵게 연탄을 구해서 큰할머니가 주무시는 방에 밤에 몰래 들여놓았지. 뜬눈으로 밤을 새우다시피 한 다음 큰할머니 방으로 가보니 할머니가 살아계신 거야. 그땐 정말 어쩔 줄 몰랐지. 드시는 것도 거의 없으셨지만 할머니가 의식은 있으셨거든."

"실패했네요. 그런데 어떻게?"

"실패하고 죄책감에 빠져 삼촌이랑 펑펑 울었다. 하지만 멈출 수 없었어. 그다음 날 똑같은 일을 다시 했단다. 이번에는 문을 자물쇠로 꼭 잠그고. 결국 돌아가셨지. 그리고 시신을 태워서 앞 강에 뿌렸다. 조카들은 그냥 병으로 할머니가 돌아가신 줄 알고 있지. 물론 삼촌을 제외한 동네 사람들 모두도."

아버지의 말은 이미 흐느낌으로 바뀌어 있었다.

"아버지도 겨우 스물세 살이었어. 나는 분명 지옥에 떨어질 거다. 하늘 가서 큰할머니를 어떻게 보지? 내가 저 세상으로 보낸 할머니를……."

나는 할 말을 잃었다. 상황이 어쨌든 그건 살인이었다. 더구나 내가 용서할 수 있는 일은 분명 아니었다. 공소시효는 훨씬 지났지만 아버지는 사람을 죽였다. 아버지의 죄책감마저 없앨 수는 없었다. 그것을 숨기고 사는 것이 얼마나 힘들었을까? 동네에는 이미 돌아가신 분도 많지만 살아 있는 노인들도 여러 명 있었다. 그들은 어쩜 그때의 기억을 잊었는지도 모른다. 한국 현대사의 질곡을 겪어내기가 버거웠을 사람들에게는 역병이 엄습했던 그 시절을 떠올리기 싫을 수 있다. 아니, 희미한 기억 속의 한 귀퉁이에서 꺼내보고 싶지 않은 과거일 것이다. 하지만 아버지에게는 늘 현재형이었고 결코 지울 수 없는 파일로 머릿속에 저장되어 평생을 괴롭히고 있었다.

"니 애비가 그런 사람이다. 그래도 너에게는 말을 해 주고 싶었어."

나는 정수기에서 냉수에 얼음을 가득 채운 물을 허겁지겁 한꺼번에

다 마셨다. 그래도 갈증이 사라지지 않았다.
"어쩔 수 없었잖아요. 그건 아버지의 잘못이 아니잖아요."
나는 아버지의 떨리는 손을 꼬옥 잡았다.

*

우리 오 남매는 중학교 때부터 자취를 했다. 시골 고향까지 버스가 오지 않았기에 중학교를 진학했던 동네 학생들의 사정도 모두 같았다. 누나들이 중고등학교를 다니고 나와 여동생만 초등학교에 재학했던 시절도 있었다. 읍내 갈 일은 일 년에 몇 번 되지 않았다. 항상 가고 싶었지만 내 맘대로 갈 수 없었다. 엄마는 오일장을 이용하여 한 달에 두어 번 장에 가셨다. 방앗간 집에서 팔 수 있는 것은 그나마 쌀이었다. 쌀을 두 말 정도 머리에 이고 나룻배를 건너 맞바우 고개를 넘고, 지금은 군부대가 들어선 전딩이를 지나 사과 마을이었던 괴목리를 통하여 읍내로 가셨다. 가는 시간만 한 시간 반, 행군에 맞먹는 거리였지만 엄마는 차비를 아끼기 위해 웬만하면 걸어다녔다. 어쩌다 내가 따라가는 날이면 40분 정도 걸어 마포에 도착하여 시내버스를 탔다.

주말엔 거의 누나들이 집에 다녀갔다. 누나들 역시 마포에서 내려 40여 분을 걸어와야 했다. 토요일은 오전수업만 했기에 수업이 일찍 끝나서 좋기도 했지만, 누나들이 오는 날이라 항상 설레곤 했다. 누나들이 언제 올지 모르기 때문에 나와 여동생은 점심을 일찍 챙겨 먹고 강으로 향했다. 강가에 도착하면 일단 공기놀이로 쓸 예쁘고 동그란 조약돌을 주웠다. 강가엔 흐르는 물만 반짝이는 것이 아니었다. 셀 수 없는 조약돌과 모래사장이 어우러져 속살을 드러내며 빛났다. 강가엔 아직 뱃사공도 없었고 빈 배만 나루터에서 물살을 따라 흔들거렸다. 우리는 잠깐 둑에 올라 공기놀이를 했다. 내가 항상 이기는 게임이었지만 일부러 져주기도 했다. 동생에게 들키지 않고 져주는 건 여간 어려운 일이 아니었다. 공기놀이가 지겨울 즈음 우리는 다슬기를 잡았다. 집에서 노란 주전자를 챙기고 나오는 것도 잊지 않았다. 동생은 발목쯤 잠기는 가장자리에서 잡았고 나는 허벅지까지 들어가는 곳까지 들어갔다. 강물은 너무 맑았고 송사리, 빠가사리, 더러는 쏘가리까지 보였다. 모래바닥이 주 서식지인 모래무지를 가끔씩 밟으면 물컹하는 느낌에 살짝 놀랐지만 싫지는 않았다.

  국민학생이 물고기를 도구 없이 잡는 건 거의 불가능했다. 하지만 겨울에는 나도 물고기를 잡을 수 있었다. 아주 쉬웠다. 물길이 센 여울물 가장자리에는 늘 물이 흐르고 있었는데 제법 큰 돌을 들고 작은 바위를 세게 내리치면 되었다. 그리고 힘을 합쳐 바위를 들어 올리면 매번 성공하진 못했지만 기절한 물고기를 더러 건져 올릴 수 있었다. 한 마리 한 마리 잡은 물고기가 더해지면 우리의 기쁨도 따라서 커져 갔다.

  우리에게는 각자 맡은 역할이 있었다. 나는 라면 두 봉지를 가져왔다. 동네에 라면이 있는 집은 거의 없었다. 우리 집이 거의 유일했던 것 같다. 엄마에게 떼를 써 간곡히 부탁하면 장에 가서서 다섯 봉지 정도를 사오곤 하셨다. 그렇게 아껴둔 라면을 두 봉지나 가져갔다. 누구는 냄비와 그릇과 수저를, 누구는 김장김치를, 누구는 성냥과 땔감을 준비했다. 사실 들고 오기 가장 쉬운 것은 라면이었지만, 라면을 가끔 가져올 수 있는 나를 모두 부러워했다. 면과 주황색 마법 수프를 투입하고 김장김치와 우리가 잡은 물고기를 집어넣으면 끝. 우리는 물고기의 내장도 꺼내지 않았다. 끓는 냄새에 코를 대고 있는 시간도 충분히 행복했다. 가끔 라면이 없을 경우에는 소면을 가져오곤 했는데 맛은 덜하였다. 마법 수프가 없기 때문이다. 끓는 동안 냄비 뚜껑을 몇 번이나 열어봤는지 모른다. 채 익기도 전에 젓가락이 냄비 속으로 질주했다. 흐물흐물해진 물고기들과 곰삭은 맛이 절정인 김치, 그리고 꼬들꼬들한 면발은 우리만 알고 있는 가장 맛있는 먹거리였다.

*

그해 겨울 나는 스케이트라는 요상한 것을 알게 되었다. 학교 근처 사택에서 사는 형이 있었는데 그는 6학년 선생님의 아들이었다. 강이 얼음으로 꽁꽁 얼기 전에는 동네 앞 논에서 썰매를 탔다. 얼음이 속 깊이 얼어 더 이상 강물의 흔들림을 보지 못할 때 강에서는 썰매놀이의 향연이 이어졌다. 손재주가 있거나 나이 많은 형이 있는 친구들은 썰매를 쉽게 만들어서 강가로 몰려들었다. 하지만 난 그런 손재주가 없어서 같이 살고 있는 삼촌에게 조심스럽게 부탁하곤 했다. 물론 작년에 타던 것이 있기는 했지만 낡고 삭은데다 날이 무디어서 친구들과 썰매 경기를 하면 무조건 꼴찌였다. 승부욕이 강했던 나는 계속 결승점에 마지막으로 들어오는 것을 견딜 수 없었다.

겨울의 초입이 지나고 한파가 밀어닥치면 나는 삼촌의 눈치를 살피고는 썰매를 만들어 달라고 졸랐다. 하지만 삼촌은 쉽게 썰매를 만들어 주지 않았다. 조를 때마다 노래를 시켰다. '동구밖 과수원길', '올해도 과꽃이 피었습니다', '우리의 소원은 통일'로 시작하는 노래를 열 번쯤은 불러야 나의 애장물인 썰매가 선물로 돌아왔다. 서른이 넘었지만 결혼을 하지 않고 사랑방에 살았던 삼촌이 왜 그렇게 노래를 시켰는지는 나도 몰랐다. 차라리 한꺼번에 열 곡을 부르면 좋았을 텐데, 절대 두 곡 이상을 주문하지 않았다. 그러니까 최소한 다섯 번은 삼촌 앞에서 노래를 불러야 했다. 그러나 단 한 번도 나는 아버지에게 썰매를 만들어 달라고 말하지는 않았다. 아버지는 여전히 무서웠고 말을 꺼내면 혼날 것만 같았다. 기어코 나는 썰매 시합에서도 일 등을 할 수 있었다.

그렇게 놀던 어느 겨울, 선생님의 아들이었던 영식이 형이 스케이트를 강으로 가지고 나온 것이다. 우리의 애장품이었던 썰매와 비교가 불가능한 스케이트. 썰매는 주로 앉아서 타야 했고, 양손으로 날카로운 못을 장착한 지팡이를 찍어가면서 앞으로 내달렸지만 스케이트는 너무 달랐다. 신발 밑에 날이 달려 있었고 무게중심을 잘 잡고 스케이트 날을 앞으로 밀었다. 뒷짐을 진 손은 특별히 움직일 필요가 없었다. 스케이트는 무엇보다 속도가 썰매와 비교가 되지 않았다. 사정사정하여 형의 스케이트를 얻어 타기를 여러 번, 신세계의 질주였다. 강 끝에서 저쪽 강기슭으로 달리는 데 채 십 초도 걸리지 않았다.

 나는 그 스케이트가 너무 갖고 싶어 엄마를 조르기 시작했다. 라면도 필요 없고 가방을 안 사주어도 되니 스케이트를 사달라고. 엄마는 사줄 수 없다고 단호하게 말했다. 누나들 새 학년에 내야 할 육성회비도 모아야 하고, 자취방 주인댁에 일 년치 낼 월세도 모자란데 떼쓰지 말라고 했다. 이쯤 되면 전투였다. 내년에는 항상 반에서 일등을 할 것이고, 바쁠 때 포도밭 일도 도와줄 것이라고, 나무하러 갈 때도 꼬박꼬박 따라간다고 엄마에게 매달리기 시작했다. 엄마는 아무런 대꾸도 하지 않았다. 부엌에서 군불을 때다 나오는 엄마의 몸뻬바지에 지푸라기가 매달려 있었다. 눈물이 솟구쳤다. 엉엉 울면서 엄마를 따라다녔다. 나도 우는 나를 예상하지 못했다. 엄마가 마루 위로 올라가고 있을 때, 나는 뜨락에 주저앉아 버렸다,

“너 왜 울어? 이봐, 무슨 일 있어?”

 아버지의 고함소리가 들렸다. 아랫동네에 가셨다가 돌아오는 길이었다. 나는 그만 얼음이 되었다. 눈물이 뚝 들어갔고, 흐르고 있는 콧물만 연신 소매로 훔쳤다.

“글쎄 얘가 스케이트를 사달라고 조르네요. 선생님 아들이 가지고 있는데 저도 꼭 가지고 싶다니, 웬만하면 고집을 부리지 않는데 오늘은 진짜 유난이네요.”

움찔했다. 아버지가 회초리를 가지고 금방이라도 종아리를 때릴 것만 같았다. 그렇게 침묵이 흘렀다. 나는 슬금슬금 눈치를 보다 삼촌 방으로 들어갔다. 삼촌이 점심을 먹고 나무하러 간 것을 알고 있었다. 다행이다 싶었다. 그렇게 아버지가 쉽게 나를 포기하게 만들었다.

며칠이 지났을까. 강에서 연을 날리다 돌아온 점심이었다. 겨울 점심은 거의 고구마였다. 아버지와 삼촌은 밥을 주고 우리 오 남매는 고구마로 행복한 점심을 먹었다. 아랫방 윗목에는 수숫단과 짚으로 엮어 만든 고구마 통가리가 있었고, 겨울이 채 시작하기 전에 그 속엔 고구마가 가득 찼다. 반찬도 아주 간단했다. 김장김치와 하얀 배추와 무가 들어간 동치미였다. 아주 뜨거운 고구마의 껍질을 벗기기는 어려웠다. 그래서 껍질을 까지 않고 먹어본 적이 있었는데, 달콤함도 조금 부족한 듯 느껴졌고 무엇보다 가끔 골에서 씻기지 못했던 흙이 씹혀 뱉어낼 때가 있었다. 그래서 터득한 요령이 있었다. 가장 맛있게 생긴 고구마들을 얼른 그릇에서 꺼내놓고 굴려가며 식히는 것이었다. 내가 고구마 껍질을 벗기고 있을 때 장에 갔던 아버지가 자전거를 끌고 마당으로 들어왔다. 아버지와 한 공간에 있다는 것은 언제나 약간의 긴장을 감수해야 하는 것임을 알기에 고구마 껍질을 쉬 벗기지 못하고 있었다.

"이봐, 이거 스케이트래. 발 치수는 웬만하면 맞는다던데? 끈을 가지고 어느 정도 조절이 가능하다고 하더군."

스케이트? 난 이미 포기했는데, 아니 떼쓴다고 혼날까 봐 내내 걱정했었는데 아버지가 스케이트를 사 오신 것이었다. 자전거 뒤의 짐 싣는 공간에 스케이트 가방을 고무줄로 꽁꽁 묶어서 왔다. 한겨울이었음에도 불구하고 30분 동안 자전거를 타고 온 아버지의 이마엔 땀이 송글송글 맺혀 있었다.

아랫동네에 주워온 아이가 살고 있었다. 딸만 일곱을 낳고 더 이상 출산을 포기하고 대를 이을 아들을 주워왔다고들 했다. 물론 그 아이는 아직 모르는 듯했다. 어른들이건 아이들이건 그건 공공연한 비밀이었다. 나도 혹시 누나들만 세 명 둔 아버지가 장손을 잇고자 고아원에서 데리고 왔을 수도 있겠다는 상상을 했었다. 그렇지 않고서야 아버지가 나를 저렇게 무섭고 차갑게 대할 수는 없는 노릇이었다. 마치 누구나 아는 아랫동네 해준이처럼 나만 모르고 있지 않을까? 그 상상이 허상이었음을 아버지가 증명하고 있었다. 나는 고구마 한 개를 채 먹지도 않고 스케이트를 받아들고 강으로 내달렸다.

*

나는 다슬기를 잘 잡았다. 처음에는 물이 얕고 유속이 느린 가장자리에서 시작한다. 그런데 다슬기를 잡다 보면 조금씩 조금씩 깊이 들어간다. 그 이유는 단 하나, 깊을수록 다슬기가 많고 크기 때문이다. 운이 좋을 때는 큰 돌에 다슬기가 일고여덟 개씩 붙어 있을 때가 있다. 그런데 멋모르고 한꺼번에 그 다슬기를 잡으려고 욕심을 내면 자칫 한두 개의 다슬기도 못 잡을 수가 있다. 다슬기를 모두 움켜쥐려는 순간 유속에 떨어진 다슬기가 손아귀에서 벗어나 밑으로 흘러내려 간다. 잡을 다슬기의 범위를 잘 설정하여 조심스럽게 걷어올리면 놓치는 경우가 드물었다. 가능하면 다슬기는 유속이 느린 곳에서 잡으면 좋다. 물속이 비교적 선명하게 보여 바위나 돌에 붙어 있는 다슬기를 잡기가 유리하다. 난 시야가 넓고 손놀림이 빨라서 한 번 다슬기를 잡으면 작은 주전자가 넘치도록 잡으려 했다. 오랜 시간 다슬기를 잡으면 허리가 많이 아프다. 한 번 일어나 허리를 쭉 펴서 두평리 쪽을 응시하다 다시 다슬기와 정면 승부를 한다.

엄마는 내가 다슬기를 한 주전자 잡아가면 좋아하셨다. 된장을 풀고 아욱을 듬뿍 넣어 끓이면 엄마표 구수하고 담백한 다슬기국이 완성되었다. 아욱이 없으면 토란이나 시금치를 넣곤 하셨다. 다슬기국을 먹고 나면 알갱이를 까먹었다. 간장을 조금 넣고 간을 맞추어서 마루에 올려놓으면 옆집 울타리 탱자나무 가시로 하나씩 빼어 먹을 때마다 감칠맛이 났다. 그래서 빈 그릇을 옆에 두고 열 개 이상의 다슬기 속을 꺼내 한꺼번에 먹을 때도 있었다. 어느 때는 미리 까 두어 다슬기국에 넣어서 먹으면 진하고 깊은 다슬기 본연의 맛을 즐길 수 있었다.

"오빠, 또 깊이 들어가네. 빨리 나와!"

동생은 안달이 났다. 강기슭에서 다슬기를 열 개도 잡지 못하고 나만 바라보고 있었으리라.

"어, 걱정하지 마. 더 이상 깊이 들어가지 않을게."

늘 있는 일이었다. 동생은 물을 무서워했다. 멀리 물속에서 튀어오르는 물고기의 은빛 색깔은 더없이 좋아했지만 웬만해선 물이 발목 이상으로 올라오는 곳으로는 들어오는 법이 없었다. 나는 허리를 폈다. 아직도 반팔 화이트 블라우스 교복을 입고 양 갈래로 머리를 묶은 누나는 보이지 않는다. 신작로 저편에는 소를 몰고 가는 할아버지만 한 점 점으로 여름길을 걷고 있었다. 다시 다슬기 잡기에 몰입했다. 아직 노란 주전자를 채우지 못했다. 조금만 더 잡으면 될 것 같았다. 고개를 숙이고 깊은 쪽 바위를 보니 다슬기 밭이 보였다. 이건 횡재였다. 적어도 스무 마리는 될 듯싶었다. 한 발 더 들어갔다. 손을 살며시 물 밑으로 뻗을 무렵, 동생이 소리쳤다.

"오빠! 빨리 나와, 빨리. 그러다 물에 빠져!"

동생이 울기 시작했다. 울음소리가 점점 커졌다. 이쯤 되면 내가 나갈 수밖에 없었다. 엉엉 우는 동생의 울음소리에는 걱정과 두려움이 섞여 있었다. 어쩌면 강가를 곁에 둔 마을에 사는 사람들의 슬픈 사연을 토해내는 한일지도 모른다.

*

 그러니까 초등학교 5학년 때, 여동생은 초등학교 3학년 때였다. 나는 그 여름의 기억을 지울 수 없다. 나이가 들기 시작하면서 남자와 여자가 최소한 강물에서는 같은 공간에서 놀지 않았다. 남자들은 팬티만 입고 조금 떨어져 깊은 물에서 물놀이를 즐겼다. 그때 우리는 흰 조약돌 찾기 게임을 하고 있었다. 여자아이들은 나룻배 근처 채 허벅지도 닿지 않는 곳에서 옷을 다 입고 더위를 식히고 있었다. 모래사장이 끝난 곳에 예쁜 자갈들이 지천으로 깔려 있었다. 각자 가장 하얗고 적당한 크기의 조약돌을 골라온 다음 그것을 조금 깊은 강물에 던져 넣고 서로 물속으로 뛰어 들어가 그 조약돌을 먼저 찾아내는 사람이 이기는 놀이였다. 강을 끼고 있는 마을 남자아이들은 누구나 할 것 없이 물에 떠서 움직일 수 있었다. 수영을 따로 배울 기회는 없었지만 강과 더불어 자라면서 터득한 자연스런 놀이였다. 흰 조약돌을 찾기 위해서는 꼭 잠수가 필요했다. 물은 맑았지만 정확히 낙하지점을 가늠하고서 재빨리 잠수를 해야 뽀얀 조약돌을 손에 넣을 수 있었다. 총 이십 번 정도 조약돌 찾기 게임을 해서 일등을 가장 많이 한 친구가 그날의 승자였다. 구슬이나 딱지를 두고 하는 내기는 아니었지만, 우리 모두는 그날의 승리를 위해 눈이 빨갛게 충혈되도록 집중했다. 그렇게 여름 더위를 이겨낼 수 있었다. 물에서 서너 시간을 놀다 밖으로 나와 앉아 있으면 오히려 추위가 몰려오곤 했다. 뜨거운 모래사장이나 조약돌에 몸을 뒹굴다가 우리는 조개를 찾아 강 기슭의 바위 밑이나 뻘을 더듬었다.

 그날은 조약돌 찾기를 열 번도 채 하기도 전에 나룻배 주변에서 놀던 여자아이들이 갑자기 울음을 터뜨렸다. 엉엉 울면서 집으로 뛰어가는 사촌 동생을 보았다. 사촌 여동생은 3학년 내 동생과 같은 반이었다. 동시다발적으로 여자아이들이 울어대자, 무슨 일이 일어났음을 짐작하게 되었다. 남자은 모두 팬티만 입고 뜨거운 조약돌을 밟으며 나룻배로 뛰어갔다. 다섯 살 사촌 여동생이 없어졌다고 동생이 울고 있었다. 분명히 옆에서 놀고 있었는데 순식간에 사라졌다는 것이다. 주변 강물은 깊지 않았다. 혹시 몰라 남자아이들이 조금 더 깊은 물까지 들어가 보았으나 여전히 보이지 않았다. 공포가 밀려왔다. 정말 물귀신이 있어 사촌 여동생을 데리고 느럭골 깊은 물 속으로 들어간 것일까? 느럭골은 어른들도 꺼려 하는 곳이었다. 역류하며 흐르는 물살이 매우 세고 큰 바위 여러 개를 따라 휘돌았다. 세차게 내려가는 물과 역류하는 물들이 만나 회오리바람처럼 물기운이 솟구치는 곳이었다.

어른들이 놀라서 뛰어왔다. 작은아버지도 작은엄마도, 그리고 아버지도 왔다. 가까운 강에서 보이지 않자 어른들은 시체라도 건져야 한다고 아래로 아래로 내려갔다. 나는 무서워서 윗옷을 들고 팬티만 입은 채 집으로 뛰었다. 방엔 들어가지도 못 하고 감나무 밑에서 오들오들 떨고 있었다. 자꾸 전설처럼 내려오고 있는 느럭골 물귀신이 머리에서 떠나지 않았다.

두 시간 정도 뒤에 엄마와 여동생이 왔다. 여동생은 여전히 울고 있었다. 엄마의 흐느낌도 들렸다.

"이 일을 어쩐다냐! 갸가 왜 나룻배 밑에 깔려서 죽었는지! 우리 서방님 어쩐다냐! 아이고, 살아도 사는 게 아니다."

엄마도 목이 메어 있었다. 나도 슬픔인지 공포인지 모를 감정에 뒤섞여 울고 있었다. 어둠이 몰려오기 전에 아버지도 집으로 돌아오셨다. 사촌 여동생을 동네 어귀 산기슭 아기장터에 묻고 왔다고 했다. 그 아기 장터는 아기들이 태어난 지 얼마 안 돼 병으로 죽거나 사고로 죽으면 묻는 공동무덤이었다.

여동생은 그 후에 한 번도 죽은 사촌 동생에 관해 이야기하지 않았지만, 그 기억을 가슴 한 귀퉁이에 늘 놓아두고 있었다. 그래서 내가 물에 들어가는 것을 두려워했다. 곁에서 잘 놀던 사촌 여동생이 너무 쉽게 세상을 떠난 곳이 바로 금강 상류 나루터였다.

"그래, 나갈게."

나는 더 이상 다슬기를 잡지 않았다. 작은 주전자에 반 이상 잡아 한 번 국을 끓이기에는 모자람이 없어 보였다. 동생은 그제서야 울음을 그쳤다.

아버지의 등

지연이 아버지

아침부터 장문의 메시지를 받았다. 지연이 아버지였다. 지연이가 힘들어해서 학교에 보내지 않는다고 했다. 지연이가 민주에게 따돌림을 당해서 너무 힘들어한다는 내용이었다. 지연이와 민주는 2학년 때부터 단짝 친구였다. 3반 유나와 수지까지 합쳐 네 명은 항상 등교를 같이 했고 급식실에서 점심을 함께 먹었다. 화장실을 갈 때도 혼자 가는 적이 없었다. 2주일 전 졸업앨범을 찍을 때도 각기 다른 개성스러운 표정으로 한 팀이 되어 돈독한 친구임을 증명했었다. 더구나 민주와 지연이는 같은 아파트 같은 라인에 살고 있었다. 나는 일단 한 번 알아보겠다고 답글을 보냈다. 민주는 전교학생회장이다. 성격도 무난하고 공부도 썩 잘하는 아이였고, 지연이는 개성이 강해 보였지만 말썽을 피우진 않았다. 도대체 무슨 일이 있었던 것일까?

7시 30분, 시골집에 전화를 걸었다. 출근하고 커피 한 잔을 준비하면 항상 그 시간이었다. 예상했던 대로 엄마가 받았다. 늘 아버지의 건강 상태를 묻는 것이 첫 번째였다. 칠일 정도 대변을 보지 못해 이번에도 엄마가 고무장갑을 끼고 염소똥 같은 변을 빼냈다고 했다. 아버지의 짜증이 더 늘어났다고 했다. 항상 모든 물건이 제 자리에 있어야 했고, 약을 마실 때도 따뜻한 물과 찬물의 조합이 완벽해야 했다. 너무 뜨겁다고, 때론 차다고 짜증을 내신단다.

"엄마, 그냥 못 들은 척 하세요. 하루 이틀도 아니고 평생 아버지 뒷바라지만 하다가 엄마가 먼저 큰일 날 것 같아요. 잘 챙겨 드시고, 요양 도우미 오면 틈틈이 운동도 하세요."

이 또한 거의 매일 습관처럼 드리는 안부이자 위로였다. 실제로 엄마의 통장에는 뭉칫돈이 쌓여갔다. 남편을 치과의사로 둔 여동생이 고생하고 있는 엄마에게 경제적 지원만큼은 아끼지 않았다.

8시 30분 조례에 들어갔다. 독서상황기록지를 내지 않은 친구들 명단을 확인시켜 주었고 1, 2학년 때와 같은 책으로 기록한 학생들에게는 새로운 책을 읽고 다시 쓸 것도 주문하였다. 마지막은 금요일까지 자기가 진학하고 싶은 고등학교를 부모님과 상의해서 써낼 것을 강조했다. 생각했던 대로 지연이 자리가 비어 있었다. 모르는 척 민주에게 지연이의 결석에 대해 아는 게 없냐고 물었다. 민주는 자기는 모르는 일이라고 대차게 말했지만, 눈빛과 표정에서 무언가 있음을 직감했다. 분명히 민주와의 관계가 꼬인 것이다. 민주도 나도 편하게 대화할 시간이 없어서 점심 식사를 마치고 잠깐 교무실로 오라고 했다. 3반 수업 때 수지와 유나에게 살짝 물어봐도 돌아온 대답은 모른다는 것이었다.

지연이 아버지는 아파트 상가에서 치킨집을 운영했다. 나는 두 번 정도 그 가게에 간 적이 있었다. 아파트 단지를 끼고 있고 주변에 종합운동장이 있어 인건비 이상의 수입은 내고 있어 보였다. 9시 이후엔 배드민턴, 축구, 테니스, 족구 등을 끝내고 시원한 맥주를 한 잔 하고 가는 단골들도 꽤 있다고 아는 사람이 귀띔해 주었다.

　학교에서 가장 해결하기 어려운 일 중 하나가 여학생들의 따돌림과 관련된 문제였다. 남학생들은 강하고 짧은 편이 많았다. 장난이 심해져 다투는 일이 종종 있었지만, 욕이 오가거나 한두 대 치면 친구들이 말리는 과정에서 우정 벨이 울리고 교사가 현장으로 가서 수습하는 일이 많았다. 욕설과 주먹이 오갔다면 학교폭력대책자치위원회를 열어야 하지만 부모님이 원하는 경우만 열었을 뿐, 대부분은 훈계나 반성문, 화해 조치로 끝났다. 만약에 그런 일이 있을 때마다 위원회를 열어야 한다면 거의 매일 위원들이 학교로 출근을 해야 한다. 폭력에 관한 예방교육은 자율활동 시간에 수시로 이루어진다. 학교폭력, 아동폭력, 사이버 폭력, 언어폭력, 성폭력 등을 다루고 있다. 경찰서, 청소년 상담센터, 교육청 위센터 등 외부 전문 인사가 초청되어 오는 경우도 제법 있었다. 예전에는 강의 형태로 이루어졌는데 요즘은 폭력 상황 동영상, 가해자 피해자 인터뷰, 뉴스 자료화면 등 동영상을 많이 활용한다. 거기엔 욕은 폭력이라고 분명히 명시되어 있다.

　대부분의 학생들은 일상생활에서 비속어를 질펀하게 내뱉는다. 학생들의 비속어 사용에 관련하여 상황과 맥락에 맞게 판단하지 않으면 학생들은 하루에도 몇십 번씩 언어폭력을 행사했다는 이유로 교무실에 와야 한다. 욕이 입에 착 달라붙어 습관적으로 사용하는 아이들이 꽤 많다. 여학생도 예외는 아니었다.

　점심시간이 되지 않았는데 지연이 아버지에게서 또 문자가 와 있었다. 민주를 포함하여 두 명의 친구들과 대화를 해 보았는지, 지연이가 무얼 어떻게 얼마나 잘못했는지, 생각은 바뀌지 않았는지, 요약하면 그런 내용이었다. 부모님의 입장에서 이해하자면 충분히 그럴 수 있다. 빨리 해결되어서 원상태로 돌려놓고 싶고 자신의 아들딸이 원만한 교우관계 속에서 편하게 학교생활을 하는 것을 보고 싶어 할 것이다. 나도 수업을 해야 했고 아이들도 수업을 들어야 했기에 점심시간에 약속을 잡았다고 답글을 주었다.

점심을 먹고 2층 교무실로 왔다. 민주가 문 앞에서 지키고 서 있었다. 기말고사가 2주 앞이어서 노트를 보며 무언가를 열심히 외우고 있었다. 교무실 문을 열고 들어오니 초여름 햇살이 창문을 타고 컴퓨터 모니터에서 반사되고 있었다. 밥을 먹고 교무실로 이동할 때 보았던 운동장이 아니었다. 후텁지근한 운동장에서는 남학생 몇 명이 축구를 하고 있었다. 흙먼지가 폴폴 따라다니는 운동장 속에서 아이들은 땀을 뻘뻘 흘리고 있었다. 보는 것만으로도 더위가 훅 들어와 미간이 찌푸려졌다. 하지만 에어컨이 있는 교무실에서 내다본 창밖의 느티나무는 잎새는 싱그러운 모습이었다.

"민주야, 지연이랑 무슨 일 있었어? 지연이가 오늘 학교에 나오지 않았잖아. 민주는 혹시 알고 있을까 해서."

지연이 아버지의 문자 얘기는 꺼내지 않았다.

"이제 지연이와 가깝게 지내는 것은 어려울 것 같아요."

정수리가 보일 만큼 고개를 숙이고 있던 민주가 고개를 들고 야무지게 대답했다.

"무슨 말인지 조금 자세하게 얘기해 주면 안 될까?"

"가끔 지연이와 싸울 때가 많았어요. 그래도 내가 이해해 주고 넘어가기를 여러 번 했어요. 지연이가 가끔 심한 말을 했죠. 욕을 할 때도 많았어요. 제가 전교 회장이 되고부터 지연이의 질투가 심해졌어요. 친구들이나 후배들에게 자기가 선거운동을 열심히 해서 내가 당선되었다고 떠들고 다녔어요. 그러지 말라 했는데 계속 제 뒷담화를 하고 다니더라구요."

거친 숨을 몰아쉬며 서운한 마음을 쏟아내는 민주의 얼굴도 많이 상기되었다.

"진정한 친구가 아니었어요. 이젠 다시 지연이 때문에 힘든 시간 갖고 싶지 않아요. 충분히 생각해서 결정했어요"

"많이 서운했겠구나. 가장 친한 친구로 생각하고 있었는데, 그래도 이거는 바람직하지 않지! 너와 유나와 수지가 지연이와 친구로 곁에 있어 주지 않으면 지연이는 학교에 오고 싶지 않을 거야. 그리고 오더라도 누구와 금방 친해지겠니? 당장 점심도 혼자 먹어야 할 텐데."

"저도 그건 상상할 수 있어요. 처음엔 힘들겠죠. 그런데 지내다 보면 다른 친구들이 생기겠죠. 설사 생기지 않더라도 그건 지연이의 몫이지 더 이상 제가 챙길 일이 아니에요."

민주의 또박또박한 말투에는 배신감마저 묻어 있었다. 조금 더 시간이 필요할 듯 싶었다. 민주가 교실로 돌아가고 지연이의 아버지에게 문자를 넣었다. 민주가 쉽게 마음을 열지 않을 것 같으니 조금만 지켜보자고, 그리고 지연이를 내일은 꼭 학교에 보내 달라는 내용이었다. 지연이의 말을 직접 들을 필요가 있었다.

마침 5교시가 비는 시간이었다. 시험출제 마감이 이틀 뒤였다. 기본 출제는 끝냈지만 문제도 다시 한 번 확인해야 하고 깔끔한 편집도 필요했다. 그리고 이원목적분류표 작성을 마친 다음 출력을 해서 평가계 선생님에게 제출해야 했다.

시험지 편집을 어느 정도 마쳤을 즈음, 다시 지연이 아버지에게 문자가 왔다. 선생님의 입장을 이해하지만, 교사니까 아이들을 이해시키거나 훈계해서 상황을 되돌려 달라는 내용이었다. 심성이 고운 지연이가 마음의 상처를 입고 따돌림을 당하면 안 된다고 했다. 점심도 못 먹었다는 내용까지 덧붙였다. 벌써 세 번이나 문자를 받았다. 나는 노력하겠다고 짧게 답신을 보내고 쉬는 시간에 다시 수지와 유나를 불러 방과후가 끝나면 보고 가라고 전달하였다.

　네 명의 친구들은 2학년 수학여행 때도 인사동 한복 거리에서 한복을 대여해서 예쁘게 입고 사진을 찍었었다. 봄 에버랜드 현장학습에서는 같은 토끼 인형을 머리에 두르고 놀이기구를 타러 뛰어가던 뒷모습을 보지 않았던가. 학원에 늦는다고 유나와 수지는 짧은 상담을 원했다. 기사님께 부탁드려서 교문에서 기다리고 있다고, 민주의 생각과 같다고 했다. 지연이가 상스런 욕을 너무 많이 하고 잘난 체가 하늘을 찌른다고 했다. 그리고 일주일 전 동아리 시간에 선생님 면전에서 'ㅈ발'이라는 욕을 했단다. 미술반 동아리에서 혼자서 핸드폰을 보고 킬킬 웃어서 선생님이 혼내자 그 자리에서 욕을 했다는 것이다. 핸드폰은 등교 후 걷어서 보관해 두었다가 하교할 때 돌려주고 있었다. 수업시간에 필요로 하면 활용하기도 했다. 안 낸 것도 교칙에 위반되는 것인데 수업시간에 먹방 유트브를 보며 웃다니, 동아리 선생님도 화가 나실 만해서 훈계했는데 대놓고 욕을 하는 것은 자기들도 이해할 수 없다고 했다. 그런 유사한 일들이 꾸준히 이어져 왔다는 내용이었다. 그리고 학원 차가 기다린다고 빨리 교무실을 빠져나갔다. 잠을 수 없었다. 지연이의 입장에서 생각해 보라고 하고 싶었지만 시간이 없었다. 어떻게 해야 하나 머릿속이 점점 복잡해졌다.

　다음 날 아침 지연이 아버지가 또 문자를 보냈다. 오늘 지연이가 어렵게 등교를 하니 꼭 잘 챙겨주고 아이들과 잘 지낼 수 있는 시간을 가져 달라는 내용이었다. 조례 시간에는 없던 지연이가 수업 직전에 교실로 들어왔다. 민주만 한 번 눈길을 주었을 뿐 교실 분위기는 별 다를 게 없었다. 스포츠클럽 시간에 살짝 교실을 보니 지연이 혼자 앉아 자리에 앉아 있었다. 앉아 있는 것이 아니라 책상에 엎드려 있었다. 체육선생님께 몸이 아프다 말하고 교실에서 쉬는 중이라 했다. 피곤함과 긴장감이 얼굴 곳곳에 점처럼 묻어 있었고 창백한 얼굴에 화장기가 전혀 없었다.

지연이 이야기는 조금 달랐다. 자기도 모르게 욕을 한 건 사실이지만 전부터 친구들이 자기를 무시했다고 했다. 집에서나 학교에서나 자기는 언제나 무시를 받는 기분이라고 했다. 민주는 공부도 잘하고 게다가 학생회장이 되었고, 수지와 유나는 얼굴도 예쁘고 밝아서 남자친구들이 항상 졸졸 따라다닌다고 했다. 그들을 핵인싸로 표현했다. 자신은 언제나 아이들과 같은 배를 탔어도 폭풍우가 오면 구명보트 하나 없이 허우적거리다가 죽을 거라는 불안감을 늘 가지고 있었다고 했다. 1미터 60이 되지 않은 키, 여드름이 가득한 얼굴, 축제에서 댄스도 즐기지 못하는 뻣뻣한 몸뚱아리, 하나도 마음에 드는 것이 없다고 했다.

"친구들을 의도적으로 내 편을 만들었어요. 주말에 집에서 떡볶이 만들어 주고, 노래방 가고, 비밀스런 이야기에 공감해 주고, 생일 꼬박꼬박 잘 챙겨주고. 하지만 늘 불안했어요. 친구들마저 떠날까 봐요. 그래서 더 목소리를 크게 내고 내 생각에 공감해 달라고 강요했던 것 같아요. 언젠가 이런 날이 올 수 있을 거라는 생각은 했어요."

상대방의 말을 잘 들어주는 것이 상담의 기본이라는 것은 알고 있었기에 그냥 들어주었다. 그런데 갑자기 지연이 눈에서 눈물이 떨어졌.

"지연아, 마음이 많이 아프지? 못다 한 이야기가 있을 거야. 편하게 했으면 좋겠는데. 선생님이 조금이라도 도움이 될 수 있지 않을까?"

무언가 지연이를 그렇게 만든 원인이 있을 것이라 짐작했다.

"엄마는 심한 우울증을 앓고 있어요. 그래서 집안일을 제대로 하는 게 거의 없어요. 당연히 밀린 설거지며 세탁기 돌리고 빨래 개는 일 등 집안 청소가 내 몫이죠. 엄마는 밤에 가끔 심한 불안장애가 찾아와요.

침대에서 이불에 얼굴을 묻고 울거나, 때론 소파 구석에서, 책상 밑에서 오들오들 떨고 있어요."

화장지로 눈물을 닦고 있는 지연이는 잠시 숨을 돌리고 축구를 하고 있는 창밖을 응시했다. 골이 터졌는지 남학생들의 함성이 교실까지 들려왔다.

"전에 키웠던 반려견이 있었거든요. 이름은 '별이'였는데 그 녀석이 죽기 전에 자주 그랬어요. 그렇게 잘 따르던 녀석이 늘 움츠리고 있었죠. 그러다 얼마 뒤 죽었거든요. 제가 얼마나 사랑했던 녀석인데. 요즘 엄마는 그때 별이와 닮아 있어요. 따로 드시는 약이 있는데 그게 안 통할 때가 있어요. 내가 엄마 손 꼭 잡고 괜찮다고, 사라질 거라고 무조건 위로를 해 드려요. 그리고 복식호흡도 같이 하구요. 사실 저는 안 하지만 엄마를 위해서 하는 척하는 거죠. 빨리 엄마가 정상으로 돌아오길 간절히 기도하죠."

나는 학교 운동장 느티나무를 향해 시선을 돌렸다. 그러나 마음으로는 지연이의 귀가 후 일상을 상상했다. 지연이가 엄마 손을 꼭 잡고 위로하는 장면이 필름의 한 컷으로 영원히 남을지도 모른다는 생각이 들었다.

"12년을 같이 했던 별이와 헤어질 때 얼마나 슬펐는지 몰라요. 엄마를 보면 별이를 보는 것 같아 슬프기도 하고, 무섭기도 하고, 어느 순간 엄마가 조금 괜찮아지면 털썩 주저앉고 싶을 정도로 피로가 몰려와요. 오늘도 지나갔구나. 내일은 제발 무탈하게 지나가길. 언니는 고등학교 기숙사에 있고, 아빠는 점심시간부터 밤늦은 시간까지 치킨집에서 일하시고… 사실은 아빠가 가장 싫어요. 공부로 잘 나가는 언니랑 매일 비교하고, 집안일은 언제나 내 몫이고, 분노조절장애인지 욕하고, 윽박지르고……."

지연이는 손으로 얼굴을 가리고 펑펑 울기 시작했다.
"아, 그랬구나. 지연이가 많이 힘들었겠구나. 엄마를 지켜내야 했고, 친구들 관계도 그렇고, 아버지는 더구나 너를 보듬을 틈이 없었구나. 정말 아팠겠구나."
나는 지연이의 손을 꼬옥 잡았다. 갑자기 소나기가 내리기 시작했다. 스포츠클럽이 끝나가고 있었다. 창밖에선 축구를 하던 아이들이 비를 피해 느티나무 밑으로 몰려들고 있었다.
지연이 아버지께 압축해서 문자를 보냈다. 지연이가 단순히 친구 때문에 힘들지만은 않다는 사실을 알려야 했다. 조금 지나자 답문이 왔다. 시간이 되면 만나서 이야기하고 싶다고. 그래서 약속시간을 잡았다. 영업시간이 마무리될 11시에 내가 치킨집으로 찾아간다고 했다.

치킨집은 아파트 상가 맨 마지막 코너에 자리 잡고 있었다. 체인점이 아니었다. 치킨 브랜드가 얼마나 많은 시대인가. 학생들은 각 브랜드의 시그니처 메뉴를 알고 있었다. 그들은 금요일을 치맥데이 대신 치콜데이라 부르곤 했다. 먹고 싶은 음식에서 치킨은 늘 일등을 했다. 나는 삼겹살에 소주 한 잔이 좋다. 더러는 막창이나 해물탕, 하지만 학생들은 언제나 치킨, 언제나 햄버거였다. 삼겹살은 보통 삼등이나 사등에 올랐다.
가게에 들어서니 아직 테이블에 한 팀이 앉아서 생맥주를 마시고 있었다. 유니폼을 입은 걸로 봐서 배드민턴을 끝내고 가는 길에 들른 듯했다. 음주단속 걱정이 없이 아파트 내 주차를 시키고 마시는 술이다. 읍내로 나가게 되면 택시를 이용하거나 번거롭게 대리운전을 시켜야 하기 때문이다.
"지연이 담임선생님이시죠? 늦은 시간에 불편하게 해 드려서 죄송합니다. 낮에는 선생님이 안 되고 이른 저녁에는 제가 먹고 살아야 하니 또 어렵고. 이쪽에 앉으시지요."

카운터에 있던 지연이 아버지가 인사를 건넸다. 나이가 어려 보였다. 지연이는 엄마를 닮았을 것이라는 생각이 들었다.

"혼자서 운영하세요? 많이 바쁘고 힘드실 텐데요."

"5시부터 10시까지는 아르바이트 직원을 씁니다. 그 시간을 제외하고는 저 혼자 하지요. 좀 힘들어도 어쩔 수 없어요. 인건비나마 절약을 해야 하니까. 가끔 배달 전화가 오면 자리를 비우고 갔다 오기도 한답니다."

택시가 서더니 휘청거리는 손님들이 왔다. 아파트 주민들로 보였다. 읍내에서 충분히 마신 듯 보였으나 술은 술을 부른다고 했다. 앞 테이블에 앉더니 무조건 생맥주와 노가리 안주를 주문한다. 예상했던 대로 발음이 정확하지 않았다.

"죄송합니다. 오늘은 더 이상 손님을 받지 못합니다."

"아니 지연이 아빠, 돈 많이 벌었나 봐. 조금 늦었다고 우리 같은 단골을 아웃시키네."

"그게 아니구요, 지연이 담임선생님이 오셨어요. 죄송합니다."

"알았어요. 저 앞 편의점이나 가지. 아무튼 섭섭해."

우리 이야기를 들었는지 테이블에서 맥주를 마시던 사람들도 조금 머물다가 자리를 떴다. 지연이 아빠가 손님들을 배웅하고 간판 조명과 입구 등을 껐다.

"단골들이 연세가 제법 있으신 분들인가 봐요. 김현식의 '내 사랑 내 곁에'가 배경음악으로 흐르던데요. 요즘 까페를 가도, 미용실을 가도 하나같이 최신음악만 틀어주던데요."

"여기는 동네 장사예요. 젊은이들은 거의 오지 않구요. 아파트 주민들, 주로 40대 이상 되신 분들이 와요. 그리고 운동하고 오시다가 시원한 맥주 한 잔 하고 가시는 분들이 많지요. 그래서 인테리어 사진을 스포츠로 선택했구요. 가끔 학생들이 치킨을 시키기는 하죠. 배달비도 안 들고 가격도 저렴하니까요. 좋아하는 노래가 있으면 틀어드릴게요. 말씀만 하세요."

"그럼 주문해도 될까요? 이적의 '하늘을 달리다' 부탁드립니다."

사실은 아들이 가장 좋아하는 노래였다. 노래방에 가면 언제나 불렀던 곡인데, 많이 듣다 보니 나에게도 익숙해져 자연스럽게 좋아진 노래이다. 사실 내가 가장 좋아하는 노래는 강산에의 '거꾸로 강을 거슬러 오르는 저 힘찬 연어들처럼'이다. 가슴이 답답하거나 우울할 때 자주 들으며 위로받는 노래였다.

'마른 하늘을 달려 나 그대에게 안길 수만 있다면 내 몸 부서진대도 좋아. 설혹 너무 태양 가까이 날아 두 다리 모두 녹아내린다고 해도~'

이적의 노래가 중반부로 가고 있었다. 노래가 그나마 정적을 메꾸어 주었다.

"지연이 때문에 선생님 많이 힘들게 해서 정말 죄송합니다. 하루는 학교에 가지 않겠다고 떼를 썼어요. 몸이 아프다는 건 핑계였고, 점심을 같이 먹을 친구가 없다고 하더라구요. 그래서 민주와 유나 그리고 수지랑 안 좋아진 걸 알게 되었어요. 특별한 이유가 있는지 물어보았더니 그냥 친구들이 멀리한다고. 네가 잘못한 게 있으면 사과를 하고 이해를 구하라고 했지요. 그런데 그다음부터 말을 전혀 안 해요. 그래서 제가 선생님께 문자를 드린 것이구요."

지연이 아버지도 나도 음료수 한 잔을 벌컥 마셨다.

"예, 아버님이 걱정하시는 마음 충분히 이해가 갑니다. 그런데 혹시 어머님이 조금 아프지 않나요? 지연이를 통해 언뜻 들었거든요."

아버지가 벽에 걸린 손흥민 선수의 사진을 응시하고 있다가 고개를 돌렸다. '후' 한숨 소리가 들려왔다.

"집사람은 산후 우울증이 심했어요. 그래도 둘째 지연이까지 잘 버텼는데, 지연이가 다섯 살 때쯤 장인 어르신과 장모님 두 분이 교통사고로 한꺼번에 돌아가셨어요. 그리곤 더 이상 우울증에서 벗어나지 못했지요. 일상생활을 못 하는 수준입니다. 집 밖에도 애들이 주말에 억지로 데리고 나와야 한 바퀴 산책하는 정도예요."

지연이 아버지가 음료수 대신에 생맥주를 두 컵 가져와 권했다. 잠깐 망설이다가 그냥 음료수 잔을 들었다. 지연이 아버지는 생맥주의 뽀얀 거품 가루가 입가에 묻도록 들이키고는 다시 말을 이었다.

"집안일 대부분을 지연이가 하고 있죠. 언니는 고 3, 기숙사에서 입시공부로 엄두를 못 내고, 지연이가 많이 힘들 거예요. 저도 가게에서 생활비 버느라 정신없으니까 아무래도 집안일이 지연이 몫으로 가죠. 왜요? 지연이가 집안일 때문에 너무 힘들다고 하던가요?"

"중학교 3학년, 글쎄요. 공부도 해야지만 한창 놀고 싶은 시기이기도 하지요. 친구들과의 교우관계도 무척 중요하게 생각하구요. 혹시 어머님이 밤에 자주 불안장애를 겪는 것은 아세요?"

"언뜻 알고는 있는데. 제가 가게 정리하고 들어가면 2시쯤 되거든요. 그럼 아내는 이미 약을 먹고 깊은 잠을 자고 있어요. 지연이도 자고요. 저도 지친 몸으로 귀가하면 집안이 엉망일 때가 있어요. 개수대에 설거지라도 잔뜩 쌓여 있으면 정말 화가 나지요. 진짜 녹초가 되어 들어가거든요. 술손님을 대하는 곳이라 싸움이 나거나 주정이 심한 분들이 더러 계시거든요. 속에서 열불이 나도 웬만하면 제가 참아야 하지요. 집안일까지는 도저히 너무 힘들어서……."

잔에 남은 맥주를 모두 마시고 다시 냉장고에서 병맥주 한 병을 꺼내왔다. 12시가 넘고 있었다.

"그 정도는 지연이가 할 수 있지 않을까, 그래서 믿었는데, 집사람까지 지연이에게 기대고 있었네요. 아내가 아침에는 조금 괜찮거든요. 가끔은 설거지도 하고 찌개를 끓이기도 해요. 제가 가게로 출근하면 덜렁 찬밥처럼 혼자 남겨지는 것이 더 안 좋아지는 것 같아요. 큰애는 고3, 노후대책은 생각도 못 하고 있습니다."

나는 이야기에 집중하려 노력하면서 벽에 걸린 전자시계를 보았다. 골프 선수 박세리의 유명했던 골프 장면이 인테리어로 벽시계에 붙어서 시선을 끌었다.

"지금까지는 혼자서 어떻게 버텨왔는데 큰애가 서울에 있는 대학교를 가면 그냥 까마득해요. 열심히 공부하는 애한테 포기하라 할 수도 없고……"

병맥주 한 병도 금방 비워졌다. 음악이 끊기자 12시가 넘은 호프집에 정적이 찾아왔다. 나는 땅콩 껍질을 하나하나 벗기며 아버님 쪽에 놓았다. 누군가의 아픈 사연을 들어준다는 것도 굉장한 정신노동이 필요했다. 피곤이 엄습했지만 그냥 자리를 뜰 수 없었다.

"선생님께 별 이야기를 다 하네요. 우울증도 전염되나 봐요. 살고 싶은 생각 별로 없어요. 애들만 없으면……. 생각해 보니 그러네요. 저도 편하게 이야기할 사람이 없어요. 가게는 한 달에 한 번 쉬니까 누구 만나는 게 쉽지 않아서 친구들도 멀어지고. 그러니 모든 화살이 지연이에게로 갔네요. 정말 할 말이 없습니다."

나도 할 말이 없었다. 어디서부터 매듭을 풀어야 하나. 김광석 노래가 이어지고 있었다. '어느 노부부의 이야기'였다. 그 노래를 들으면 항상 30대 가수가 어쩜 저렇게 노래로 우리 감성을 자극할 수 있을까 생각했다. 그리고 또 하나, 노래 가사처럼 엄마 아버지가 사시면 얼마나 좋을까.

"우울증이나 불안증세가 있으니 어머님이 투약은 하실 테고, 혹 심리

상담치료는 받아보셨나요?"
 에어컨 바람이 서늘하게 내려왔다. 전기요금이라도 아껴야지 하는 마음으로 내가 가서 에어컨을 끄고 선풍기 하나를 틀었다. 지연이 아버님의 얼굴이 늦은 밤 조명등처럼 발갛게 달아오르기 시작했다.
 "직접 가지는 못하고 신경정신과 의사랑 50분에 12만원 상담을 네 번 정도 했을 거예요. 의사가 원인을 조금 밝힐 무렵 집사람이 상담을 끊었어요. 경제적인 문제가 컸습니다. 저도 사실 언제 끝날지 모르는 상담을 계속 받으라 하기도 어려웠어요."
 "원인을 조금이라도 찾았나요?"
 나는 잠깐 망설이다 매우 조심스럽게 말을 건넸다.
 "글쎄요. 어릴 때 장인어른 때문에 많이 힘들었고, 성인이 되어서는 원망이 컸다고 하더라구요. 그런데 그 장인어른이 사고로 돌아가셨잖아요. 제가 아는 건 그 정도입니다."
 "저도 잘 모르지만 지연이에게 그 우울증이 대물림될 수도 있을 것 같아요. 지금 지연이도 많이 힘들어 보여요. 저도 노력할 테니 아버지께서 조금 더 지연이에게 마음으로 다가가 주세요. 부담도 덜어주시고, 혹시 기회가 되면 제가 어머님과 상담을 해 보겠습니다."
 그 외 별다른 말을 하지 않았다. 김광석의 노래가 끝날 즈음 나는 자리에서 일어났다.
 가게에서 집으로 돌아오니 1시가 훨씬 넘었지만 쉬 잠이 오지 않았다. 지연이 아버지 호프집에 고흐의 '자화상'이나, 뭉크의 '절규', 프리다 칼로의 '자화상'이 걸려 있지 않은 것은 다행이었다. 가게의 액자 속에서 별처럼 빛나고 있는 김연아, 손흥민, 류현진, 김연경은 아버님의 마음을 위로해 줄 수 있는 최선의 선택이라는 생각을 했다.

아버지

그렇게 기다리던 중학생이 되었다. 큰누나는 고등학교를 졸업한 뒤 서울에서 직장을 다니고 있었고 나는 둘째, 셋째 누나와 함께 읍내에서 자취를 하며 살았다. 주인집은 큰누나 친구의 친척집이라고 했다. 대문을 열고 집에 들어서면 왼쪽으로 돼지 축사가 있었는데 돼지가 20마리는 넘었을 것이다. 돼지를 키우고 텃밭을 가꾸는 것은 주인아저씨의 일이었고, 아주머니는 시장통에서 여성복 가게를 운영하였다. 주인집은 자식이 네 명이었다. 시골 초등학교 행정실에 근무하는 누나, 집에 살지 않고 가끔 들르는 형, 그리고 고등학교 2학년 누나, 마지막으로 나와 같은 1학년 여학생이었다.

집에 들어가면 제법 큰 거실이 있고 바로 왼쪽으로 작은 우리 방, 그리고 현관 입구에서 정면으로 보이는 안방, 오른쪽으로 작은 방이 두 개 있었다. 나는 한 번도 작은 방에 들어가 본 적이 없었다. 자취방과 안방 사이에 문이 있고 문을 열면 공동으로 사용하는 주방이 있어서 연탄불을 갈아야 할 때만 가끔 주방에 들어갔다. 물론 화장실은 밖에 있었다. 단 하나의 화장실을 8명이 공동으로 사용해야 했으니 아침이 되면 화장실 전쟁이었다. 화장실은 축사 입구에 있었는데 늘 한 명의 대기자가 밖에서 기다리고 있었다. 그러나 우리들은 그 틈에 낄 수 없었다. 주인집 식구들이 화장실 이용을 다 마칠 때를 기다리고 있다가 눈치껏 용변을 보곤 했다. 가끔 화장실을 사용하는 사람이 없어 들어가려다 주인집 막내 여학생과 마주치기도 했다. 민망함이 극으로 치닫는 순간도 여러 차례, 소변이 급할 때는 축사와 텃밭 사이에 있는 공간을 활용하기도 했다. 가끔 축사에 들른 아저씨를 맞닥뜨리는 순간도 있었지만, 아저씨도 못 본 척 고개를 돌리곤 했다.

자취 생활의 가장 어려운 시기는 연탄불과의 전쟁이 시작되는 겨울이었다. 주인집에서는 연탄을 이백 장쯤 사서 넓은 공간에 쟁여놓았지만 우리는 돈도 없었고 공간마저 부족했다. 그래서 삼십 장을 사서 옥상으로 올라가는 계단 밑에 쌓아놓았다. 연탄불 조절은 늘 어려운 숙제였다. 절약하기 위해 최대한 끝까지 태워서 갈아야 했는데 그 시간을 놓치면 꺼져버렸다. 아홉 시쯤 불을 확인하면 한 시간 정도를 더 태울 수 있어 미룰 때가 있었다. 시간을 잘 맞추어 갈면 다행인데, 라디오를 듣다가, 숙제를 하다가, 책을 읽다가 세 명 모두 잠들 때가 있었다. 당연히 새벽 방바닥은 냉골이었고 이불을 뒤집어쓰기 시작하면 우리는 연탄불이 꺼졌다는 것을 쉽게 예측할 수 있었다.

번개탄을 사러 가는 것은 내 몫이었다. 여러 번 경험을 했기 때문에 이른 시간에 문을 연 미니수퍼로 뛰어가곤 했다. 하지만 더 큰 문제는 세면이었다. 연탄불 위에는 큰 통의 양은 양동이가 있었고, 양동이에서 뜨겁게 데워진 물과 찬물을 섞어서 머리를 감고 세수를 했다. 나는 진작에 머리 감기를 포기했지만 누나들은 달랐다. 얼음처럼 찬물로 머리를 감고 들어오는 누나들의 머리에는 수십 개의 이슬얼음이 달려 있었다.

엄마가 장을 보러 오는 날이면 꼭 자취방에 들르셨다. 선물처럼 라면 한 박스를 놓고 가면 얼마나 좋았는지 모른다. 때론 딸기가 있었고, 사과 몇 알이, 호떡 세 개가 놓였을 때도 좋았지만 라면은 단연코 최고였다. 간식으로, 주식으로 라면을 이길 것은 없었다. 면을 넣고 매운 고추를 조금 썰어 넣어서 끓인 다음 덜 익혀 꼬들꼬들하게 먹으면 세상 부러울 것이 없었다. 물을 조금 많이 넣어서 라면 국물에 찬밥과 푹 삭은 김치를 더해 말아먹으면 완벽한 밥상이었다.

*

어느 초여름이었다. 자취방에 달린 작은 창문이 있었다. 방 뒤로는 세

골쯤 되는 텃밭이 있었는데 한 골은 대파가 자랐고, 나머지 두 골은 노지 딸기가 초록색 잎 옆에서 빼꼼 색깔을 드러내고 있었다. 주인집 아저씨는 굉장히 부지런한 분이었다. 축사에서 악취가 나지 않는 것도 그 때문이었다. 주인집은 아주머니가 주도권을 쥐고 있었다. 아저씨가 축사며 텃밭에서 열심히 일을 해도 불만이 많았다. 그래서 가끔씩 큰 소리가 나기도 했다. 잔소리를 들은 아저씨는 농약사에서 준 모자를 쓰고 텃밭에서 풀을 뽑거나 돼지우리를 청소하곤 했다.

내가 눈여겨 보아둔 딸기들이 빨갛게 잘 익었을 때 아저씨는 종자기를 들고 와 하나씩 정성스럽게 땄다. '저 딸기들은 내 눈길이 훨씬 더 갔을 텐데.' 생각하며 달콤한 딸기향을 상상할 수밖에 없었다. 그런데 어느 날 하교 후 현관문을 열고 들어가니 동갑내기 여학생이 거실에서 그 딸기를 먹고 있었다. 상큼하고 달달한 군침이 입에 가득 고였다. 얼른 시선을 회피하고 방으로 들어갔다.

그날 밤은 다행히 초승달이었다. 나는 방에서 나와 살금살금 집 모퉁이를 돌아 작은 텃밭으로 향했다. 그리곤 딸기 잎을 최대한 밟지 않고 딸기를 열 개쯤 땄다. 그 딸기를 주머니에 넣고 근처 공터로 가서 꺼내 먹었다. 조금 신맛이 나는 것도 있었지만 시장에서 엄마가 사준 딸기보다 훨씬 맛있었다. 딸기의 자라는 모습을 하루도 빼지 않고 바라봐 준 선물로 생각했다. 내 작전은 성공한 듯 보였다.

그런데 다음 날 하교 후에 자취방 문을 여니 작은 그릇에 딸기가 제법 놓여 있었다. 엄마는 아니었다. 장날도 아니었지만, 엄마가 사 왔으면 봉지에 넣어 왔어야 했다. 정신이 번쩍 들었다. 그리고 조그만 창가로 다가가 창문을 열었다. 아뿔싸! 딸기밭이 엉망이 되어 있었다. 밟혀서 일그러진 딸기도 있었고 흙에 묻어 있는 딸기 잎들도 여기저기 보였다. 지난밤에 나쁜 손님이 다녀갔다는 것을 텃밭이 그대로 보여 주었다. 얼굴이 화끈 달아올랐다. 아저씨가 주인집 식구들에게 이 사실을 알리면 어쩌지! 더구나 내 동갑내기 여학생이 알면……. 부끄럽고 창피해서 난 밖으로 나갈 수 없었다. 그러나 그보다도 더 무서운 상상을 해야 했다. 만약 내가 딸기를 훔쳤다는 사실을 아버지가 알게 된다면? 심장 소리가 아주 크게 들렸다. 그날은 소변이 급해도 꾹꾹 참고 밤이 되기만을 기다렸다.

*

 1학년 여름방학을 한 달 정도 앞둔 유월 말이었다. 학교에서 돌아와 집에서 라디오를 듣는데 속이 좋지 않았다. 마치 차멀미를 하듯 속이 울렁거렸다. 선풍기를 틀고 자리에 누웠지만 눈을 뜨면 천장이 빙빙 돌았다. 눈을 감았더니 멀미가 확 밀려왔다. 토할 것만 같았다. 너무 급해 화장실에 갈 여유가 없었다. 바가지를 놓고 토하기 시작했다. 한꺼번에 배 속에서 미처 소화되지 않은 음식물들이 솟구쳐 나왔다. 바가지 밖으로 파편들이 튀었다. 그래도 토하고 나니 조금 나아졌다. 정신을 차리고 바가지를 들고 나가 하수구에 버리고 물로 헹구었다. 혹시 몰라 바가지를 가지고 방으로 돌아와 라디오를 틀었다. 김기덕의 '두시의 데이트'에서는 'Take me home country road'가 스피커를 타고 내 귀로 흘러들었다. 평소에 좋아하던 노래였다. 노래를 듣다 보니 다시 속이 울렁거렸다. 노래가 자극해서 울렁거리는 줄 알았는데 다시 토하고 싶었다. 노랫소리가 어질어질 천장에서 노랗게 돌고 있었다. 재빨리 라디오를 껐지만 내 머릿속에는 노래가 계속 팽이처럼 맴돌았다. 맴맴맴 돌수록 내 위장은 파도를 타고 밖으로 밖으로 음식물을 내뿜기 시작했다. 그러기를 몇 번, 더 이상 나올 것도 없었다. 찔끔찔끔 눈물이 흐르듯 투명한 액체만 바가지에 몇 방울 떨어졌다.

 누나들이 학교에서 돌아와 내 몸 상태를 파악하는 데는 그리 시간이 걸리지 않았을 것이다. 병원은 문을 닫았을 시간이어서 누나가 급하게 약국에서 약을 사 왔다. 어떻게 밤이 지나갔는지 모른다. 정말 가장 길었던 밤이었다.

다음 날은 학교에 갈 수 없었다. 누나들은 약과 요구르트와 빵을 놓고 학교에 갔다. 그때 나는 엄마가 얼마나 보고 싶었는지 모른다. 누나들은 최선을 다 했지만 엄마가 될 수는 없었다. 엄마가 곁에 있다면 흰죽이나 누룽지를 끓여주고 열이 나면 미지근한 물에 적신 수건을 짜서 머리에 얹어놓곤 했을 것이다. 배를 살살 주물러주시고, 손과 발은 바늘을 이용하여 따 주었을 것이다. 아플 때는 일을 하지 않고 내 곁에서 나만 지켜주었던 엄마의 손, 엄마 냄새가 간절하게 그리웠다.

덩그러니 혼자 방에 누워 있었지만 배는 고프지 않았다. 목이 말라 요구르트를 마시자 얼마 안 되어 배가 다시 아파왔다. 나는 겨우 힘을 내 화장실에 다녀왔다. 아침 시간은 등교와 출근으로 시끌벅적했는데 집이 너무 조용했다. 자취집에서 그렇게 조용한 시간을 보내기는 처음이었다. 축사를 오가는 아저씨의 헛기침만 정적을 깨곤 했다. 까무룩 잠이 들기도 했지만 여전히 한겨울 승객이 가득한 만원 직행버스에서 멀미를 하는 기분이었다. 그날 나는 하루 종일 버스를 탄 것처럼 심한 멀미를 했다. 약을 먹어도 소용이 없었다.

막내 누나가 야간자율학습을 하지 않고 집으로 왔다. 우린 모두 미성년이었다. 누나가 곁에 있다는 것만으로도 큰 위안이 되었지만 멀미가 멈추진 않았다. 누나가 주인집에 양해를 구하고 엄마집에 전화를 했다. 엄마가 내일 새벽차로 올 거라고 했다. 눈물이 나왔지만 꾹 참았다. 그런데 누나가 먼저 눈물을 쏟아냈다. 이틀 동안 아무 것도 먹지 못하고 계속 토하고 까라지는 동생을 보는 마음을 난 조금 알 것 같았다. 아무 일 없이 잘 살아내다가도 어찌할 수 없는 상황이 발생하면 서러움이 폭발하는, 우리는 자취생들이었다.

지난봄 소풍이 그랬다. 소풍에 빠질 수 없는 것은 김밥이었다. 그러나 소풍 날짜가 정해지고 나면 나는 걱정에 빠졌다. 김밥이 문제였다. 김밥을 싸달라고 시골에 계신 엄마를 부를 수는 없다고 생각했다. 일 년 중 가장 바쁜 농번기였기 때문이다. 모내기도 해야 하고 포도 순도 따야 하고, 고구마도 고추도 심어야 하는 것을 알고 있었다. 누나들은 김밥을 쌀 수 없을 거라 생각했다. 점심을 굶는 것은 문제가 되지 않았으나 텅 빈 손으로 소풍 행렬에 끼어 가는 상상을 하니 부끄럽고 초라한 내 그림자가 보였다.

전날 종례 시간에 담임선생님이 우리들에게 물었다. 혹시 내일 김밥 싸 올 형편이 되지 않는 사람은 손을 들라고. 아주 짧은 시간 무척 망설였으나 나도 모르게 고개를 푹 숙이고 손을 들었다. 63명 중 2명이 손을 들었고, 여유분을 준비할 수 있는 학생에게 도시락 두 개를 부탁했다. 누나들은 여전히 소풍 날짜를 몰랐고 나는 빈 책가방을 가지고 학교에 갔다. 중학교 첫 소풍은 매우 우울한 하루였다.

다음 날 누나들이 등교하고 바로 엄마가 왔다. 나는 엄마를 보자마자 서럽게 울었다. 우는 나를 달래준 엄마는 나를 데리고 읍내 병원으로 갔다. 지쳐서 두 번이나 쉬었다 가야 했다. 엄마 눈에서도 그렁그렁 눈물방울이 맺혀 있었다. 병원에서 주사를 맞고 약을 타왔다. 그리고 엄마는 흰죽을 끓여 주었다. 입맛은 없었지만 억지로 몇 숟가락 먹었다. 그러나 약을 먹고 자리에 누운 지 얼마 되지 않아 나는 약과 죽을 다 토해 버렸다. 이번에는 바늘로 양쪽 엄지손가락과 발가락에 침을 놓았다. 평소에 학교에 가기 싫은 날도 더러 있었지만 그 순간만큼은 제발 빨리 나아서 학교에 가고 싶었다. 주사도 약도 엄마의 민간요법도 내 멀미를 멈추게 하지 못했다. 초조해진 엄마는 주인집 전화를 빌려 아버지와 통화를 했다. 그날 밤 내 몸 상태는 바닥으로 추락하기 시작했다. 약은 고사하고 물만 먹어도 바로 토하곤 했다. 엄마도 뜬눈으로 밤을 지새웠다.

다음날 아버지가 왔다. 그리고 읍내 병원들엔 돌팔이 의사밖에 없다며 대전의 병원으로 가야 한다고 했다. 아버지는 엄마에게 간단히 짐을 꾸리라고 하고는 나를 업었다. 역은 내가 다니는 중학교 바로 옆에 있었는데 족히 20분은 걸어야 갈 수 있었다. 10시쯤 되었을까! 아직 한낮 더위는 아니었지만 땡볕 더위가 시작되고 있었다. 아버지는 내 엉덩이를 두 손으로 힘있게 받치고 주인집 대문을 나섰다. 그때까지 아버지가 나를 업은 기억은 없었다. 적당한 체구에 농삿일과 방앗간 일로 달구어진 근육! 평소에 그토록 먹고 싶던 짜장면집, 칼국수집, 만둣집, 실비 갈비집 등 음식 골목을 지났다. 그런데 음식 생각만 해도 속이 울렁거렸다. 나는 아버지의 어깨에 축 늘어져 눈을 감았다. 아주 좋은 냄새가 났다. 과일이나 호떡 맛과는 비교도 안 되는 그 냄새의 근원지를 알 수 없었다. 투명한 하늘에 햇살은 읍내 중심부를 겨냥하고 있었고 거리에는 벌써 땀을 훔치며 부채질을 하는 사람도 있었다.

엄마는 작은 보따리를 들고 종종걸음으로 뒤따랐다. 그런데 이 향기는 무얼까? 시골집 포도밭 뒷산에 흐드러지게 피었던 아카시아꽃 향기와는 다른 향기가 아버지의 등에서 코끝으로 전해졌다. 같은 반 진규 아버지가 운영하는 약수 목욕탕이 보였다. 이제 절반쯤 온 것이다.

목욕탕집 아들은 때깔부터 달랐다. 남자가 어떻게 그런 뽀얀 피부를 가질 수 있을까? 금색 안경테는 그를 도드라지게 만드는 또 하나의 자랑이었다. 무엇보다도 점심시간이면 몇몇 학생들이 진규의 책상에 찰싹 달라붙었다. 그의 도시락 반찬의 기본은 항상 소시지와 계란후라이였다. 그뿐인가. 김, 장조림, 제육볶음, 불고기, 오뎅볶음, 콩나물무침에다 때론 새우튀김도 몇 마리 가져왔다. 시골집에서 가져온 김치와 장아찌 그리고 콩조림 등 나의 도시락 반찬과는 비교가 되지 않았다. 진규의 아버지는 중학교 육성회장이었다.

이제 서점 두 개만 지나면 역에 가까워진다. 무언가 아버지의 어깨에 파묻힌 내 얼굴로 흘러내리는 것이 있었다. 아버지의 땀이었다. 나는 그 아름다운 냄새의 정체를 알아버렸다. 그것은 아버지의 몸에서 나는 향기였다. 탈진된 내 몸과는 다르게 역으로 가는 20분 동안 아버지의 땀 냄새는 이어졌다. 그것은 단순히 땀 냄새가 아니었다. 아버지만의 가진 향기, 나는 아직도 그 아름다운 향기를 잊지 못한다.

*

중학교 1학년 2학기가 되어서야 나는 학교에 어느 정도 적응을 하고 있었다. 63명 중 같은 초등학교를 졸업한 친구는 나를 제외하고 한 명뿐이었다. 대부분 읍내 3개 초등학교에서 진학한 아이들이었다. 3개 초등학교를 졸업한 학생들은 이미 한 반에 적어도 15명 이상의 초등학교 동창들이 있었다. 그들은 이미 친한 친구들이 있어 체육복을 안 가져왔을 때도 빌려 입는 데 어려움이 없었다. 그러나 나는 도시락을 같이 먹거나 음악실이나 미술실로 이동할 때도 함께하는 친구를 만들지는 못했다.

2학기가 시작되면서 영어 선생님이 특단의 수업방법을 우리에게 제시했다. 중간고사 시험 결과가 만족스럽지 않자 선생님은 교과서 아래에 빼곡빼곡 적혀 있던 단어를 다 암기하도록 했고, 일주일마다 복습해서 단어시험을 보았다. 어떨 때는 교과서 한 장 정도 분량의 문장을 암기하도록 주문했다. 단어시험을 보아서 80점을 넘지 못하면 회초리를 드셨다. 처음에는 교탁에 올라가 교복 바지를 걷고 회초리를 맞는 아이들이 제법 많았다. 그 무리들 속에 나도 포함됐었다. 맞을 때의 통증도 무서웠지만, 반바지 체육복을 입고 체육수업을 하러 운동장으로 나갈 때면 새

파랗게 멍이 든 종아리를 그대로 드러내는 것이 창피했다. 더구나 쉬는 시간에 다른 반 학생들까지 내 종아리를 보고 킬킬거리는 것은 참을 수 없었다. 처음 회초리를 맞은 후 나는 집에서 단어를 암기하거나 문장을 외우는 데 시간을 쏟았다. 맞는 학생들이 줄기는 했지만 그래도 몇 친구는 80점을 넘기지 못해 대나무 회초리를 맞았다.

여전히 회초리를 맞는 학생들이 여러 명 이어지자, 선생님은 기어코 다른 체벌을 선택하였다. 점수를 넘기지 못하면 팬티까지 포함해 하의를 모두 벗겨 책상 위에 무릎을 꿇리고 수업을 듣도록 한다며 으름장을 놓았다. 충격이었다. 학생들의 의견은 절반으로 나누어졌다. 벗긴다, 그럴 수는 없다. 벗건 안 벗건 학생들은 틈나는 대로 단어를 암기했다. 사회를 가르쳤던 담임선생님 시간에도 영어책을 펴놓고 암기하다 걸려서 혼나는 학생도 있었다.

그렇게 예정했던 단어시험 시간이 왔다. 교실을 최고의 긴장으로 몰고 갔던 단어시험이 끝나고 결과를 기다렸다. 단어 중 10개만 출제했기 때문에 선생님은 눈으로도 쉽게 채점을 할 수 있었다. 혹시 철자 하나라도 틀렸을까 걱정하는 탄식들이 이곳저곳에서 터져 나왔다. 채점을 마친 선생님은 한 명의 학생을 지목했다. 바로 내 앞에 앉은 친구였다. 순간 다른 학생들의 시선이 그 친구에게 쏠렸다. 선생님은 눈을 질끈 감고 바지를 벗으라고 큰소리로 명령했다. 내가 그 친구라면 어떤 선택을 할까 상상하는 것만도 끔찍했다. 선생님은 더 큰 하나의 무기를 가지고 있었다. 벗지 않으면 월요일 부모님을 학교로 소환한다는 것이었다. 같은 초등학교는 아니었지만 나처럼 시골에서 초등학교를 졸업한 학생이었다. 그 애도 점심 도시락 반찬이 늘 같았다. 투명한 맥심커피 유리병에 가득했던 김치, 곰삭은 김장김치 냄새는 5교시까지 교실에 가득했다. 나는 고개를 숙이고 있었다. 부스럭거리는 소리가 들리자 내 손등에 닭살이 돋았다.

내가 부끄러워 고개를 차마 들 수가 없었다. 선생님이 평소보다 더 큰 목소리로 수업을 시작하며 '주목'이라고 외쳤을 때 칠판을 향해 고개를 들었다. 내 앞에는 박속처럼 뽀얀 엉덩이 살이 수치스럽게 떨고 있었다.

*

2주 후부터 춘추복을 입을 예정이니 미리 준비하라는 담임선생님의 조례가 있던 날이었다. 기술 시간에 간단한 설계도를 그려야 해서 각도기를 준비했다. 도화지에 자와 각도기를 이용하여 설계도에 집중하고 있을 때 갑자기 옆구리 뒤쪽이 불주사를 맞는 것처럼 뜨끔하니 아팠다. 깜짝 놀라 뒤를 돌아보니 뒤에 앉은 도준이란 아이가 각도기로 내 옆구리를 찌른 것이다. 한 번 째려보고 다시 내 설계도에 몰두하는데 뒤에서 킥킥 웃음소리가 스치듯 들려왔다. 쉬는 시간에 사과를 받을까 하다가 일부러 찌른 것은 아닐 거라 생각하며 모른 체 했다. 도준이는 읍내에서 가장 큰 초등학교를 졸업했고 같은 반에 친구들이 많았다. 그리고 도준이네 형은 3학년 선도부장이었다. 문제는 다음 시간에도 이어졌다. 전 시간과 달리 위치가 조금 아래쪽이었다. 너무 아팠지만 참았다. 그리고 다음 날이 되었다. 살짝 걱정이 되었지만 오전에는 아무 일 없이 수업을 마쳤다.

5교시였다. 나에게 가끔 노래를 시키는 수학 선생님이 인수분해를 풀어주고 있었다. 영어 공부에 집중을 많이 해서 수학 시간에 열심히 들어야 풀 수 있는 문제들이 많았다. 물론 가끔 수학 숙제도 검사했고, 때론 날짜별로 번호를 지정하여 배운 문제를 칠판에서 풀도록 시켰다. 나는 13번이었다. 3일이나, 13일, 또는 23일이 되면 3자로 끝나는 번호들이 불려 나가 문제를 풀었다. 수학 시간 전에는 항상 날짜를 확인하고 긴장을 하거나 안심을 하곤 했다. 단 한 번도 다른 번호를 호명한 적이 없었다. 반장에게 "오늘이 몇 일이지?" 그러면 끝이었다. 날짜별로 학생들이 교탁에 올라가 흰 분필을 잡고 미리 선생님이 칠판에 써 놓은 문제를 차례대로 풀어야 했다. 수학 선생님도 역시 야구방망이를 가지고 다녔지만, 그 스윙은 매우 약했다. 잔뜩 겁을 먹고 엎드려 있다가도 장난처럼 야구방망이가 허벅지를 스치면 슬며시 웃은 학생들도 가끔 있었다. 그래도 날짜와 자기 번호가 겹치는 날에는 문제를 풀지 못하는 창피함 때문에 수학 시간에도 적당한 긴장이 흘렀다.

음악 가창 수행평가 이후로 어떻게 알았는지 점심시간에 1학년 교무실로 수학 선생님이 나를 불러 노래를 시키곤 했다. 처음엔 1학년 '우리는 중학생', '고향의 봄'같이 음악 교과서에 실린 노래들을 불렀다. 나는 마당을 깔진 않았지만, 누군가 마당을 깔면 펼쳐진 마당에서 나는 곧잘 놀았다. 수학 선생님의 요청곡이 있었다. 처음 신청곡은 윤시내의 '열애', 나는 사실 그 제목의 의미도 제대로 몰랐다. 늦은 밤 라디오에서 듣고 따라부르던 노래였다. 당시 처음으로 시골집 텔레비전을 통해서 가수 윤시내가 노래하는 것을 보았다. 온 힘을 다해 부르면서도 절제된 감정이 묻어 있는 것이 그녀의 감은 눈썹 위로 넘쳐 흘렀다. '불꽃을 피우리라. 태워도 태워도 재가 되지 않는 불꽃처럼 찬란한 사랑을 피우리라' 내가 사랑이 무엇인지 고민하는 첫걸음을 내딛는데 이 노래의 역할은 컸다. 더구나 수학 선생님이 '열애'라는 제목에 담긴 뜻을 알려준 뒤로는 뜨거운 사랑은 무엇일까 생각이 깊어졌다. 일주일에 한 번은 교무실에서 그 '열애'를 불렀다. 1학년 선생님들은 7명, 그들은 전혀 지겨워하지 않았다. 오히려 내가 그 노래에 지쳐갈 무렵 조용필의 '창밖의 여자'란 노래를 부를 수 있냐고 물었다. 물론 조용필은 내가 가장 좋아하는 가수였다. 학생들은 내가 노래를 부르고 있는 사실을 잘 몰랐다. 교실은 1층에 다닥다닥 붙어 있었고, 1학년 교무실은 별관 2층에 따로 있었다.

수학 선생님이 인수분해를 풀어준 복습으로 다음 학생들이 풀 문제를 칠판에 적고 있었다. 풀 수 있는 문제인지 칠판 문제에 집중하고 있는데 다시 뜨끔 옆구리가 아팠다. 이번엔 '아' 하는 신음소리가 내 입에서 반사적으로 나왔다. 바로 뒤를 돌아보았다. 필기할 것이 없었던 시간인데 도준이는 노트에 무언가를 쓰고 있었다. 찌른 볼펜으로 노트에다 필기하는 척하고 있었다. 2초 정도 고통스럽고 처절한 눈빛으로 도준이를 응시했지만, 반응이 없었다.
'제발 그러지 마!'
나는 피가 끓는 심정으로 소리 없이 외쳤다. 그러나 불행한 예감은 적중했다. 하루에 잊을 만하면 한 번씩 내 오른쪽 옆구리는 도준이가 재미있게 갖고 노는 장난감이 되었다. 날이 갈수록 같은 곳에 찔리는 경우가 종종 생겼다. 채 아물지 않은 상처에 날카로운 볼펜을 찌르면 고통은 배가 되었다. 집에 가서 하얀색 교복 상의를 보면 볼펜 자국이 선명하게 묻어 있었다. 빨아도 잘 지워지지 않고 오히려 번지곤 했다. 하루는 빨래를 하던 누나가 왜 옆구리에 볼펜 자국이 있는지 물었다. 그리곤 조심해서 옷을 입으라 했다. 그때 문득 누나에게 그 사실을 털어놓을까도 생각했지만, 괜히 마음고생만 시킬 거라는 생각이 들었다.

2학기 9월, 나에게 학교는 빠져나올 수 없는 지옥이 되었다. 내 표정이 어두워지고 간절해질수록 도준이는 장난감 놀이에 몰입하며 즐기고 있었다. 아니 이제 대각선 뒷자리 지훈이까지 가세하기 시작했다. 나는 극도의 고통 속에서 견뎌야 했다. 담임선생님께 도움을 구할까도 생각했지만 남자답지 못한 행동이라는 생각이 들었고, 게다가 선생님도 해결해 줄 묘안을 가지고 있지 않아 보였다.
'어떻게든 내가 해결해야지.'
하지만 아무리 생각해도 나에게 뾰족한 방법은 떠오르지 않았다.

그렇게 몇 주 고통 속에서 절규하며 버티는 나에게 드디어 사건이 일어났다. 사회를 가르치는 담임선생님 시간이었다. 칠판에 우리나라 서해안의 특징에 관한 판서가 이어졌고, 걱정을 떠안은 채 필기에 집중하려 노력했다. 하지만 내 마음은 뒷자리 두 친구의 날카로운 볼펜심을 향해 있었다. 걱정은 적중했다. 몇 번이나 찔렸던 상처가 소스라치게 아팠다. 정신을 차릴 수 없었다. 선생님을 포함해 64명의 학생들이 있는 1학년 4반 교실에서 나는 아기사자를 잡아먹은 하이에나에게 복수하는 사자처럼 발악을 쓰고 있었다. 책과 노트를 던졌고, 책상을 뒤엎었다.

"××놈들 죽여 버릴 거야!"

나는 옆 교실까지도 크게 들릴 정도로 두 번이나 반복해서 고함을 쳤다. 그리고 자리를 박차고 일어섰다. 선생님도 보이지 않았고 다른 친구들도 내 안중에 없었다. 내 발이 그놈들의 책상으로 향할 때 누군가 나를 쓰러트렸다. 넘어져서도 나는 손짓, 발짓 그리고 욕으로 그들을 저주하고 있었다. 유도부원이었던 준태가 내 거친 행동을 겨우 진정시켜 주었다. 나는 그제야 정신이 들었다. 놀라서 옴짝달싹 못 하는 선생님이 마냥 순둥이 같던 나의 행동에 입까지 벌리고 어쩔 줄 모르고 있었다. 파편처럼 내동댕이쳐진 책이며, 노트며, 필통. 그리고 넘어진 내 의자의 한쪽 다리는 부러져 있었다.

도준이는 겁에 질려 바닥에 널브러져 구겨진 빨래처럼 잔뜩 웅크리고 누워 있었다. 내가 공적인 장소에서 거친 욕설을 퍼부어댄 처음이자 마지막 기억이었다. 수업은 중지되었고, 우리 셋은 1학년 교무실로 끌려갔다. 도준인 고개를 숙이고 있었고, 나는 흥분을 감추지 못하고 사건이 일어나게 된 상황을 거친 숨으로 설명했다.

먼저 맞은 사람은 나였다. 선생님은 교무실에 있던 막대기로 내 엉덩이를 열 대 때렸다. 그저 억울할 뿐 아프지 않았다. 친구들은 이십 대씩 맞았다. 나는 엉덩이를 내리지 않고 그대로 맞았지만 친구들은 다섯 대를 못 채우고 무릎을 꿇었다. 손으로 엉덩이를 마구 비비며 선생님에게 싹싹 빌었다. 그런데 하나도 통쾌한 기분이 들지 않았다. 나는 한 달 동안 끔찍한 고통을 감내하면서 지옥을 오갔는데 겨우 이십 대로 끝나다니. 내 마음속 그들은 중학교 일학년 교복을 입은 악마일 뿐이었다. 맞은 다음에 선생님이 했던 말들은 제대로 기억이 나지 않는다. 선생님에게 먼저 상황을 이야기하지 않은 점, 아무리 그렇더라도 수업 시간에 난동을 부린 것은 잘못된 행동이라는 내용이었을 것이다. 그 이후 내 옆구리 상처는 아물어져 갔지만 내 마음의 응어리는 결코 풀리지 않았다. 어느 정도 해결되었을 즈음 여고 3학년에 재학 중인 둘째 누나에게 요약해서 말해주었다. 누나는 이런 일이 또 일어나면 어떻게 하냐며 걱정을 했다.

일주일쯤 지나자 내 일상은 잠잠하게 흘렀다. 도준이는 며칠 내 눈치를 살폈지만 빨리 예전처럼 돌아갔다. 내겐 그것 또한 억울한 일이었다. 그 후론 수업 시간에 시선을 뒤로 돌리는 습관이 생겼다. 고개를 다 돌려 뒤를 쳐다보진 않았지만 내 시선이 자꾸만 도준이의 손길에 머무는 것은 습관이 되어 버렸다. 영어 선생님은 더 이상 누구도 아랫도리를 벗겨 책상 위에 무릎을 꿇리지 않았다. 단어시험도 줄어들었고, 책 본문 암기 숙제는 내지 않았다. 그래도 학생들은 영어 수업이 있는 날이면 등교해서 책을 꺼내놓고 단어를 암기하는 습관이 생겼다.
나는 음악 시간이 가장 좋았다. 일찍 들어오는 순서대로 원하는 자리에 앉을 수 있어서 도준이와의 거리가 멀어진 이유도 있었지만, 피아노가 무엇보다도 새롭고 신비했다. 불과 1년 전 초등학교 시절에는 선생님이 오르간으로 연주를 하며 노래를 따라 불렀다. 그나마 초등학교에는 오르간이 하나밖에 없었기 때문에 다른 반 교실로 오르간을 이동시켜야 했다. 힘 좀 쓰는 6학년 남학생 4명이 쉬는 시간에 오르간을 다른 반으로 옮기곤 했다. 창가 쪽에 자리 잡은 피아노는 언제나 그 자리에 있었고, 칠판에는 규격화된 오선지가 그려 있었다. 음악 선생님이 피아노를 연주하면 떠들던 학생들도 자리에 편안하게 앉아 수업 준비를 했다. 그 선율이 차이코프스키 피아노 협주곡 1번이라는 것을 그때는 알지 못했다. 아주 가끔은 모차르트의 '터키 행진곡'을 선곡하여 수업 5분 전 음악실의 분위기를 차분하게 만들어 주었다. 작곡가도 곡의 탄생 배경도 전혀 몰랐지만, 선생님이 악보를 보지 않고 눈을 지그시 감고 연주를 하면 나도 따라서 눈을 감고 음악의 선율에 빠지곤 했다. 계절과 날씨에 따라 같은 음악도 다르게 들렸다. 3월, 막 시작된 봄 햇살의 5교시, 플라타너스 잎새가 연초록으로 물든 1교시, 장마가 시작하는 5교시, 같은 곡이 왜 다르게 들리는지 그 이유를 알 수 없었다. 눈을 감은 채 고개를 숙이기도 했고, 때론 감은 눈으로 창밖을 쳐다보기도 했다. 문득 눈을 뜨면 청량한 하늘에 햇살이 눈부셔 다시 눈을 감은 적도 있다.

*

점심 도시락을 먹고 있던 어느 날이었다. 온갖 반찬 냄새가 교실을 감쌌지만 그래도 가장 행복한 시간이었다. 내 앞자리 친구는 2학기가 되어도 김치가 유일한 반찬이었다. 김치를 도시락 반찬으로 가져온 친구는 있었지만, 김치만 유리병에 가득한 친구는 없었다. 누나가 도시락에 계란 후라이라도 올려주는 날은 더없이 행복하고 자랑스러웠다. 나는 그날 계란 후라이를 먹지 않고 있었다. 오뎅볶음과 시금치 나물을 먹고 마지막에 먹으려고 계란 후라이는 예쁘게 남겨두었다. 젓가락으로 계란 후라이를 들어 올리는 순간 앞문 열리는 소리가 크게 들렸다. 낯설었지만 3학년 형들이라는 것을 직감할 수 있었다. 1학년 4반은 정적으로 빠져들었다. 둘러보니 1학년에서 대적할 학생이 없는 광문이가 오히려 더 긴장하고 있었다. 아직 점심 식사가 끝나지 않은 교실 분위기가 험악하게 흘러갔다.
"1학년 4반, 조용히 못 해!"
아이들은 영어 선생님의 수업보다 더 긴장하고 있었다.
"여기 구마니 사는 애 있지, 누구냐?"
구마니는 내가 사는 고향마을이었다. 나 말고 누가 또 있을까 아무리 생각해도 없었다. 유일한 초등학교 동창은 순내미에 살고 있었다. 심장이 멈추는 듯했다. 아, 죽었구나! 지금까지의 학교생활을 필름처럼 훑었다. 크게 표가 날 정도로 나쁜 짓은 하지 않았다.
'왜 하필 또 나지, 뭐가 잘못된 거야?'
나는 형들의 얼굴을 보지 못하고 손을 들 수밖에 없었다. 조금이라도 더 늦게 들으면 화장실 뒤로 끌려가 예상했던 것보다 몇 대 더 맞을 것 같았다.

2학기 초, 수업 시간에 도저히 참지 못해 손을 들고 화장실에 간 적이 있다. 과학 선생님은 내 뒤통수에 대고 이런 말을 했었다.
"배변도 습관이야. 등교하기 전에 꼭 화장실에 갈 수 있도록 노력해야지."
어이가 없었다. 그게 내 마음대로 된다면 얼마나 좋을까? 화장실은 야외에 있었다. 대변 보는 장소는 뒤쪽이었다. 물론 문과 칸막이가 있었고, 소변은 앞쪽 시멘트 바닥에 조준하면 되었다. 소변은 경사진 아래로 흘러내려 갔다. 칸막이도 없던 터라 쉬는 시간에는 미터지는 공간이기도 했다. 친구들 사이를 비집고 들어가 소변을 보며 누가 오줌발이 센지 시합 아닌 시합을 하기도 했다. 맞은편 벽 페인트 칠은 사라지고 누렇게 소변을 뒤집어쓴 흔적만 가득했다. 급한 용변을 마치고 교실로 돌아오는 순간 화장실 뒤에서 침을 뱉는 소리가 들렸다. 누구일까? 나도 모르게 화장실 뒤쪽으로 몇 발짝 걸어갔다. 놀라운 장면이었다. 3학년으로 보이는 형들이 담배를 피고 있었다. 아버지가 담배를 피지 않아서 담배 냄새는 익숙하지 않고 역했다. 나는 입을 틀어막았다. 광훈이가 말했던 것이 맞구나. 나는 얼른 돌아섰다. 그때 뒤에서 부르는 소리가 들렸다.

"누구야! 너 죽는다!"

나는 교실로 뛰어 들어왔다. 그때 얼핏 보았던 형이 교탁 위에 서 있는 것이 아닌가!

"너냐? 구마니 산다는 애가?"

"네."

목소리가 기어들어 갔다.

"너 일어서 봐, 빨리."

식은땀이 흐르고 있었다. 63명이 보는 앞에서 3학년 형들에게 공식적으로 찍혔으니 나머지 몇 개월은 죽음이구나. 어쩌면 중학교 졸업이 힘들겠구나 생각했다.

'아마 내가 그때 화장실 뒤에서 보고 도망쳐서 그럴 거야.'

어떻게 일어섰는지 모른다.

"야, 1학년 4반! 니들 얘 잘 알지!"

"네!"

가장 무서운 체육 선생님이 요구했던 답변 소리보다 아이들의 대답이 훨씬 컸다.

"너네 얘 털끝 하나라도 건들면 죽는 줄 알아. 그리고 넌 언제든지 무슨 일 있으면 우리한테 말하고. 야, 최광문! 너 얘 잘 챙겨!"

"예, 알았습니다."

광문이의 목소리는 우렁찼다.

형들이 문을 닫고 나갔어도 아이들은 잠시 정지화면으로 남아 있었다. 내 젓가락에서 갈 곳을 몰랐던 계란 후라이가 발밑으로 떨어졌다. 그렇게 귀한 반찬이 쓰레기통으로 들어갔다.

그 후론 아이들이 나를 조심하거나 심지어는 경계하는 눈빛도 읽을 수 있었다. 광문이가 나를 따로 챙길 일은 없었다. 더러 몇 명은 의도적으로 나와 가까이 지내려고 다가오기도 했다. 대체 무슨 일이 일어난 것일까? 나는 며칠간 혼란 속에서 빠져나오지 못했다.

바로 그 주의 토요일이었다. 오전수업만 마치면 시골집으로 가는 날이다. 모든 버스의 시작점은 역 뒤에 있는 시내버스 주차장이었다. 자취방에 들를 시간이 없어 교복을 입고 가방을 그대로 들고 기다리다 오후 1시 50분 차를 탔다. 하루에 세 번, 이웃 동네까지 가는 버스이다. 탈 때는 자리다툼이 치열했다. 맨 뒤 좌석에 앉아야 자리를 양보할 일이 드물었다. 좌석을 가득 채운 버스가 시장 앞 정거장에 정차하고 어른들이 밀고 들어오면 앞자리부터 어른들에게 양보하였다. 그런데 둘째 누나 동창인 고등학교 3학년 재식이 형이 탔다. 재식이 형이 시골집을 가기 위해 이 시간에 차를 탄 적은 매우 드물었다. 어릴 때부터 보아온 형이라 나는 무섭게 생각하지 않았지만 다른 동네 아이들은 달랐다. 그 형이 버스에 타면 어른들에게 양보하는 것보다 더 빠른 동작으로 가방을 들고 일어나곤 했다. 형이 그러지 말라고 웃으며 말해도 항상 형의 자리는 어딘가에 있었다. 그 재식이 형이 가방을 둘러매고 내 앞으로 오고 있었다. 나팔바지였다. 나팔바지는 거칠고 잘나가는 학생들의 특권이었다. 학교에서 교복 바지를 일자형으로 입을 것을 요구했고, 거의 모든 학생은 일자 바지를 입고 다녔다. 그러나 소수의 학생들만은 예외가 있었다. 학교에서 그 사실을 알고 있었음에도 불구하고 묵시적으로 눈을 감고 있는 듯했다. 때론 학생주임 선생님과 형들이 웃으며 이야기하는 장면을 본 적도 있었다. 삐딱하게 쓴 모자, 꺾어 신은 신발, 때론 체육복만 입고 다녔다. 나를 본 재식이 형이 자리를 비워주는 학생들을 제치고 내게로 왔다. 물론 형 친구들 세 명도 함께였다. 마치 영어 시간처럼 조용해진 버스가 시장 정류장을 향해 움직였다. 뒤엉켜 옷에 베인 땀 냄새가 서로의 표정을 일그러뜨릴 즈음 차창 쪽에 앉은 학생들이 자연스럽게 유리창을 열었다. 그리고 키가 큰 선배들은 버스 앞쪽과 뒤쪽 윗부분에 있는 송풍구 두 개를 열었다. 이제 겨우 숨을 편하게 쉴 수 있었다.

"며칠 전 3학년 선배들이 네 교실에 갔지?"

형이 그걸 알고 있었다. 어떻게 알았을까? 형은 고등학생이었고 중학교에 올 일이 없었을 텐데.

"누나가 그러더라. 학교에서 애들 때문에 힘들게 생활한다고. 이제 신경 쓰지 말고 공부나 열심히 해라."

형이 씩 웃었다. 그랬다. 형이 둘째 누나와 초등학교 동창이었다는 사실을 나는 깜빡 잊고 있었다.

버스가 시장 맞은편 정류장에 정차했을 때, 동네 아저씨들과 함께 버스를 기다리는 아버지를 보았다. 목욕탕과 이발소에 들렀는지 깔끔한 머리와 단정한 옷차림이었다. 머리에 바르는 아버지 표 포마드 향이 버스 안으로 스며들었다.

눈물

민기 아버지

2층 교무실 문을 여니 밤새 고였던 침묵과 함께 더운 바람이 훅 들어왔다. 캡슐 머신에 커피를 내렸다. 그리고 바로 에어컨을 작동시켰다. 다른 교사들은 8시 10분쯤 출근하지만, 30분 정도 일찍 교무실에 도착하면 오롯이 내 시간이다. 커피 한 모금을 마시고 창문을 열었다. 매캐한 냄새가 더위와 섞여 들어왔다. 닫을까 망설이다 에어컨을 켠 채로 환기를 위해 활짝 열었다. 이제 엄마와 통화할 시간이다. 아니 조금 늦었다. 늘 그렇지만 최소한 열 번 이상 벨이 울려야 받으신다. 청력도 떨어졌지만 무엇보다 움직임이 눈에 띄도록 둔해지셨다. 열하나, 열 둘, 열 셋, 열 넷…….

"엄마, 아들. 잘 주무셨어요? 아버지는요? 아침은 드셨어요?"

속사포처럼 던지는 세 개의 질문에 대한 답을 받아야 그다음 단계로 이어진다.

"나야 그냥 잤는데, 자다 보니 부스럭부스럭 네 아버지가 통 잠을 못

자더라. 화장실도 들락날락하고. 아이고야, 늙으면 죽어야지 무슨 원수가 져서 저래 고생을 하는지 참. 지금 깜박 잠들었다. 아침도 안 먹고."

"엄마라도 아침 먹어야지. 아무래도 금요일 아버지 병원에 예약 잡아야겠어요. 누나들이 못 가면 저라도 연가 내고 가야죠. 관장도 해야 할 것 같고… 아버지 지금 많이 힘드실 것 같은데요."

"말도 마라. 온갖 짜증 다 부린다. 젊어서 고생했으면 늙어서라도 복이 있으려나 했더니 평생 아버지 수발만 하다 죽게 생겼다. 참, 텃밭에 애기상추가 파랗게 올라왔더라. 올 때 잊지 말고 가져가."

"그래요, 누나들이랑 통화할게요. 엄마라도 식사 꼭 챙겨 드시고, 요양도우미 오면 운동도 하시구요. 내일 다시 전화할게요."

어제 퇴근 전 정리하지 못한 책상이 눈살을 찌푸리게 했다. 교과서, 필기도구, 머그컵, 읽다 만 책, 포스트잇, 각종 유인물 등 정리가 필요했다. 일단 유인물을 살펴본다. 6월 월간계획, 1학기 말 평가기준안, 봉사활동 확인서, 수행평가 과제. 필요 없는 유인물을 하나로 모아서 파쇄기에 넣는다. 의미 없이 버려지는 종이가 많다.

수요일 수업이 일찍 끝나는 날에는 선생님들이 회의실에 모두 모여 현장 연구를 발표한다. 자신의 업무와 관련된 것 중 다른 선생님이 알아야 하거나 협조 사항이 있으면 전달한다. 또는 연수프로그램이 잡혀서 외부 강사로부터 특강을 듣는 날도 있다. 꼭 인쇄해야 할 유인물만 전달하면 좋을 텐데, 본인이 발표할 내용을 확인받고 싶어서인지 유인물을 만들어낸다. 도 교육청이나 군 교육지원청에서 보낸 자료를 요약 없이 그대로 복사해서 주곤 한다. 이면지로 쓰는 경우도 있지만, 많은 유인물들이 쓰레기통으로 버려지거나 파쇄기로 빨려 들어간다.

모니터 아래에 붙인 포스트잇을 꼼꼼하게 살핀다. 깜박깜박 놓치는 경우가 있어 포스트잇에 메모해서 모니터 밑부분에 하나하나 붙인다. 오래된 습관이며 학기 내내 반복되는 일이다. 아침에 살펴보고 이미 업무가 끝났거나 필요 없어진 포스트잇을 떼어 휴지통에 넣는다. 그리고 새로 해야 할 일들을 포스트잇에 적는다.

핸드폰 벨이 울렸다. 우리 반 민기였다. 아침 일찍 전화를 받을 때는 좋은 소식보다는 나쁜 소식일 가능성이 높다. 아파서 학교에 오지 못할 때나 갑작스런 체험학습, 그리고 자주 있는 일은 아니지만 가족의 죽음까지.

"민기야, 선생님이야. 무슨 일 있어?"

민기 아버님의 투병에 대해 이미 알고 있었기에 살짝 불안감이 엄습했다.

"선생님, 어젯밤에 아빠가 돌아가셨어요."

나는 그만 할 말을 잃었다. 민기 아빠는 췌장암으로 수술을 받고 투병 중이었다. 3월에도 학교에 들러 민기 고등학교 진학 상담을 했었다. 백내장 수술을 하러 병원을 찾았다가 검사과정에서 발견된 암이라고 했는데 채 석 달을 못 사신 것이다.

"그렇게 빨리. 그랬구나. 우리 민기 어쩌지!"

장례식장 이름을 메모했다. 그리고 머그컵을 들고 모니터만 보았다. 모니터 배경 화면이 바뀐다. 둥그렇게 감싼 주황색 사막이 유영하고 있다. 그 화면이 때론 신비로움을 주곤 했다. 내가 저 사막에서 홀로 먼 길을 간다면 얼마나 낭만적일까 하는 생각에 모니터만 바라보며 한 시간을 보낸 적도 있었다. 하지만 지금은 아니다. 끝을 볼 수 없는 사막이 블랙홀로 이어져 병자와 약자들을 끌어당기고 있다는 생각이 들었다. 더 나아가 이 세상에 존재하는 모든 생물을 삼키고 있는 사막과 마주했다. 민기 아빠도 저 블랙홀로 들어가지 않았을까? 민기는 너무 빨리 고아가 되었다. 민기를 돌볼 사람은 고모뿐이었다.

　퇴근길에 장례식장에 들렀다. 조금 일러서인지 조문객이 거의 없었다. 민기 고모가 근무하고 있는 요양보호센터에서 보낸 것을 포함해도 화환은 몇 개 되지 않았다. 보기 드문 일이었다. 입구부터 이중으로 세워도 끝이 없어 통행을 방해할 정도로 화환 잔치가 벌어지는 장례식장이 많았다. 망자 앞에서조차 재활용 화환으로 세력을 과시하는 상주들이 돌아가신 분의 영혼을 온전하게 달래 줄 수 있을까? 그럴 수도 있으리라. 망자가 살아서 권력과 명예욕에 사로잡혔던 분이라면 입구까지도 모자란 화환을 보고 좋아하실 수도 있겠다 싶었다. 구석 테이블에 앉아 시원한 캔커피와 땅콩을 먹으며 이야기하는 도우미들이 무척 한가해 보였다. 야위어서 볼이 쏙 들어가고 눈썹이 유난히 짙은 민기 아빠가 영정사진에선 웃고 있었다. 죽음을 예상하고 찍은 사진은 아니었다. 엄마 아빠 없이 살아야 할 민기. 대리기사를 부를 생각으로 소주 한 잔을 마셨다. 민기 고모와 민기가 앞 의자에 앉았다.

　"의사선생님이 넉 달을 예상했거든요. 그런데 그만큼도 못 살고 떠났네요. 우리 조카 어떻게 하죠? 너무 가슴이 아파서 숨쉬기가 어려워요. 선생님, 민기 어떡하죠?"

　민기 고모는 화장지로 흐르는 눈물을 계속 닦았다. 민기는 아빠를 닮아 유난히 눈이 컸다. 가끔 민기 눈을 보면서 고향 들녘에 한가롭게 누워 있던 송아지가 떠오르곤 했다. 나를 보아야 할지 출입문으로 향해야 할지, 아님 영정사진에서 웃고 있는 아빠를 보아야 할지 민기는 시선을 잃고 있었다.

　민기와 절친이었던 친구 두 명이 왔다. 나에게 꾸벅 인사를 했다. 민기가 천천히 친구들에게로 갔다. 술을 두 잔 비우고서야 수육을 하나 입에 넣었다. 상을 차린 지는 오래되었고 에어컨 바람에 시간이 지난 수육은 뻣뻣하고 맛이 없었다. 고개를 숙이고 가만히 차림상만 보았다. 민기 아버지의 조의금은 빈소 옆에 마련한 함에 넣었다.

민기의 아버지는 근처 초등학교 맞은편 골목에서 아주 작은 가게를 운영했다. 파는 것이라곤 구색을 갖추기도 부족한 문방구, 중국에서 건너 왔음직한 불량식품이 통로 양쪽으로 배치되어 있었고, 투명한 냉장고엔 술과 음료수, 계산대 옆으로는 담배 진열장이 벽을 뒤로하고 빼곡하게 놓여 있었다. 민기네 가게에서 몇백 원 하는 젤리나 쫀드기를 사서 도둑고양이처럼 먹는 학생들이 있었지만, 부모님들은 그 가게에 들어가는 것을 탐탁치 않게 여겼다. 실제로 군청 식품위생계의 단속에 걸려 영업정지를 당하기도 했다. 하지만 포기하지 않고 팔기를 반복했다. 대형마트나 편의점에 진열된 물건을 팔아서는 남는 장사를 할 수 없었기 때문이다. 가게는 가장 낡은 건물이었지만 가게 주인은 임대료를 꼬박 제 날짜에 주는 민기 아버지를 밀쳐낼 필요가 없었다. 그나마 그 가게의 주 수입원은 담배였다. 밤새 불이 켜져 있었으니 그 동네를 아는 사람들은 11시가 넘으면 민기 아버지 가게에서 소주도 골랐고 콜라를 샀으며, 육포나 담배도 샀다. 시골 면 편의점은 인건비조차 나오지 않는 밤 11시부터 새벽 6시까지 영업을 하지 않았지만, 유일하게 민기 아버지 가게만이 365일 영업을 하였다. 누구든 켜켜이 먼지가 쌓였고 유통기간이 지났을 법한 상품이 오밀조밀 진열된 그 가게에 선뜻 가기를 싫어했지만, 선택지가 없는 순간에는 어쩔 수 없이 삐걱거리는 문을 열고 들어갔다. 밤이 되면 언제 들러도 꺼무룩한 백열등 아래서 꾸벅꾸벅 졸고 있는 민기 아버지가 실눈을 떠서 물건을 팔곤 했다. 얼핏 보면 덩치를 빼고는 영화 '괴물'에서 보여준 송강호의 캐릭터와 겹쳐 있었다. 꼬맹이들의 코 묻은 돈과 담배를 판 돈으로 민기를 종합학원에 보냈으며, 가끔 민기가 좋아하는 치킨을 샀다. 학원에서 돌아와 저녁을 먹은 8시에서 11시까지는 민기가 가게를 보았다. 그때 아버지는 빨래를 비롯하여 집안일을 하고, 라면과 김치로 끼니를 때우고 잠깐 눈을 붙인다고 민기에게 들었다.

"고모님, 그럼 민기는 어디서 사나요?"
"저도 사는 게 변변치 않은데 그래도 저밖에 없잖아요. 제가 요양보호사잖아요. 병원에서 환자를 돌보면 꼬박 24시간 근무할 때가 많아요. 민기가 혼자 있는 날이 많을 텐데. 민기 아버지가 민기는 끔찍하게 챙겼어요. 제가 한다고 해도 민기 아버지만큼 할 수는 없을 것 같아요."
고모는 이 어처구니없는 슬픔에 더해 민기의 앞날을 걱정했다.
"기초생활수급대상이라 먹고는 살겠죠. 그래도 조카 하나 제가 데리고 있어야죠. 고등학교 졸업할 때까진……."
민기 고모는 제대로 말을 잇지 못했다.
"엄마 일찍 죽고 외롭게 컸는데 아빠마저 떠났으니… 고생만 하다 떠난 내 동생도 너무 불쌍하고……."
민기 고모는 다시 화장지로 눈물을 닦았다. 자글자글한 눈가 주름에 눈물이 골골이 묻어 있었다. 아무리 예정된 죽음이라도 이별은 생살을 도려내는 아픔인 것이다.
그때 갑자기 큰 울음소리가 저쪽 테이블에서 들려왔다. 민기였다. 내 앞에선 둘 곳 없는 눈길로 아무 말도 하지 않고 큰 눈망울에 눈물만 가득했었는데, 친구들이 안아주자 봇물처럼 눈물이 솟구친 것이다. 장례식장에 있던 모든 사람들의 눈길이 민기에게로 쏠렸다. 정적 속에서 장례식장이 떠나가게 울고 있었다. 민기는 영정사진으로 기어가고 있었다. 손으로 잠깐 아버지 얼굴을 감싸더니 털썩 주저앉아 좀처럼 일어나지 못했다. 영정사진 속 아버지는 민기를 보고 계속 웃고 있는데 민기의 울음은 쉽게 그치지 않았다.

지난 5월 가정의 달 교내 백일장 대회에서 민기는 아버지께 편지글을 썼다. 공개가 원칙이었지만 강요는 아니었다. 담임이라 볼 수 있던 민기의 편지글에는 민기의 간절한 염원이 적혀 있었다.

"중학교 2학년 때까지 우리 가게도 아빠도 창피했어. 진짜 어릴 때는 친구들이 부러워했지. 맛있는 거 언제나 먹을 수 있다고. 그런데 3학년 쯤이었나? 친구들 엄마들이 우리 가게를 꺼리는 것을 알았어. 간판조차 낡고 오래된 가게가 자랑이 될 수 없었지. 아빠는 늘 가게 점원이었어. 사장님이 아니었지. 때론 아빠가 사는 이유가 궁금했어. 나 때문에 산다면 내가 너무 잔인한 놈이 되니까 그렇게 단정 짓고 싶진 않았어. 그렇지만 아무리 다른 이유를 찾아보아도 마땅한 게 없었어. 남들에게 존중받지 못하면서 몇 백 원 벌기 위해 아빠는 웃음을 팔았고 하루하루를 팔았어. 아빠! 아빠를 이해하려고 노력하지 않을 거야. 다만 아빠가 하고 싶은 것은 내가 알고 있어. 늦은 밤 손님을 막연하게 기다리며 텔레비전에서 나오는 영화를 즐겨보았지. 그리고 때론 오래된 노래를 읊조리곤 했어. 이제 나도 그 노래의 제목을 알아. 그리고 늦가을부터 이른 봄까지 아빠는 농구 경기에 흠뻑 빠졌지. 그리고 아빠가 응원하는 팀이 이길 때면 해맑은 웃음으로 또 익숙한 노래를 불렀지. 그 노래 제목은 송창식의 '고래사냥'이었어. 아빠는 모를 거야. 내가 친구들과 어쩌다 노래방에 가면 내 나이에 걸맞지 않은 '자 떠나자 고래 잡으러. 삼등 삼등 완행열차 기차를 타고'를 항상 부른다는 사실을. 그 곡을 부른 다음에야 내가 좋아하는 랩을 몇 곡 부를 수 있었어. 일종의 불문율 같은 거였어. 친구랑 목욕탕에 가라고 돈을 주었지만, 아빠는 창문 틈으로 샛바람이 싸늘하게 들어오는 화장실에서 추운 겨울에도 목욕을 했지. 아빠! 나는 다 알고 있었어.

많이 아프지만 이것만은 꼭 나랑 하고 떠나야 해. 같이 노래방도 가야 하고, 극장에서 팝콘과 함께 코미디 영화를 보며 껄껄 웃어 보고, 목욕탕에 가서 밀린 때 내가 다 깨끗하게 밀어줄 거야. 아빠가 가장 좋아하는 농구팀 경기장에서 우렁차게 응원하는 것도 잊지 않을 거야. 최소한 이 사소한 일들이 끝날 때까지는 아빠는 떠나지 마. 내가 절대 허락하지 않을 거야."

아버지

몇 년 전까지 나는 아버지와 함께 미랭이 산 오름터에 있는 할아버지 할머니 산소에 자주 갔다. 시골집에서 20분 정도를 걸으면 산소에 도착할 수 있었다. 포도밭에서 복숭아밭으로 바뀐 과수원을 지나서 왼쪽으로 조금 걷다 보면 상여집이 있었다. 더 오래 전에는 그 집에 시신을 싣고 무덤으로 향하는 상여가 두 개 놓여 있었다. 지금은 흔적만 남아 있지만 초등학교때까지만 해도 그곳은 공포의 집이었다. 지금까지 죽은 동네 사람들의 귀신이 그 상여집에 우글우글 모여 새로운 귀신을 찾고 있다는 형들의 이야기에 대낮에도 등골이 오싹해질 때가 많았다. 전등만 켜면 온갖 기계들과 거미줄, 그리고 박쥐도 볼 수 있는 방앗간과는 상대가 되지 않았다. 나는 한 번도 그곳에 들어가 본 적이 없었다.

상여집에서 조금 걸으면 화식이가 심은 호두밭이 있었다. 농촌지도소에서 근무하는 화식이는 저녁이나 주말을 이용하여 고향에서 농사를 지었다. 벼, 복숭아, 고추, 고구마, 콩 등 많은 작물을 경작했다. 월급보다 더 많은 돈을 벌고 있다고도 들었다. 호두밭을 지나면 긴 고랑의 고구마

밭이 능선을 타고 오른다. 나의 유년 겨울 점심을 책임졌던 고구마다.

고구마를 캐는 것은 고역이었다. 고구마 잎과 줄기를 먼저 제거해야 하는데 왕성하게 자라 서로가 서로에게 기대고 뒤엉킨 고구마 잎과 줄기를 낫으로 끊어 한 아름씩 밭둑에 올려놓았다. 끝이 잘 보이지 않는 고구마밭을 보면서 한 아름 고구마 줄기를 가슴에 안으면 가을 따가운 햇살은 이마로, 볼로, 목덜미로 파고들었다. 겨우 고구마 잎사귀가 정리되면 호미를 가지고 고구마가 묻혀 있을 정확한 위치를 조준하여 땅을 파야 했다. 하지만 가을 가뭄에 영근 메마른 땅은 호미의 공격을 쉽게 허락하지 않았다. 어렵게 땅을 헤집다 제대로 찍어 내렸을 때 통통하게 살이 오른 고구마의 찢어진 속살을 만나면 내가 공들인 노력이 물거품이 되면서 허탈함은 극에 달했다. 팔 것은 아니었지만 가마니에 담거나 찐 고구마를 먹을 때 호미 날로 갈라진 고구마는 누구에게도 환영받지 못했다. 왜 아버지와 삼촌만 점심으로 밥을 먹고 우리 오 남매와 엄마는 고구마를 먹어야 했는지는 나이가 들어서 알았다. 쌀이 넉넉하지 않았기 때문이다. 방앗간 집에 쌀이 귀해 점심으로 고구마를 먹었다는 말을 쉽게 믿을 사람은 없었다. 다행스럽게 동치미와 곁들인 하루 한 끼 고구마는 나에게 맛있는 점심으로 기억되고 있다.

고사리밭으로 통하는 준식이 형의 선산을 지나면 할아버지와 할머니 산소를 만날 수 있다. 멀리 앞으로는 굽이굽이 돌아가는 금강을 바라보고 있었고, 뒤로는 아카시아 나무 사이로 밤나무가 듬성듬성 자리를 잡은 야트막한 언덕이 있었다. 나는 할아버지와 할머니에 대한 기억이 하나도 없다. 할아버지는 6.25때 인민군이 쏜 총에 맞아 돌아가셨다고 했고, 할머니는 환갑이 채 되지 않아 투병 끝에 명을 달리하셨다고 들었다. 할머니는 정확히 말하면 내가 2살 때 돌아가셨으니 내 눈으로 할머니의 얼굴을 수없이 보았을 것이다. 장남인 아들이 딸을 셋이나 낳은 뒤

귀하게 얻은 아들이니 할머니의 품에 있었던 시간이 많았다고 들었다. 다만 내 기억 속에는 할머니의 그 어떤 흔적도 꺼내 볼 수 없었다. 아버지는 장손인 나에게 가문의 역사를 알길 원했으며, 그리고 집안의 기둥이 되어줄 것을 요구했다. 들을 때는 고개를 끄떡이거나 이미 알고 있는 것처럼 반응을 보였지만 사실은 별 관심이 없었다. 언제부턴가 아버지는 할아버지 할머니 산소에 나를 동반하는 일이 잦아졌다. 뜨거운 햇볕을 피하기 위해 주로 아침 8시를 전후로 해서 산소에 갔다.

고등학교 2학년 초가을이었다. 벌초를 끝내고 추석을 앞둔 주말, 아버지는 나에게 산소에 같이 가자고 했다. 벌초한 지 일주일도 되지 않았고 또한 추석이 채 열흘도 남지 않았는데 굳이 왜 가는지 몰랐지만 여전히 아버지의 말은 내가 거역할 수 없는 산이었다. 나는 아무 말 없이 아버지 뒤를 따라 산소에 도착했다. 잘 다듬어진 산소와 산소를 둘러싼 철쭉나무, 향나무 등 조경수들이 단정하게 우릴 맞았다.

아버지와 함께 잔디에 앉아 멀리 흐르는 금강을 보고 있었다. 연초록에서 짙은 초록으로, 다시 연초록으로 일렁이는 논들이 보였다. 초등학교 졸업 후 강가는 많이 변하고 있었다. 큰 트럭들이 뽀얀 조약돌과 하얀 백사장 모래를 싣고 신작로를 통해 오가기를 반복하였다. 동네 어른들은 강의 흐름이 바뀌고 있다고 입을 모았다.

"너 할아버지가 어떻게 돌아가셨는지 알고 있냐?"

무심한 듯 던진 아버지의 말에는 긴장의 끈이 매달려 있었다.

"남북 전쟁통에 인민군이 쏜 총에 돌아가셨다고 알고 있어요. 어쩔 수 없었다면서요?"

아버지는 잠시 침묵을 지켰다. 그리곤 예초기의 칼날에서 벗어난 작은 망초 풀을 뽑아서 둑 뒤로 던졌다.

"이 풀은 빨리 뽑았어야 했는데. 꽃이 개화해서 씨가 날리면 내년에 훨씬 더 많은 풀이 번식할 거야."

나는 아카시아 그늘에 주저앉았다.

"할아버지는 인민군의 총에 돌아가신 것이 아니야."

앉아 있던 내 몸이 움찔 떨며 먼저 일어났다. 그러면 국군이 죽이기라도 했단 말인가? 혹시 할아버지가 빨치산 활동이라도?

아직 늦더위가 채 가시지 않았다. 햇살이 나무 그늘을 조금씩 잡아먹고 있었다. 중학교 3학년이 되면서 흐르는 강은 더 이상 나의 놀이터가 되지 못했다. 고등학교 입시에 대한 부담이 있었지만, 무엇보다 햇볕에 그을려 까맣게 된 내 얼굴이 싫었다. 중학교 1학년 여름방학 내내 고향집에 머물며 운동장에서 축구를 했고 축구가 끝나면 강으로 가 물놀이를 했다. 1학년 여름방학은 초등학교와 별반 다를 것이 없었다. 물론 초등학교만 졸업하고 돈을 벌러 도시로 떠난 아이도 있었지만 대부분 고향 친구들은 같은 시간을 보냈다. 방학이 끝나고 등교했을 때 읍내 친구들은 뽀얀 피부 그대로였다. 가뜩이나 시골에서 태어난 것이 자랑스럽지 못했던 나에게 까만 피부는 부끄러움이었다. 선생님이 '방학 동안 새까맣게 놀았네.' 하며 껄껄 웃을 때는 잠깐이었지만 수치스러웠다. 그때부터 나는 가능한 햇빛을 피해 다니는 습관이 생겼다.

나는 일어나 다시 밤나무 아래 그늘로 자리를 옮겼다. 아카시아꽃이 떨어지면 밤나무 꽃이 피었다. 두 나무 모두 고유의 향기를 가지고 자신들의 존재를 알렸다. 아카시아꽃이 만개하면 꽃보다 더 많은 벌들이 찾아와 향기를 퍼 날랐다. 벌들의 향연은 매우 매력적이었다.

"그럼 할아버지가 어떻게 돌아가셨어요? 혹시 북한군 앞잡이라도 했나요? 그래서 국군이 죽인 거구요?"

나는 할머니 할아버지 사랑을 그리워했지만 그건 막연한 상상이었다.

할머니 사진은 한 장 있어서 얼굴을 기억하지만, 할아버지 사진은 그 어디에도 찾을 수 없었다. 사랑을 모르는 사람은 그 사랑에 집착할 수 없었다. 살아계셨던 외할아버지조차도 엄마에게 손찌검한 아버지를 보고 더 이상 우리 집에 오시지 않았으니 외할아버지 사랑도 포기했다.

"6.25 때 돌아가신 것은 맞나요? 혹시 다른 이유가?"

아버지의 대답이 없어서 재차 물었다. 저어새가 날아올랐다. 산소 반대편 쪽으로 조금 내려가면 계단식 논에 가끔 황새도 저어새도 먹이를 찾아 앉곤 했다.

"남북전쟁 중에 돌아가셨지."

긴 침묵 끝에 아버지가 허공에 대고 말을 잇는다.

"그런데 북한군이 죽인 건 아니야. 그렇다고 국군이 죽인 것도 아니고."

아버지는 마른기침을 했다.

"마을에 포가 떨어지는 횟수가 잦아져 동네 사람들이 가까운 느럭골 골짜기로 피난을 갔다. 그때 내 나이 겨우 15살, 아마 네 나이쯤 되었겠지. 호주기 몇 대가 하늘에 가득했고 호주기가 무차별적으로 쏜 총탄이 막내 고모를 껴안고 있던 할아버지 팔을 관통했지. 그날 현장에서 죽은 사람만 다섯 명이야. 그래서 지금도 우리 동네에서 같은 날 제사를 지내는 집이 다섯 집이야. 살아서 다행이라고 생각한 것은 그리 오래 가지 않았다."

아버지는 잠시 말을 멈추고 할아버지 산소를 향해 시선을 돌리고는 정지화면처럼 미동이 없었다.

"너도 학교에서 배워서 알고 텔레비전에서 보았겠지만, 의료진이 턱없이 부족했어. 더구나 전쟁 중이었으니. 정말 쌀을 몇 말 어렵게 구해 둘째 작은아버지랑 국군 의무반에 가지고 가서 애걸하면 겨우 소독약과 진통제 몇 알을 받았어."

"아니, 팔을 자르더라도 수술을 하면 목숨을 건질 수 있잖아요."

대체 누가 할아버지 목숨을 앗아갔단 말인가! 갑자기 울화가 치밀어 올랐다.

"처음엔 팔을 자르지 않으려 했어. 그런데 야매라고 하지, 의사는 아니지만 어깨 너머로 배워서 환자를 치료할 수 있는 사람들이 있었어. 먼 친척 중에 그런 사람을 수소문해 모셔 왔는데, 어깨를 잘라내도 생명이 위험할 수 있다며 너무 늦었다 하더라. 이미 할아버지 팔 구멍에는 구더기가 보이기 시작했거든. 할아버지는 통증과 가려움에 몸부림을 쳤어. 마취도 하지 않고 팔을 잘라 어렵게 봉합했는데 소독약도, 진통제도, 소염제도 여전히 구하기 어려웠지. 어쩌다 소독약이 생겨 할아버지 어깨에 부을 때 득실거리는 구더기를 보았지. 보이는 구더기는 내 손으로 다 떼어냈지만 할아버지를 살릴 수는 없었다. 총에 맞고 석 달이 되지 않아 결국 할아버지는 세상을 뜨셨지."

시간이 흐를수록 아버지의 말이 흐려졌지만 나는 내 청력을 죄다 동원하여 파일로 저장하듯 머리에 차곡차곡 담았다.

"그 여름 장맛비가 부슬부슬 내리던 밤, 시신을 가마니에 넣고 이곳에 묻었지. 전쟁 중에 여러 명 움직이다가 또 누가 어떻게 죽을지 몰라서 작은아버지랑 단둘이 가마니와 삽을 들고 왔어. 비가 내리는 데도 소쩍새가 어디서 그렇게 슬피 울던지. 전쟁이 끝나서야 할아버지 시신을 추스려서 지금 이곳으로 이장했단다."

볕이 뜨거워졌는데도 아버지는 나무 그늘로 발걸음을 옮기지 않았다. 목 뒤로 몽글몽글 맺힌 땀이 등줄기를 타고 흐르고 있었다. 어떻게 할아버지의 죽음을 저렇게 덤덤하게 말할 수 있을까?

"애비는 지금도 가끔 공군 비행기가 쌕쌕 소리를 내며 하늘을 날면 어깨가 먼저 떨고 움츠리곤 해."

　나는 애써 진정하려 했지만 심장 소리가 이상했다. 혼란해진 머리는 이미 1951년 느럭골 골짜기 바위 밑 피난처를 맴돌았다. 미꾸라지를 잡는 놀이터였던 느럭골 도랑에 호주기 편대가 하늘에서 총을 마구 갈겼다. 아직 네 살밖에 되지 않는 어린 딸은 겁에 질려 울고 있었고 그 딸의 입을 틀어막고 감싸 안은 할아버지는 총소리가 멈춘 다음에야 도랑물에 섞여 흐르는 빨간 피와 너덜거리는 한 손이 눈에 들어왔다. 그리곤 눈을 크게 뜨고 가족의 생사를 확인했다. 아내도 다섯 아들도 외동딸도 살아 있었다. 호주기가 돌아간 하늘을 보며 잠시 바위틈에 몸을 기댔고 눈을 감았다.

　이산가족 상봉 프로그램을 보며 눈물을 흘리면서도 할아버지는 적군에 의해 죽었으니 덜 안타깝다고 생각하기도 했다. 괴물에 의해 죽거나 다친 선량한 남한 사람들이 너무나 많았다. '나는 공산당이 싫어요'를 외친 이승복 동상은 초등학교 졸업 앨범에 늘 등장하는 터줏대감이었다. 우리 가족은 희생자가 할아버지 한 명이었다. 헤어져 만나지 못하는 친인척이 없어 다행이라고 스스로 위로했었다.

　만화영화에서 똘이장군이라는 빨간 괴물은 언제나 선량한 남한 사람들을 괴롭히는 괴뢰군이었다. 우리에겐 괴뢰군, 빨갱이라는 공통된 적이 있었다. 언제든지 지옥 불에 넣고 맘 편하게 지독한 저주를 퍼부어도 되는 이 괴물은 텔레비전에 자주 등장했다. 간첩 이야기는 잊을 만하면 뉴스에 나오곤 했다. 때론 이름만 들어도 다 아는 대학교 교수가 간첩이라고도 했다. 우리는 그들에게 언제든 어디에서든 실컷 저주할 자격이 있었다. 그리고 학교에서, 텔레비전에서 그들을 신고하라고 강요했지만 호주기를 저주하는 방법은 단 한 번도 배우지 못했다.

　아버지는 할아버지를 15살에 보내야 했다. 나는 아무 말도 하지 못했다. 슬프다고 해야 하나, 억울하다고 해야 하나, 분하다고 해야 하나, 쉰 내 풀풀 나는 온갖 음식물 쓰레기를 삼킨 것처럼 심장이 울렁거리기 시작했다. 바로 내 나이가 15살 중학교 3학년이었다. 아버지는 15살의 비밀을 외아들인 나에게 털어놓고는 고구마 잎 무성한 미랭이 오름터를 터벅터벅 내려갔다. 외롭고 슬픈 그림자가 아버지를 따랐다.

*

칠월이 코앞에 다가온 어느 월요일이었다. 지난 주말은 시골집에 가지 않았다. 고향에 가면 에너지가 더 방전되는 날이 많아졌다. 토요일 오전이면 아내랑 또는 인근 시에 사는 누나와, 때로는 혼자서라도 시골집에 갔다. 무엇이 필요한지 엄마에게 전화를 하면 특별한 경우를 제외하곤 알아서 챙겨오라고 하신다. 엄마는 생필품이나 먹거리를 사 가는 것을 특별히 반기진 않으셨고, 아버지의 시선을 다른 곳으로 분산시켜 일주일에 한 번 편하게 휴식하기를 원하셨다. 아버지의 짜증을 하루라도 자식들에게 맡기고 쪽잠을 잘 수 있었다.

엄마는 아버지에게 '이봐'로 통했다. 그런데 주말에 '이봐'는 주로 내가 되었다. 나에게도 휴식을 주어야 하는데 주말은 음습한 시골집에서 긴장의 끈을 다잡았다. 누나들이 너무 고생한다고 한 번씩 거르라고 했지만 마음이 놓이지 않았다. 아들을 그토록 우선시하는 아버지는 나에게 중학교 1학년 시절 영어단어 암기보다 훨씬 까다롭고 어려운 숙제였다.

병이 깊어질수록 내 기운은 바닥을 보이고 있었다. 그래서 모처럼 시골에 가지 않았다. 결국 둘째 누나가 일요일에 짬을 내 시골집에 다녀왔다. 식이섬유와 관장약을 먹었음에도 불구하고 아버지의 배변이 쉽지 않았다고 했다. 더위 탐을 많이 해서 아버지 방에 에어컨을 따로 설치했다. 그다음엔 모시 이불, 그리고 1인용 대나무 돗자리. 조금이라도 반찬이 짜거나 매우면 눈을 부릅뜨고 숟가락을 내동댕이쳤다.

출근 후 책상을 간단히 정리하곤 엄마에게 전화를 했다. 아버지는 소변줄이 빠져서 지난밤에 고생했단다. 아침으로 죽을 두 수저 먹고 자리에 누웠다고 했다. 아버지의 건강 상태에 따라 내 기분도 롤러코스터를 탔다.

'돌아오는 주엔 꼭 가야지. 엄마 혼자서 감당하기 너무 힘들어.'

조례에 들어가기 전에 업무 파일을 열었다. 가끔은 퇴근 후에 나에게 배당된 공문들이 있다. 보건소에서 확인이 필요한 공문을 하나 보냈다. 보건소와 학교는 비교적 밀접한 연관 관계를 맺고 있다. 흡연 예방 교육, 음주 예방 교육, 흉부 엑스선 촬영, 불소도포 등 협조를 해야 할 일들이 일 년 내내 줄줄이 매달려 있다. 지난 5월 흉부 엑스선 촬영 결과를 엑셀 파일로 보냈다. 그런데 우리 반 준서 칸에 '결핵 의심, 보건소 방문 바람'이라는 글자가 빨간색으로 쓰여 있었다. 움칫 놀라서 몇 번이나 확인을 했다.

*

고등학교 1학년 5월, 종례를 마치고 담임선생님이 나를 따로 불러 조용히 교무실로 오라고 했다. 궁금증 반 긴장 반으로 선생님을 따라 1층 교무실로 향했다. 교무실에는 이십 명이 넘는 선생님들이 각자의 일들을 하거나 잡담을 나누며 하루를 마무리하고 있다. 3학년 선생님들은 이른 저녁으로 짜장면과 짬뽕을 먹고 있었다. 3학년 선배들은 한 명도 빠짐없이 강제적 야간자율학습에 참여했고 당연히 도시락도 두 개가 필요했다. 선생님들도 역시 야근을 위한 이른 저녁식사다. 담임선생님을 따라 교무실을 가로질러 상담실로 들어갈 때까지 선생님은 아무 말도 하지 않았다.

"너 무슨 사고 쳤어? 상담실에 갈 놈이 아닌데."

독일어 선생님이 담배를 피면서 툭 말을 던졌다. 독일어는 내가 제일 좋아하는 과목이다. 날씨가 더워 창문을 다 열었지만 교무실은 담배 연기로 가득했다. 쾨쾨한 담배 연기에 목에서 기침이 나왔다. 기침 소리를 거칠게 내면 선생님들께 혼날 것 같아 소리를 내지 않으려고 노력했지만 나도 모르게 잔기침을 연달아 했다.

"담임선생님이 불러서 따라왔어요. 저 특별히 잘못한 것 없어요."

"네가 그걸 어떻게 알아. 너 큰일 났다. 오늘 담임선생님 표정이 영 어둡던데. 그리고 이쪽으로 오지 말아라. 선생님 지금 중간고사 출제 중이다."

지리 선생님이 거들었다. 고개를 일부러 반대쪽으로 돌리고 아무 말도 하지 않았다. 긴장보다는 왠지 모를 두려움이 가슴을 헤집고 들어왔다. 교무실 밖으로는 탱자나무 울타리가 촘촘하게 학교를 감시하고 있었다. 정문을 통해 나가면 제법 갖추고 있는 슈퍼와 문방구가 있지만 그 가게를 가기 위해서는 운동장을 가로질러야 했기 때문에 학생들은 쉬는 시간이나 점심시간에 교실과 인접한 탱자나무 가시덩굴을 뚫고 작은 가게로 가서 빵과 우유를 사서 먹었고 콜라와 사이다를 사기도 했다. 조금 더 과감한 학생들은 오십 미터쯤 떨어진 포장마차에서 핫도그와 오뎅을 사 먹기도 했다. 선생님들도 다들 눈치채고 있었지만, 직접 눈에 띄지 않으면 굳이 학생들에게 핀잔을 주지 않았다. 교장 선생님이 알게 되면 행정실에 근무하는 아저씨가 구멍 뚫린 탱자나무 사이를 가는 철사로 여러 겹 엮어 놓았지만 일주일을 버틸 수 없었다.

상담실 입구에는 크고 둥그런 시계가 걸려 있었다. 다섯 시다. 빨리 하교를 해야 군 도서관에 자리 하나를 잡을 수 있다. 책 한 권이라도 도서관 책상 위에 펴 놓고 의자에 가방을 던져 놓은 다음, 자취방에서 저녁을 먹고 다시 도서관으로 복귀해서 공부하는 것이 일상이었다. 문을 열자마자 수학선생님, 생물선생님이 나온다. 재떨이가 가운데로 놓여 있고 테이블 한쪽으로 만화책과 소설책 몇 권, 그리고 반대쪽으론 신문이 펼쳐진 채 선풍기 바람에 나풀거리고 있다. 만화책을 읽다가 들킨 학생들이 많았다. 생물 선생님은 학교에서 유일하게 자가용을 가지고 있었다. 사모님이 읍내 사거리에서 레스토랑과 탁구장을 운영했는데 선생님이 버는 수입보다 훨씬 많다는 이야기를 들은 적이 있었다. 수학 선생님은 학교에서 내가 유일하게 싫어하는 선생님이다. 나이가 많진 않았지만 키가 홀쭉했고 아랫배가 조금 나와 있었다. 대머리여서 윗머리카락을 앞으로 몇 가닥 끌어내려 숨기려 했다, 자연스럽게 선생님의 손은 종종 머리카락으로 향하고 있었다. 코의 대칭이 맞지 않아 학생들은 그 선생님을 '짝코'라 불렀다.

고등학교 입학 후 첫 수학 시간이었다. 선생님은 칠판에다 중학교 때 배운 간단한 방정식 문제를 써놓고 학생들에게 풀게 시켰다. 참 쉬운 문제들이었다. 1번으로 시작한 번호 타기는 61번까지 이어졌다. 나는 11번. 교탁 위에 올라 순서에 의해 2번 문제를 풀었다. 완벽하게 풀고 돌아와 자리에 앉아 다른 친구들이 푼 문제를 살펴보고 있었다. 그런데 갑자기 '철썩'하는 소리와 함께 내 뒷목이 앞으로 꺾여지는 게 아닌가! 통증을 느낄 틈도 없이 나는 맞은 학생이 내가 아니라 다른 학생이었으면 좋겠다는 생각을 간절하게 했다. 입학 후 처음 수업에 쉬운 문제를 틀려 이름도 제대로 모르는 선생님에게 목덜미를 맞은 것이다. 너무 창피하고 부끄러웠다. 내 고개를 어떻게 해야 할지 시선은 어디에 둘지, 창피함으로 가득 찬 첫 수학시간은 너무 길었다. 같은 중학교를 졸업한 친구들은 내가 실수했다는 것을 알고 있었지만 처음 본 친구들에게 나는 수학 기본도 모르는 찌질이가 된 것이다. 틀린 것도 억울한데 첫 수업부터 맞기까지 하다니, 그 후로 학교에서 유일하게 미워한 사람이 수학 선생님이었다.

담임선생님은 소파에 앉아 나를 바라보고 있었다. 선생님의 눈빛을 통해 맞은편 소파에 조심스럽게 앉았다. 선생님은 쉽게 말을 꺼내지 않고 있었다.

"아픈 데는 없니? 공부는 할 만하고? 중학교와는 많이 다를 텐데."

"예, 공부가 조금 버겁긴 하지만 견딜 만 합니다."

담임선생님은 영어를 가르쳤다. 3월 영어 쪽지 시험에서 나는 50점을 넘지 못했다. 선생님은 영어를 포기하면 좋은 대학을 갈 수 없다고 집중과 노력을 역설하였다. 중학교 1학년 영어선생님이 기본을 다져주었지만 2학년 3학년 연속하여 영어를 가르쳤던 선생님은 단어시험도, 문장 암기도 하지 않았다. 낚시광이었던 선생님은 40분 수업에 20분은 낚시와 관련된 이야기를 줄곧 이어갔다. 민물 낚시꾼이었는데 인근 저수지 모두는 선생님의 낚시터였고, 때로는 루어낚시도 하여 30센티미터가 넘는 쏘가리를 잡았다고 몇 번이나 자랑을 했다. 그리곤 교과서 영어 본문을 읽고 해석해 주는 것이 전부였다. 학생들의 장난도 개의치 않고 매 시간 같은 어조로 수업을 마치곤 했다. 더 큰 문제가 있었다. 2학년 2학기 때부터 영어선생님이 시중에서 파는 문제집에서 문제를 똑같이 베껴 출제한다는 소문이 돌았고, 실제로 그랬다. 영어책을 읽으며 해석하고 단어를 암기하고 문법을 챙기는 시간보다 문제집에 실린 문제의 답을 외우는 것은 선물 같은 시간이었다. 두세 문제만 바꾸어 출제했는데 나에겐 백점의 욕심이 없었다. 한 시간 투자하면 85점은 거뜬히 넘을 수 있었으니까. 일 년의 선물이 고등학교 진학 후 2년의 고통으로 이어질 줄은 미처 알지 못했다. 고등학교 1학년 두 번째 단어 암기 시험에서 나는 만점을 얻었다. 단어를 뜯어먹을 각오로 열심히 노력한 결과였다.

"이번 단어시험에서 만점을 받았던데 놀랍더구나. 50개의 단어를 철자 하나 틀리지 않고."

선생님이 칭찬했다. 알고 있었구나. 일곱 반이나 되어 기억 못 할 줄 알았는데.

"그럴 일이 없겠지만 영어나 수학 중에 하나를 택하라면 저는 영어를 선택할 거예요. 어렵긴 하지만 노력하면 단어만큼은 외울 수 있겠더라구요. 수학은 응용문제가 출제되면 덜컥 겁부터 먼저 나거든요."

"공부하다 독해가 어렵거나 문법 이해가 안 되면 언제든지 물어보아라. 그리고 수학도 절대 포기하지 말고."

고개를 돌려 창밖을 보니 탱자나무 울타리로 3학년 선배들이 우르르 몰려갔다. 도시락 두 개로는 십 대 청춘의 허기를 다 채울 수 없었다. 도시락 하나는 2교시가 끝난 쉬는 시간에 텅텅 비워졌다. 나머지 하나로 점심 저녁을 채우기엔 턱없이 부족했다. 못 본 척 고개를 다시 돌렸다.

"보건소에서 전화가 왔어."

갑자기 선생님의 목소리가 더 차분하게 가라앉았다. 나는 십 분 정도 선생님의 이야기를 듣는 동안 목이 너무 말라 하마터면 교무실 주전자와 컵을 찾으러 갈 뻔 했다.

"너무 두려워 마라. 재검사도 해 보고 그리고 약물치료도 있다니까."

선생님은 할 이야기가 더 있어 보였지만 나는 아주 조용히 상담실을 빠져나왔다.

내가 보건소에서 재검사를 통해 결핵 판결을 받고 처음 들었던 생각은 '아름다운 죽음'이었다. 인간은 행복한 삶을 위해 산다고 윤리 시간에 배웠다. 그럼 행복이란 무엇일까? 누구에게나 있는 것일까? 온전히 행복하다면 죽음 또한 행복하게 맞이해야 하지 않을까! 나는 죽음이 누구에나 있는 것이라면 나에게 조금 더 빨리 찾아왔을 뿐이라고 위로했다. 연탄가스로 죽는 것도 아니고, 교통사고도 아니고, 자살도 아닌 그런 아름다운 죽음이 나에게 올 수 있을 것 같았다.

　중학교 3학년 국어 선생님은 겨울방학 숙제로 현대문학 열 편을 읽어 오라고 했다. 독후감을 쓰지 않아도 되었고, 3학년 겨울방학이라 숙제 검사도 당연히 하지 않았다. 그 겨울 나는 시골집 책꽂이에 줄지어 늘어선 한국 현대문학 소설을 한 권 꺼내 들었다. 춥기도 했지만, 고등학교 입학을 앞둔 시기라 마냥 나가서 놀 수는 없었다. 설령 밖에 나가더라도 연을 날리거나 팽이를 치거나 썰매를 타는 것들이 나에게 더 이상 매력적인 놀이가 되지 않았다. 동네 동생들이 놀면 멍하니 구경하다가 집으로 돌아와 군불을 땐 사랑방 아랫목에 누워 책을 읽다가 낮잠을 늘어지게 자기도 했다. 소설 중에는 결핵을 앓다가 죽어가는 주인공들이 꽤 많았다. 그런데 피를 토하는 비참한 죽음이라기보다는 근대 지식인에게 찾아온 아름다운 죽음으로 내 잔상에 깔려 있었다. 창백함이 정점을 지나면 아무나 가질 수 없는 하얀색 피부로 죽도록 사랑하는 사람과 이별하고, 친구들 그리고 가족과 비극적이지만 가장 아름다운 죽음을 맞고 있었다. 피를 토하면서도 마지막까지 그림을 그리는 화가와 글을 쓰는 작가를 만났다. 때론 지식인 은행원의 죽음을 보면서 아무에게나 주어지지 않는, 처절하지만 행복한 죽음을 보았다. 작가 김유정도 이상도, 아니 수많은 글쟁이들이 결핵으로 죽었다는 이야기를 국어 시간에 들었다.

　그 죽음의 문턱에 내가 있었다. 하지만 불행하게도 나는 독립하지 못했고 그들보다는 훨씬 어린 나이였다. 그리고 가족이 있었다. 그 죽음을 결코 행복하게 맞이하지 못할 엄마와 누나들 그리고 동생이 있었다. 슬퍼졌다. 하늘을 보아도, 아침에 눈을 뜨는 것도, 교실 창밖으로 보이는 가시 달린 탱자나무도 함께 우울했다. 내 곁엔 친구도 필요하지 않았고 공부도 아무런 의미가 없었다. 병이 깊어지면 어떤 증세가 나타날지 나를 관찰하고 싶었다. 자고 일어나면 내 피부가 얼마나 창백해졌는지 거울을 보는 습관도 생겼다. 내가 가장 좋아하는 독일어 시간조차 매력이 없었다.

보건소 누나에게서 학교로 연락이 왔다. 다시 선생님은 나를 불렀고, 방과 후 수업 시간에 보건소를 갈 수 있도록 배려하였다.

'그래, 결핵을 앓던 사람들도 약을 먹었을 거야. 약은 생명을 연장할 뿐, 결국 병의 힘에 정복당했을 거야. 나도 그 길을 가는 거지. 죽음이 그렇게 쉽다면 아름답지 않은 거지. 고통을 아름다움으로 승화시켜야지.'

미술 선생님도 화가 이중섭을 설명하며 지겹도록 가난하고 힘들었던 그의 삶에 결핵이 있었다고 했다. 의도적이었는지 모르지만, 보건소 누나는 매우 친절했다. 강한 전염력을 가졌을 나를 경계하지도 않았다. 그리고 한 달 치 약 봉투를 건네주었다. 육 개월만 잘 복용하면 나을 수 있을 것이라고 했다. 정상적으로 일상생활을 하되 너무 무리한 운동은 하지 말고 건강에 좋은 음식을 골고루 많이 먹으라고 했다. 그리고 시대가 바뀌어서 결핵은 잘 관리하면 죽는 병이 아니라는 점을 강조했다.

'믿어야 하나 믿지 말아야 하나, 내가 소설에서 만난 주인공들은 처절하게 죽음을 맞이했는데.'

나는 한 달 치 약 봉투를 책가방에 넣고 학교로 가지 않고 자취방으로 갔다. 자취방을 가려면 작은 개울이 있었다. 장마철이 되거나 폭우가 쏟아지면 멀리 돌아서 큰 다리를 건넜지만, 평소에는 낮은 다리를 건넜다. 자전거 정도가 겨우 다닐 넓이의 다리이다. 학생들의 하교 시간이 멀었고 아직 직장 퇴근 시간이 남아 건너는 사람이 아무도 없었다. 나는 마치 소설 "소나기"의 주인공 소녀처럼 다리 가운데 앉았다. 송사리들의 움직임에 물결 모양이 달라지곤 했다. 주말에 집에 가서 이 비극적 소식을 알려야 하나. 엄마가 제일 걱정되었다. 엄마를 생각하자 갑자기 슬픔이 몰려왔다. 딸만 셋을 연달아 낳고 오랜 할머니의 구박에서도 나를 낳아 버틸 수 있었다는 엄마였다. 엄마가 너무 보고 싶어 눈물이 솟구치기 시작했다. 나는 꺼이꺼이 소리를 내며 울음을 터트렸다. 지나가는 사람이 없어 다행이었다.

다음 날 아침, 난 처음으로 약을 먹었다. 아직 누나와 동생에게는 말을 하지 않았다. 가족들이 나와 같은 생각으로 나의 투병을 지켜보는 건 너무 힘들 것이라는 생각이 들었다.

아침 조례 시간에 담임선생님이 나를 불렀다. 상담실이 벌써 세 번째였다.

"너 상담실 자주 온다. 나쁜 일 같지도 않고, 그렇다고 좋은 일 같지도 않고."

지리 선생님이다. 수업 시간 교실에 들어올 때마다 내 귀밑머리를 잡고 순간 쭉 올리는 선생님이다. 아프지만 참는다. 그리고 온몸을 떨거나 머리를 흔들면서 강한 반응을 보인다. 그제서야 머리에서 손을 뗀다. 그런데 그 기분이 나쁘지 않았다. 통증이 만만치 않았지만, 이미 나는 지리 선생님의 마음을 읽어낼 수 있었다. 편한 학생에게만 그런 행동을 했고 우리 반의 대표주자가 나였다. 아버지와 친분이 있었는지 입학 날 이미 내 이름을 알고 있었고 수업 시간마다 이름을 불렀다. 작게 대답해도 크게 대답해도 언제나 내 머리카락 몇 오락은 빠질 각오를 해야 한다. 지켜보는 친구들이 내 행동에 킥킥대면 껄껄 웃으며 '수업 시작'을 외쳤다.

"보건소에서 약 받았어? 약은 먹었고? 힘들지 않아?"

질문이 쉴 새 없이 이어졌다.

"네, 오늘 처음 약을 먹었어요. 특별히 힘든 것은 없구요."

"힘들 땐 힘들다고 얘기해도 돼. 내 수업 시간 내내 시선이 집중되지 않던데 다른 선생님 수업에는 더 할 것 아니야? 그렇다고 공부 내려놓을래? 결핵 그거 죽는 병 아니야. 치료제가 나오기 전까지는 그 병으로 많이 죽었던 건 사실이지만 지금은 절대 그렇지 않아. 약만 잘 먹고 건강만 챙기면 6개월이면 완치할 수 있다더라. 내가 어제 보건소 의사선생님과 통화했어."

"그래도… 폐결핵인데……."

나는 선생님의 마음은 알았지만, 온전히 믿을 수는 없었다.

"바보 같은 소리 하고 있네. 더 힘든 사람도 많아. 암과 같은 병으로 오늘도 세상과 이별하는 사람을 네가 알아? 살고 싶어서 그렇게 기도하다가 결국 떠나는……. 한 달에 한 번씩 보건소 가야 하잖아. 그냥 학교 일 심부름 시키는 것으로 선생님이 알아서 챙긴다. 다행히 비활성 결핵이라니까 전염에 관해서도 너무 걱정하지 말고."

차분하지만 힘이 실린 선생님의 말도 귀로 오지 않고 눈으로 들어왔다. 잘못하면 눈물을 흘릴 뻔했다. 그리고 선생님은 영어 문제집 한 권을 테이블에 놓았다.

"쓸데없는 생각 말고 이 문제집 풀어 봐. 좋은 문제가 많더라. 그리고 부모님에게 알렸어? 힘들면 선생님이 전화할게."

"아니요, 제가 주말에 가서 알릴게요."

조용히 교무실을 나왔다. 너무 슬픈데 행복한 느낌! 이런 감정은 도대체 뭐지?

1교시가 끝나기 무섭게 화장실로 뛰어갔다. 아침에 일어나서 한 번 소변을 보고 아직까지 화장실에 가지 않았다. 바깥에 위치한 푸세식 화장실은 중학교와 별반 다르지 않았다. 대변 보는 칸 아래에는 빗살 모양의 환기통을 가진 자그마한 문이 있고, 운동장 쪽을 향해 시멘트로 굳게 다져진 소변대는 학생들이 일렬로 바지를 내리고 경쟁하듯 쏟아내면 배설물이 경사 아래로 흘러가는 구조였다. 때론 화장실에서 장난을 치는 학생들도 있었다. 성기를 만져서 소변이 튀기도 하고 누가 오줌발이 더 센지 시합도 했다. 벌써 여러 학생이 와 있었다. 내 옆에는 중학교 동창 훈이가 섰다. 급해서 바지를 내리고 소변을 보면서 벽 위로 허술하게 뚫린 환기구를 통해 하늘을 보고 있었다. 화장실에 가면 시선 처리가 어려워 난 항상 환기구로 보이는 네모난 세상을 보곤 했다.

"야 인마! 너 오줌에서 피가 나온다. 색깔이 빨개."

순간 아래를 보았다. 주황색 액체가 뿜어져 나오고 있다. 무서웠다. 이런 적이 한 번도 없었는데. 아니, 친구들의 소변 색을 여러 번 보았지만, 주황색 소변은 보지 못했다. 중간에 간신히 참고 지퍼를 올렸다. 친구가 여전히 걱정하는 눈빛으로 나를 본다.

'드디어 올 것이 왔구나. 피를 토하는 게 아니라 이렇게 배설하는 것으로 병과의 싸움이 시작되는구나. 그런데 이제 화장실엔 어떻게 오지! 매번 대변 칸에 가는 것도 이상할 텐데.'

그 이후로 나는 소변을 참는 습관이 생겼다. 비교적 자유로웠던 체육 시간을 활용했고, 더러는 수업 종이 울리는 시간에 화장실에 들어가기도 했다. 도저히 참을 수 없으면 대변 화장실 칸을 이용했다. 내가 소변 색에 대한 원인을 알기에는 한 달 이상이 걸렸다.

주말이었다. 중학교 시절보다는 덜했지만, 주말에 시골집에 가는 것은 편안함과 행복이었다. 엄마표 손두부 조림, 돼지고기를 잘게 썰어 끓인 비지장, 아껴두었던 무 고등어 조림은 늘 만족 그 이상이었다. 그런데 아무 기대도 희망도 사라졌다. 버스정류장에서 내려 십 분 정도 걸어가야 했다. 6월의 낮은 길었고 뚜벅뚜벅 노을이 감도는 강둑을 지났다. 친구들이나 후배들은 저만큼 노을 속으로 사라지고 있었다. 투병 생활을 하면서 내 하루의 삶은 많이 달라졌다. 주변 것들이 다르게 보였다. 나에게 '하루'는 어찌 보면 참으로 평범하고도 경이로운 단어였다. 하나의 물방울이 온 하늘을 담고 있듯 하루 속에는 영원이 깃들어 있을지도 모른다는 생각을 했다. 모든 것을 쓸어가는 시간의 바람 앞에 무엇이 사라지고 무엇이 탄생할까. 무엇이 잊혀지고 무엇이 기억될까. 그래서 정말 중요한 것은 무엇인가? 나는 어디로 사라지는가? 슬픔이 물 밀 듯이 밀려왔다. 내가 더 아름답고 온전할 하루를 얼마나 더 살 수 있을까! 엄마를 생각하면 가슴이 미어터진다.

다리를 건너 집 앞에서 망설였다. 다시 읍내로 가는 버스를 타야 하나. 그러나 결국 집으로 들어갔다. 엄마는 마루에 불을 켜 놓고 손칼국수를 만들고 있었다. 내가 가장 좋아하는 엄마의 요리 중 하나였다. 밀가루로 반죽을 한 다음 한참을 치대서 반죽이 탄탄해질 때까지 두 손으로 온 힘을 다해 주무른다. 그리고 마루에 신문지를 잔뜩 깔고 그 위에 하얀 천을 놓는다. 그리곤 둥그렇고 긴 밀대로 밀가루 반죽을 민다. 밀 때마다 콩가루를 한 줌씩 뿌려준다. 얇게 밀어지면 여러 겹 포개서 칼로 적당한 크기로 썰면 끝이다. 마지막 남은 꽁다리는 우리들의 몫이었고 그 꽁다리를 가마솥 불에 김을 굽듯이 앞뒤로 익히면 딱딱하지만 매우 고소하고 식감이 좋아 서로 먹으려 했다. 멸치로 만든 육수에 국수를 삶을 때 엄마는 늘 감자와 애호박, 그리고 대파를 넣었고, 마지막으로 매운 고추를 서너 개 썰어 넣었다. 매콤한 것을 좋아하는 나에게 매운 고추는 신의 한 수였다. 그리고 두 가지 양념장을 상 위에 올려놓았다. 간장 다대기, 그리고 내가 과감하게 투척하는 고추장 다대기, 마지막으로 엄마가 갓 담은 김치 겉절이가 있으면 아무것도 필요 없었다. 엄마표 손국수를 먹는 날은 콧노래가 저절로 나오곤 했다.

엄마는 손국수를 만들고 있었다. 중학교 때는 매주 집에 왔지만, 고등학생이 되면서 2주에 한 번도 채 오지 않았다. 반찬 심부름은 중학교 2

학년 여동생이 맡아서 했고, 누나는 고등학교 3학년이라 한 달에 한 번도 고향에 오지 않는 경우가 많았다. 엄마는 밀대로 반죽을 미느라 내가 온 것도 몰랐다.

날이 어두워졌다. 마루 불을 켜고 사랑방으로 들어갔다. 막내 작은아버지가 신혼살림을 했던 곳이다. 사촌 동생을 낳고 도시로 갔다. 안방과 떨어져서 부담스러운 아버지와 마주칠 일이 별로 없어서 시골집에 가면 사랑방은 줄곧 우리 차지가 되었다. 선풍기를 틀고 누웠다.

'부모님께 결핵 이야기를 해야 하나, 하지 말아야 하나!'

엄마가 불렀다.

"국수 다 퍼질라. 빨리 와서 먹어라!"

동그랗고 조그만 상에 놓인 국수 세 그릇과 배추겉절이 한 접시.

"더 먹고 싶으면 말해라. 부엌에 조금 더 있다."

"……."

"근데 너 무슨 일 있냐? 왜 한 마디도 말을 안 하냐? 니가 좋아하는 국수도 끓여 놓았는데."

젓가락을 들고 국수를 건져 올렸다. 금세 밤이 와 있었다. 별이 쏟아져 내린다. 그 별들이 오늘은 너무 슬펐다. 채 한 젓가락도 먹지 못하고 고개를 숙인 채 있다가 나도 모르게 눈물을 쏟았다. 국수 그릇으로 눈물이 뚝뚝 떨어졌다. 엄마를 볼 자신이 없다.

"너 진짜 무슨 일 있지? 왜 우냐? 속 타 죽겠다 빨리 이야기해라."

결국 털어놓아야 했다. 부모님도 꼭 알아야 한다고 보건소 누나도 선생님도 당부했었다.

"저 폐결핵이래요. 보건소에서 약 타 먹고 있어요."

슬픔에 몰입되어 눈물이 솟구칠 때, 되물을까 두려워 또박또박 말하려고 무척 애썼다. 한참 동안 아무도 말이 없었다. 아버지도 엄마도 나도. 반달이 걸린 앞산에서 소쩍새 소리만 메아리처럼 맴돌았다. 먹을 수도 없고 안 먹을 수도 없고, 일어나서 사랑방으로 가고 싶은데 그럴 수도 없었다. 몇 분이 지났을까.

"내가 돼지고기 반찬도 만들고, 소고기 국도 끓여주고, 삼계탕도 자주 해주고, 계란 후라이도 도시락에 매일 넣고 그랬어야 했는데… 매일 풀만 먹고 살았으니… 아이고 이 일을 어쩌나. 아들 하나 있는 거 그런 병에 걸린 것도 모르고."

엄마가 울었다. 죄송한 마음이 회오리처럼 몰아쳤다. 외할아버지 사건 이후로 엄마가 우는 것을 거의 보지 못했다. 나만 풀 반찬을 먹는 게 아니었다. 동네 친구들도 비슷한 생활을 했고 우리 집보다 형편이 안 좋은 집은 도시락이 한결같이 보리밥인 친구도 있었다. 엄마 탓이 아닌데 엄마가 울고 있다. 나만 응시하고 한동안 말이 없던 아버지가 고개를 위로 들었다.

"걱정하지 마라. 아버지가 그 몹쓸 병 싹 고쳐줄 거다. 너는 그냥 약 잘 먹고 공부만 해라. 기죽지 말고."

나는 뜰팡에서 신발을 신고 다시 강으로 나갔다. 칼국수도 먹을 수 없었고, 상 앞에 앉아 있을 수도 없었다. 삶과 죽음을 생각하니 갑자기 내가 어른이 다 되었다는 생각이 들었다. 그것도 잠시, 난 엄마에게 너무 죄송했다. 딸 셋을 낳고 할머니에게 얼마나 구박을 받았는지 옆집 아줌마를 통해 나는 알고 있었다. 나는 눈물이 나오지 않을 때까지 강가에 앉아 있었다. 그러다 아버지의 말이 되살아났다.

'아버지가 그 몹쓸 병 싹 고쳐줄 거다.'

그 말에는 힘이 실려 있었고, 다짐이 묻어 있었고, 자신감이 있었다. 아, 아버지가 있었구나. 아버지는 결코 함부로 말하지 않았어! 마음이 조금 놓였다. 집으로 발길을 돌렸다. 안방은 불이 꺼지고 건넌방에 불이 켜져 있었다. 내가 들어가는 것을 알면 부모님이 걱정할 것 같아서 인기척을 내지 않기 위해 최대한 조심스럽게 마루에 올라섰다. 작고 투박하게 건넌방을 울리는 울음소리를 들었다. 아버지가 울고 있었다.

*

종례가 끝나고 잠시 준서를 남으라고 했다. 다른 학생들에게 괜한 오해를 살까 싶어 준서가 고등학교 진학 상담을 할 차례라고 했다. 가끔 학생들이 진학 상담을 해왔기 때문에 특별히 눈치 챌 수 없었다. 문단속 담당 학생에게 열쇠를 받고 모두 떠난 뒤 자리에 앉았다. 준서는 특성화 고등학교를 가야 할지 부모님께서 원하시는 인문계고등학교로 진학할지 고민하고 있었다. 드론을 좋아해서 주말에는 드론을 가지고 공원이나 강 유원지에서 노는 학생이라 드론을 전문으로 하는 특성화고등학교를 안내한 바 있었다. 준서는 무조건 그 고등학교를 원했고, 부모님은 준서의 미래가 너무 일찍 좁혀지는 것 같아 인문계 고등학교를 희망했다. 고등학교에서 열심히 공부하고 그때도 같은 생각이라면 드론과 관계된 전공을 선택하여 대학교에 입학하기를 원했다. 텅 빈 교실에 에어컨이 아물아물 돌아가고 있었다. 결핵이라는 말을 어떻게 꺼내야 하나 망설이던 끝에 아주 차분한 목소리로 말했다.

"준서야, 네가 결핵이 의심된다는 연락이 왔어. 보건소에 가서 엑스선 촬영 다시 해보고 만약에 확실히 결핵이라고 판명되면 약을 조금 오랫동안 먹어야 할 거야."

내가 받았던 충격을 생각하며 준서의 반응을 조심스럽게 준비하니 심장이 두근거리기 시작했다.

"결핵이 무슨 병이에요? 죽는 병은 아니죠? 장애인이 되나요?"

"장애인은 무슨, 약만 잘 먹으면 치료되는 병이야. 겁먹을 필요 없어. 내일 보건소에서 검사받고 의사 선생님이 하라는 대로 하면 되는 거야."

"텔레비전에서 언뜻 들어보긴 한 것 같은데, 주변에서 결핵으로 죽었다는 사람은 한 번도 본 적이 없어요. 약만 잘 먹으면 되지요? 알았어요. 그런데요, 선생님! 아버지께 드론 특성화고 진학이 더 현명한 선택이라고 이야기해 주시면 안 될까요? 전 인문계고에서 3년 내내 책상에 붙어 공부만 하는 거 정말 싫거든요."

내 걱정은 나만의 것이었다. 삶의 나이테는 어떤 만남에 의해서만 형성되는 것이다. 사람이든 사건이든. 나는 준서의 완쾌를 기원하며 투병의 시간만큼 삶의 나이테가 늘어날 것이라는 생각을 했다. 준서에게 결핵에 관한 동영상을 링크해서 보내야 할지 오랫동안 망설였다.

범람

재윤이 아버지

　내일 퇴근 시간에 맞추어서 학교로 찾아온다는 메시지가 재윤에게서 왔다. 재윤이는 현재 누구나 알 만한 서울 H대 영문과 3학년에 재학 중이고 H대학교 학생회장이다. 중학교 2학년 때 내가 담임을 했었고 읍내 여고를 거쳐 대학에 들어갔다. 얼마 전 페이스북에서 스쿨 미투를 당했다는 장문의 내용을 공개적으로 올려 걱정을 하던 제자였다. 어떤 사람들은 미투 운동을 유행처럼 번지는 사건이라고 일축하기도 하고 지겹다기도 했다. 또 어떤 사람들은 이참에 성희롱이나 성폭력 같은 것들에서 자유로울 수 있도록 법적으로 강한 처벌을 해야 한다고도 했다. 정년을 3년 앞둔 사회 선생님은 이렇게 말했다.
　"옛날엔 쉬는 시간에 남녀학생들이 선생님들 어깨도 주물렀지. 대수롭지 않게 넘어갔는데. 야, 좋은 시절 다 갔어. 김영란법에 이어 스쿨 미투까지! 너무 오래 근무했어. 빨리 명예퇴직이라도 해야지. 이러다 불명예퇴직이라도 하는 날이면……."

사회 선생님의 말에 30대 교사가 주류를 이루고 있는 교무실이 갑자기 썰렁해졌다.

"라떼가 또 나왔어. 비교할 것을 해야지!"

옆 책상에 앉아 있던 수학을 가르치는 여교사가 무심코 뱉은 말이 칸막이를 타고 넘어왔다.

교사는 특히 주의해야 하는 항목이 세 가지 있다. 성 비위, 음주 운전, 성적 조작이 그것이다. 변화를 꾀한다고 하면서도 과거를 곱씹으며 자신들의 현재 삶까지도 합당하게 여기는 사람들이 있다. 좋은 세상을 이루고자 한다면 다른 사람이 아니라 내가 먼저 좋은 사람이 되고 좋은 삶을 살아야 한다. 그 앞자리에는 교사가 있어야 한다고 생각했다.

지면으로만 접하던 스쿨 미투의 실체가 인근 학교에서 터지고야 말았다 그 학교는 제법 오랜 역사를 간직한 여자고등학교였고 대학 1년 선배가 교무부장으로 재직 중이었다. 선생님 여섯 명의 학교 출근이 강제로 제지당했고, 도 교육청과 경찰서에서 학생들에게 설문조사를 두 번이나 했다는 소식을 접했다. 바로 사회 선생님이 우려했던 것이 현실로 나타난 것이다. 발칵 뒤집힌 학교에서는 수업 결손이 심화되었고, 기간제 선생님을 구하려 학연과 지연을 이용하여 급하게 알아보고 있었다. 스쿨 미투에 함락당한 교사들은 자신의 삶을 통째로 잃을 가능성이 있다. 물론 남교사들이 많았지만, 여교사도 무조건 자유로울 수 없었다. 출근을 하지 못하는 인근 여고 6명 교사 중에 2명이 여교사였다.

재윤이가 2층 교무실로 찾아왔다. 청바지에 대학교 이니셜이 새겨진 하늘색 티셔츠를 입고 교무실 문을 열었을 때 나는 재윤임을 금방 알아챘다. 여전히 단발머리에 얼굴에는 성형 흔적이 없었고 짙은 화장을 하지 않았기 때문이다. 재윤이는 음료수 박스를 탁자에 올려놓았다. 땀방울이 송글송글 맺힌 재윤이는 예전처럼 웃고 있었다. 각 반 학생들이 교실 열쇠를 걸어놓고서는 잰걸음으로 학교를 빠져나갔다.

"임마! 너 중학교 때는 한 달에 한 번 모교에 찾아온다고 했는데, 이게 얼마 만이야?"

"쌤, 죄송해요. 잘 아시잖아요. 제가 학교 총학에 관여하고 있구요. 강의는 기본이구요, 계절학기 수강에 농활도 가야지요, 과외, 편의점 알바도 틈틈이 하고 있어요."

"아무튼 핑계는. 너 혼자만 대학 다니는 줄 알겠다. 그래 아픈 데는 없어? 얼굴이 조금 수척해 보이는데."

볼이 폭 패인 것이 표가 날 정도로 홀쭉해 있다. 그렇게 바쁜 와중에 스쿨 미투로 맘고생을 하고 있으니 건강이 좋을 수 없다는 추측은 쉬웠다.

"너 3학년이잖아. 그럼 내년이면 끝나겠네. 야, 벌써 대학 졸업이라."

"아니에요 선생님, 졸업이 늦어질 것 같아요. 다른 학우들은 취직 준비하느라 1년씩 휴학을 하는데 전 학점이 모자라서요. 바닥을 찍은 과목이 몇 개 있거든요. 방학에 계절학기까지 수강했지만 학점을 다 못 채울 것 같아요."

재윤이는 씩씩하게 웃으며 의자에 앉았다.

"야, 남들은 취직 공부한다고 휴학도 하고, 교환학생도 신청하고, 워킹홀리데이도 가는데… 그리고 노량진에는 또 얼마나 많은 청춘들이 에너지를 불태우고 있니? 넌 도대체 뭐 하는 거야? 총학생회장 스펙으로 정치도 하지 않을 것 같은데."

재윤이는 나를 바라보며 그냥 웃었다. 내 말을 듣긴 했지만 이미 다 알고 있는 이야기를 굳이 선생님에게서 듣고 싶지 않은 기색이 역력했다. 시계를 보니 퇴근 시간이 훨씬 지나 있었다.

"너 술 좀 하지? 소주나 한 잔 할래?"

"와우! 제가 원하는 걸 이렇게 빨리 눈치채시다니, 역시 베테랑 선생님이시라니까."

내 차를 학교에 그대로 두고 버스를 탔다. 돌아올 때 택시를 타는 것이 나을 거라 생각했다. 20인 승 마을버스, 다행히 맨 뒷좌석에 자리가 있어 자리를 잡았다. 재윤이는 2년 전 명예퇴직한 영어 선생님의 안부를 물었다. 그 선생님은 새로운 취미로 낚시를 시작했고 해금을 배우고 있다고 했다. 물론 기존에 해오던 붓글씨, 프랑스어 회화 공부도 충실하게 하고 있다고 전했다. 퇴직을 한 선생님들의 취미에 공통점이 있다. 사진 촬영, 그림, 붓글씨, 낚시, 골프, 악기연주, 교양강좌 수강, 그리고 개인의 특성에 맞는 운동 등이다. 나도 십 년 뒤 미래를 생각하니 크게 다르지 않을 것 같았다.

"내가 영어 선생님이랑 통화 연결해줄까? 얼마 전에 선생님 아들이 결혼해서 한 번 보았거든."

"아, 아니요. 너무 쑥스럽기도 하고, 죄송하기도 하고. 저에게 정말 잘해 주셨는데. 오늘은 안 할래요. 저도 전화번호 알고 있어요. 제가 나중에 할게요."

"알았다. 야, 너 영어 선생님 짝사랑했구나. 이제야 알았네. 하하"

"그런 거 아니에요. 쌤, 놀리기 없기입니다!"

버스가 정류장에 정차했다. 내리는 사람은 없었고 70대 후반으로 보이는 할머니가 탔다. 버스가 다시 출발하자 기우뚱 할머니의 몸이 움직였다. 아직 좌석에서 일어나는 사람이 없었다. 절반 이상은 이미 나이가 지긋한 분들이었고 노약자 보호석에도 합당한 어른들이 앉아 있었다. 나와 재윤이가 동시에 일어났다.

"할머니, 여기 앉으세요."

재윤이가 빠르게 할머니의 손을 잡고 자리로 왔다. 우린 둘 다 일어서서 가기로 했다. 백팩을 메고 손으로 링을 잡고. 풍경이 지나간다. 시간이 지나간다. 자가용으로 빠르게 보던 거리가 느린 속도로 흘러간다.

"재윤아! 서울에서는 아무래도 지하철을 많이 이용하겠지. 그런데 선생님이 대학교 다닐 때 이런 일이 있었어. 몸살이 심해서 강의를 포기하고 자취방으로 향하는 버스를 탔어. 다행히 학교 앞이 출발점이라 좌석이 있었지. 너무 춥고 근육통도 심하고 정말 그랬거든. 그런데 몇 정거장 못 가서 머리가 희끗희끗한 할아버지가 타는 거야. 그것도 하필 딱 내 앞에 서 있고 실눈을 뜨고 보았지. 그 연세치고는 건강해 보였거든. 자리에서 일어나야 할지 말아야 할지 너무 고민이 되는 거야. 일어나 있으면 금방이라도 쓰러질 것 같았거든. 그때 나는 느꼈어. 많은 사람들의 시선이 내게 꽂혀 있다는 것을. 과연 내가 어떤 선택을 했을까?"

곱창집을 지나고, 가끔 들르는 작은 카페가 보이고, 성당 앞으로 버스가 갈 때까지 재윤이는 답을 하지 않았다.

"잠깐 복잡했었는데요. 그렇게 어렵지 않은 질문이네요. 할아버지에게 간단하게 몸이 너무 아파서 자리를 양보할 수 없다고 사실대로 이야기하면 되지요. 그리고 할아버지는 선생님의 얼굴 표정만으로도 알 수 있었을 거예요. 결국은 신뢰의 문제인 것 같아요. 신뢰를 전제로 한다면 아무도 선생님에게 눈총을 줄 수 없지요. 오히려 선생님을 더 걱정하지 않을까요?"

"명쾌해서 좋다."

그래 세상은 내 힘만으로 살아가는 것이 아니다. 내 등 뒤를 지켜주고 나를 신뢰하는 사람들이 있어 여태까지 살아오지 않았던가!

우리는 삼겹살 전문 식당으로 갔다. 나는 읍내 어디를 가든 여기저기 둘러보는 버릇이 생겼다. 혹시 학부모나 제자들이 있는지 살펴야 했다. 특히 술을 즐기러 가는 식당에서는 더욱 예민하고 민첩하게 좌석을 둘러보며 학부모가 있는 식당은 최대한 피하려고 노력했다. 대화하는 내용이나 행동에 많은 제약이 따르기 때문이다. 다행히 아직까지는 아는 사람의 얼굴이 보이지 않아 소주 광고의 달력이 벽에 매달린 맨 귀퉁이 원탁 테이블에 자리를 잡았다. 소주 몇 잔이 들어가자 조금 어색했던 분위기가 사라지고 추가로 소주 한 병을 주문했을 때는 술기운이 달아오르기 시작했다.

"재윤아, 너 주량이 어떻게 되니?"

"마시다 보면 알겠지요. 글쎄요, 저랑 술 내기 하실래요? 하하."

"많이 컸다 이 녀석! 술 내기 못 해. 내일 목요일이잖아. 수업 잔뜩 있거든. 숙취 때문에 수업 망치는 건 정말 아니거든요."

"아무튼 농담도 못 해요. 참 얼마 전에 선주 학교에 다녀갔다면서요. 우연히 알게 됐어요."

"휴학하고 9급 공무원 공부 시작한다고 하더라. 그렇게 어렵게 들어간 대학인데 재미가 없대. 그리고 선배들 보면 다들 취직 준비하느라 낭만은 실종된 지 오래고, 알바 하느라 바쁘고 스펙 쌓느라 학원 가고, 개뿔이나 낭만! 자본주의의 정점에서 사는 나라에서 대학생들에게 낭만을 찾으라고? 선주는 기자 된다고 언론정보학과 선택했잖아. 기레기 기자라도 됐으면 좋겠다더라. 실제로 신문사나 방송국 입사 준비를 하는 선배는 손에 꼽는대. 1, 2학년 준비하다가 진입 장벽이 너무 높아 포기했대."

삼겹살 한 점에 소주 반 잔이다. 시간이 갈수록 식당은 자리가 채워졌고 여기저기서 주문하는 소리와 대화 소리가 겹쳐서 우리 목소리의 텐션도 올라갔다. 그 와중에도 주변 테이블에 아는 사람이 없나를 살폈다.

"너는 도대체 왜 총학생회장이 된 거야? 정말 너네 학교 나이 많은 선배들처럼 정치판에 발이라도 담가 보려고?"

성인이 되어서 제자와 소주 한 잔 할 수 있는 시간은 행복하다. 그리고 아무리 무어라고 해도 젊은 청춘에는 순수함과 열정이 묻어 있다.

"사장님! 에어컨 좀 세게 틀어주세요. 이쪽에는 바람이 안 와요. 더워요."

반대쪽에서 누군가 크게 소리쳤다. 7월이 채 오지 않는데 땡볕 더위가 그칠 줄 몰랐다.

"선생님, 제가 학생회장이 되어서 가장 하고 싶었던 것은 더 많은 기숙사를 지을 수 있도록 학교와 싸우는 것이었어요. 저 같은 애들 많거든요. 지방에서 올라오고 경제적 형편도 어렵고, 1학년만 끝나면 거의 쫓겨나거든요. 그러면 원룸으로 가야 하는데, 서울 방값 장난 아니잖아요. 결국 알바 시장에 내몰릴 수밖에 없구요. 그래도 우리는 그나마 한결 나아요. 학교 이름값으로 과외를 할 수 있는 기회가 있어서. 그런데 과외도 몇 달 하다가 자기 자식 성적 안 오르면 바로 바꿔요. 제가 보기엔 학생을 아무리 잘 가르쳐도 그 성적 유지하기도 힘든데."

벌써 소주 세 병이 비워졌다. 10시가 되자 인근 여고에서 야간자율학습을 마친 학생들이 몰려나오고 있었다. 대기하고 있던 봉고차에 오르거나, 아빠 차에 타거나. 저 학생들 중에 바로 집에 가서 편히 쉴 수 있는 학생들이 얼마나 될까? 공교육 끝에는 언제나 사교육이 더 큰 부적을 안고 학생들을 주문처럼 끌어들였다.

"재윤이 제대로 잘 컸네. 대학교 들어가고 우리 두 번 만났나? 그런데 너 페북에 올린 스쿨 미투! 그거 신중하게 생각하고 올린 거야? 선생님은 걱정이 앞서더라."

"선생님도 같은 이야기를 하시네요. 나를 아는 사람들은 한결같이."

재윤이가 소주를 마신 다음 한 잔을 빠르게 채웠다.

재윤이는 중학교 1학년 때 말썽을 피우는 학생들 중심에 있었다. 왕따도 시키고, 선생님들에게도 함부로 하고, 특히 따박따박 자기 논리로 맞설 때에는 정말 군밤이라도 딱 주고 싶은 미운 학생이었다. 친구가 왕따 문제로 어려움을 당해 혼을 내자 당차게 말했었다.
"선생님들도 똑같게 친하지는 않잖아요. 선생님들도 점심시간 급식실에서 보면 매일 옆자리에 같은 선생님이 앉아 있고, 운동장 산책할 때도 별반 다르지 않고, 저도 고의성이 있는 건 아니에요. 한때 친했지만 미운 짓 많이 하니까 어울리지 않는 것뿐인데 다 내 탓인 양 몰아가고, 또 공부 잘하는 애들이 잘못이나 실수하면 대충 넘어가고 우리는 조금만 잘못해도 계속 혼내고······."
그렇게 1학년이 넘어가고 2학년 우리 반이 되었다. 교사들은 자신이 한 해 동안 맡을 학생들 이름을 보면서 걱정을 하거나 때론 안도의 한숨을 쉬기도 했다. 재윤이는 거슬리는 학생이었다.
한 번은 이런 일도 있었다. 3월 초 대청소 시간이었다. 특별히 학년 초라 봉사활동 한 시간을 이용하여 교실 대청소를 하였다. 창문을 열고 사물함을 다 끌어내었고, 교탁 밑에도 신발장도 받침대를 모두 빼서 닦았다. 예고된 일이라 나도 체육복으로 갈아입고 열심히 교실을 쓸고 있었다. 마치 '우리들의 일그러진 영웅' 영화에서 볼법한 장면이 연출되고 있었다. 허리를 숙이고 비질을 하고 있는데 '으악', 누군가 내 항문을 날카로운 두 손으로 찌른 것이다. 속된 표현으로 똥침을 당한 것이다. 그 통증이 심해 몸을 제대로 가누지 못한 채 뒤를 돌아보았을 때 나보다 더 놀라 바짝 긴장해 있는 범인을 보았다. 재윤이었다. 설마 담임선생님을 일부러 찌르지는 않았을 테고, 분명 학생으로 착각해서 그 일을 벌였을 것이다. 너무 통증이 심해서 소리내기도 어려웠지만, 그냥 아무 말도 하지 않고 재윤이를 보고 서 있었다. 청소를 하던 모든 학생들의 시선이 정지화면을 누른 것처럼 우리 쪽으로 향했다. 쭈뼛하게 선 채로 20초쯤 지났을까. 나는 아무 말도 하지 않고 다시 비질을 시작했다. 학생들도 멈칫하더니 각자 자신의 청소 구역으로 이동했다. 애써 참으려 했지만 여기저기서 킥킥거리는 소리를 들을 수 있었다. 재윤이가 내 눈치를 보기 시작한 건 아마 그 이후일 것이다.

 5월 초 국어 선생님들이 부모님 사랑에 대한 주제로 교내 백일장을 개최하였다. 심사를 마치고 2학년 국어를 가르치는 김 선생님이 나에게 원고지를 가지고 왔다. 최우수상에 선정된 재윤이의 글이었다. 아버지를 여의고 혼자 식당에서 밤늦게까지 일하는 엄마에게 미안함과 고마움을 담은 글이었다. 나는 재윤이를 따로 불러 칭찬을 아끼지 않았다. 그리고 담임으로 재윤이를 제대로 알지 못한 미안함을 전달했다. 재윤이는 눈물을 보였고, 내가 물어보는 가정상황을 힘겹게 털어놓았다.

"선생님, 제가 한 잔 따라 드릴게요."
"그래라. 그런데 내가 미투 이야기를 잘못 꺼낸 것 같다. 네가 충분히 고민했을 텐데."

 우리 말고 두 테이블만 남아 있었다. 학교에서 나올 때는 열 시쯤 택시를 타고 집에 가려고 했다. 그런데 벌써 10시 30분, 우리의 대화가 조금 더 이어질 것이라는 생각이 들었다.

"선생님, 기억하시죠? 제게 새아빠가 있었던 거요. 초등학교 3학년 때 친구들이 너무 부러웠어요. 학교 끝나면 같이 놀던 친구들이 미술학원이나 피아노학원에 갔거든요. 영어나 수학학원에 가는 친구들도 있었구요. 그런데 정말 피아노는 배우고 싶었어요. 그림 그리는 것은 혼자 연습

해도 할 수 있을 것 같은데 피아노는 집에 없잖아요. 친구들이 학교에서 가끔 피아노 치는 것을 보면 다른 짓 하는 척 하면서도 그 소리에 귀가 절로 움직였어요."

나도 한 잔을 마시고 또 잔을 채웠다. 둘이 4병이나 비웠다. 이쯤이면 과음이라 내일 수업이 걱정될 법도 한데 자리에서 일어서고 싶지 않았다.

"그래서 하루는 엄마에게 피아노학원에 보내 달라고 떼를 썼어요. 아무리 떼를 써도 엄마가 못 들으신 척 하는 거예요. 다음 날도 또 매달렸지요. 학원 보내주지 않으면 학교도 안 갈 거라고. 결국 엄마가 짬을 내서 학교 근처 피아노학원에 레슨비를 내고 등록을 시켜주었어요."

"참 좋았겠구나. 선생님도 어릴 때 비슷한 경험 있는데. 스케이트를 사 달라고 얼마나 졸랐던지, 그 마음 알지."

"열심히 다녔지요. 학원 선생님에게 음감이 있다고 칭찬도 받았구요. 무엇보다 정말 집중을 많이 했어요. 그래야 다른 애들만큼 칠 수 있으니까. 그리고 수업이 끝나서도 가서 배울 곳이 있다는 생각이 저를 행복하게 만들었어요."

"저기요, 식당 문 닫을 시간인데 어쩌죠?"

테이블을 닦고 의자를 정리하던 사장님이 조용하게 말을 건넨다.

"죄송합니다. 바로 일어서겠습니다. 재윤아, 까페도 문 닫을 시간이고 편의점에서 커피나 한 잔 하고 가자."

내가 처음 이 소도시로 왔을 때가 생생하게 기억난다. 10시쯤 되었을까? 마치 등화관제훈련을 하는 것처럼 가로등 외에는 불빛이 별로 보이지 않았다. 대부분의 편의점도 12시면 문을 닫았다. 아르바이트생으로 보이는 학생은 핸드폰에서 쉽게 눈을 떼지 않았다. 편의점 안에는 독서실에서 잠시 짬을 내 컵라면과 삼각김밥을 먹고 있는 학생 두 명이 있었다. 우린 아이스아메리카노를 놓고 파라솔 밑에 앉았다. 늦은 밤이라 무더위가 한풀 꺾였다.

"야, 재윤! 너 너무 늦는 거 아니야? 엄마 걱정하시겠다."

"10시쯤 통화했어요. 선생님 만나서 늦을 거라고. 엄만 선생님 이야기하면 바로 오케이예요."

"참, 그래서 피아노는 계속 배운 거야?"

"아, 식당에서 피아노 이야기하다가 나왔지요. 몇 달 배우지 못했어요."

"왜? 돈 때문에?"

"그런 셈이죠. 어느 날 원장님 실에 물어볼 것이 있어 문 앞에 섰는데. 보조 선생님이랑 제 이야기를 하더라구요. 첫 달 빼고 아직까지 레슨비를 못 받았다고. 어쩌겠냐고. 형편도 우리가 알고 있고 재윤이가 열심히 하니까 그냥 무료로 하는 것으로 하자고. 바로 그다음 날부터 피아노학원에 가지 않았어요."

"그랬었구나. 형편이 어렵다는 것은 알고 있었지만. 에휴."

돈이라는 놈이 시골 소도시까지 편을 갈랐고 어린이의 꿈을 집어삼켰다.

"참 선생님, 미투 사건 페북에 올린 거 걱정된다고 하셨지요?"

"그래 SNS에 사생활 올리는 거 많이 조심스럽더라. 그래서 선생님 페북, 인스타그램 다 접었다. 처음엔 좋았지. 소통 창구도 되고, 오랜만에 연락된 사람도 있고. 근데 어느 날 학생들이 내가 춤추는 동영상을 유튜브에서 봤다는 거야. 난 아무것도 올린 게 없는데 쉽게 학생들이 확인시켜 주더라. 7년 전 축제 때 삐에로 분장하고 춤을 추는 내 동영상을 한 졸업생이 올렸던 거더라고."

"저는 일부러 보라고 올렸어요. 읽었잖아요. 대학교 총학생회 임원이었어요. 복학한 2년 선배였구요. 강제로 신체적 접촉을 두 번이나 했어요. 그리고 알고 보니 피해자가 두 명 더 있었어요."

"그랬구나. 힘들었겠다. 지금은 괜찮아?"

"그 선배 열흘 정도 학교에 안 나오더니만 총학 활동은 끊고 학교 다니고 있을 걸요. 지 아버지가 대기업 임원이라나? 아무튼 한 방은 날렸으니까 편케 학교에 다니진 못하겠죠."

한 방 날린 후련함보다 꼬리표처럼 따라붙어 미투의 다른 피해자로 남을지 걱정이 되었지만 입 밖으로 꺼내진 않았다.

"씁쓸하다 재윤아! 그렇다고 용기 잃지 말고, 재윤이답게 살아야지."

"그런데 선생님, 사실 저를 더 힘들게 하는 것이 있어요."

"뭐가 더 있구나."

"이 이야기는 진짜 처음인데요. 술을 핑계 삼아……."

"하고 싶지 않으면 하지 마. 선생님도 부담스러운데."

"아니에요. 언젠간 조금이라도 털어버리고 싶었어요. 제가 5학년 때 새아빠가 들어와서 같이 살았어요. 저에게는 선택권이 없었으니까. 에어컨 수리를 하는 사람이었구요. 오빠나 나에게 보냈던 싸한 시선은 참을 수 있었어요. 낮에는 서로 볼 시간이 많지 않았으니까. 그리고 저는 주말에 하루 종일 밖으로 다녔어요. 친구가 있으면 같이 어떨 때는 혼자 초등학교 벤치에 앉아 있거나 어두워질 때까지 걷기도 했구요."

재윤이 엄마가 이혼을 했다는 사실은 이미 알고 있었다.

"문제는 밤이었어요. 그 인간이 거의 매일 밤 술에 취해 들어와 주정을 했거든요. 집에 오는 소리가 들리면 저는 제 방으로 바로 갔어요. 그리고 무조건 잠을 자려 노력했어요. 어느 날 까무룩 잠이 들었는데 안방에서 아직도 큰 소리가 들리는 거예요. '빨리 벗어. 너 그거 하려고 나랑 사는 거잖아!' 엄마의 반항과 흐느낌이 멎을 즈음 전 귀를 막아야 했어요. 그 짐승 같은 소리는 귀를 아무리 틀어막아도 계속 헤집고 들어 오는 거예요. 방을 뛰쳐나가고 싶어도 안방을 통해야 나갈 수 있는 방이었거든요. 그런 끔찍한 밤을 얼마나 보냈던지. 친구들이 자기 집에서 같이 놀면서 자고 가자면 얼마나 좋던지 노는 것보다는 짐승 같은 그 소리를 듣지 않는다는 것이 너무 좋았어요."

초등학생이었던 재윤이가 받았을 상처가 그대로 까무룩 가로등 불빛에 그림으로 투영되었다.

"저에게 트라우마가 생긴 거지요. 성관계는 저렇게 지저분하고 끔찍한 것이구나. 그리고 아저씨보다 엄마를 더 원망했어요. 왜 그렇게 더러운 인간이랑 같이 살고 있는지. 이유는 잘 모르겠지만 엄마와 몇 달 살지 않고 헤어졌어요. 그래서 저는 스킨십에 매우 예민해요. 불쾌하고 불결하고, 온갖 화가 확 치밀어 올라요. 남자친구요? 사귀어 본 적 없어요. 이성으로 접근하면 제 몸과 마음이 먼저 반응을 해요. 가까이 오지 말라고."

"그랬었구나. 너무 고통스러운 기억이다. 벗어날 수 있는 방법이 없을까?"

"대학까지도 이어져서 너무 힘들었어요. 한 번은 정신과에 간 적이 있어요. 이유를 짧게 이야기했거든요. 약물치료도 필요하지만 상담치료가 필요하다고 하시더라구요. 매주 한 번 상담을 해야 하는데 한 시간에 십만 원 정도 비용을 내야 했어요. 그래서 잠시 보류하고 있어요. 당장 먹고 사는 게 급해서."

편의점 안에서 컵라면을 먹던 학생들이 문을 밀고 나왔다.

"야, 나 이번 기말고사 망치면 대학 못 가. 어차피 수능 포기했거든. 교과성적 전형에만 올인하고 있는 거 너도 알잖아. 그나마 인 서울은 해야 하는데. 엄마가 인 서울 아니면 대학 가지 말래. 지잡대 나와서 무얼 하겠냐고."

어깨가 축 처진 채로 학생들은 가로등 끝에서 에이스 독서실이란 간판이 희미한 건물로 들어갔다. 학생들은 지역 사립대를 총칭해서 지잡대라 불렀다. 그나마 지역국립대학교는 지거점대학이라 부르며 차이를 두었다.

"재윤이에게 큰 트라우마가 있구나. 에구 선생님이 또 미안하네. 지금 엄마랑 관계는 괜찮은 거야?"

"중학교 때까지도 엄마를 미워하는 마음이 컸거든요. 좀 크면서 이해할 수 있었구요. 무엇보다도 미안한 게 엄마는 그 이후에 한 번도 남자를 만나지 않았어요. 아침부터 밤늦게까지 식당 일하면서 오빠와 저를 키웠어요."

"재윤이 아빠는 어떻게 돌아가셨지? 선생님은 그냥 투병하다가 가신 걸로 알고 있는데."

"네 맞아요. 폐암 3기 진단받고 수술했지만 전이되어서 2차 수술까지 했거든요. 방사선 치료도 열심히 하고 그랬는데… 나중에는 온몸으로 암덩이가 퍼져 결국 이별했어요. 어릴 때는 아빠가 정말 좋았어요. 자전거 가르쳐주고, 맛있는 거 먹으러 가고, 계곡도 바다도 가고, 무엇보다 아빠가 동화책을 실감 나게 읽어주셨거든요. 너무 재미있어서 잠도 자지 않고 들었거든요. 어떨 땐 아빠가 먼저 지쳐서 읽다가 자곤 했어요. 돌아가시기 얼마 전엔 진통제도 잘 안 들었나 봐요. 통증으로 몸부림치던 아빠가 기억나요. 가끔은 정신을 잃으셨어요. 치매 환자처럼 헛소리도 하시는 것 같고. 정신이 들면 수척해진 몸으로 저를 꼭 안아주시곤 했어요. 아무리 야위었어도 그 품이 얼마나 따뜻했던지. 선생님, 제가 가장 부러워하는 게 무언 줄 아세요?"

"혹시 아빠 엄마 사랑을 골고루 받고 자라는 평범한 가정?"
"제 이야기 속에 힌트가 너무 많았지요. 맞아요. 온전한 가정. 병원비 부담도 정말 컸구요. 엄만 간병 하느라 경제활동 못했구요. 아빠만 건강히 살아 계셨어도……."

12시가 다 되어가는 시간, 가끔 빈 택시만 오갈 뿐 읍내 거리도 정적으로 잠들고 있었다.

재윤이의 아빠를 생각하다 시골집 아버지가 떠오르는 것은 왜일까? 지금쯤 선잠에서 깨어 화장실을 오가며 삶의 끝자락을 부여잡고 있을 것 같은 아버지.

재윤이가 지난날의 상처를 보듬고 나아가기를, 오늘의 눈물 속에 새로운 길이 열리기를 마음속으로 간절히 기도하는 것이 내가 할 수 있는 것의 전부였다. 우리에겐 특별한 존재가 되기를 바라지 않으면서도 그저 함께 있다는 것만으로 충분한 그런 사람이 필요한 것이다.

'아버지는 얼마나 우리와 함께할 수 있을까!'

아버지

지루한 장마가 계속되던 고등학교 2학년 여름방학이었다. 나는 중학교 때부터 잘 알고 지내던 친구 세 명과 등하교를 같이하며 친하게 지냈다. 고등학교 2학년 때부터는 여름방학 때에도 반강제적 자율학습과 보충학습을 받았다. 방학 4주 동안 우리에게 자유롭게 주어진 시간은 일주일, 방학이 시작되면서 우린 그 일주일을 어떻게 하면 가장 재미있게 보낼 수 있을지 얼굴을 맞대고 아름다운 논쟁을 벌였다. 2박 3일은 정해졌지만, 장소 선택에는 각자 생각이 달라 어려움이 있었다. 낚시를 좋아하는 준이는 가까운 저수지에 텐트를 치고 낚시를 원했고, 환이는 무주 덕유산에서 캠핑하면서 등산하는 게 좋을 것 같다고 설득했다. 나는 대전과 공주 여행을 제안했다. 그런데 이 세 가지 제안에 당사자 외에는 아무도 적극적 찬성을 보이지 않았다. 그러다 택이가 내 고향 집 2박 3일을 카드로 꺼내 들었다. 이미 친구들은 겨울방학이나 지난봄에 우리 집에서 하루씩 자고 놀다간 경험이 있다. 그때 아들 친구라고 엄마가 얼마나 정성을 들여 대접했는지 알고 있었다. 결국 나를 제외하고 세 명이 모두 대찬성이었다. 강과 소나무 숲이 있고 민물낚시도 즐기며 캠핑 장소까지 넉넉한, 그리고 최후의 보루로 우리 집이 거기 있었다. 나는 별로 내키지 않았지만 세 명의 의견을 거절할 명분을 찾지 못했기에 따를 수밖에 없었다.

그런데 지루한 장마가 5일째 계속되고 있었다. 우리가 가기로 한 날도 구름이 손님처럼 오가며 빗방울을 이리저리로 몰고 다녔다. 나는 우리 동네 앞을 흐르는 강이 걱정되었다. 노깡으로 연결했던 다리는 이미 넘친 지 오래 되었을 테고, 그러면 나룻배를 타고 건너야 하는데, 과연 배를 띄울 수 있을지.

*

초등학교 때에는 노깡으로 만든 다리도 없었다. 강을 건널 유일한 수단은 배였다. 초등학교는 우리 동네에 있었고 말거리나 새터에 사는 학생들은 배를 타고 학교에 와서 수업이 끝나면 다시 배를 이용해 귀가했고, 반대로 우리 동네 사람들이 읍내에 가려면 꼭 뱃사공을 불러야 했다. 구마니에 뱃사공 아저씨가 있었다. 뱃삯은 돈으로 받지 않고 배를 타는 집집마다 가을에 벼를 한 가마씩 주는 것이 관례로 되어 있었다.

여름이 되면 종종 우리가 상상하지 못하는 행복에 빠지는 날들이 있었다. 장마가 지루하게 바람처럼 떠돌고 비가 그치지 않으면 우린 우산을 쓰고 작은 산등성이를 넘어 학교로 향했다. 학생들은 주로 우산 대신 비닐포대를 뒤집어쓰고 등교하였지만 내가 등교할 때면 엄마는 비닐우산이라도 꼭 준비해 놓았다. 사실 비닐포대와 우산은 굵게 내리는 비 앞에는 얼굴만 가렸을 뿐 옷도 가방도 신발도 모두 젖을 수밖에 없었다. 소나기라도 세게 내리면 우린 결국 물장난을 쳤다. 제법 고인 물에 발을 수평으로 날카롭게 치면 물이 상대편으로 높게 퍼져 올랐다. 그러면 상의까지 빗물, 아니 진흙탕물로 뒤집어씌울 수 있었다. 그쯤 되면 이미 가방도 옷도 방패막이 될 수 없었고 우린 내리는 빗물과 진흙탕 물속에서 한참을 놀다가 등교하곤 했다.

어느 날 학교에 도착해 보니 말거리와 새터에 사는 친구들의 자리가 텅텅 비었다. 왜일까, 항상 배를 정시에 타서 오는 친구들인데. 잠시 후 선생님이 오시더니 냇가로 가자고 했다. 우리는 오는 비를 다 맞고 냇가로 갔다. 그런데 강 건너 학생들이 강둑 버드나무 아래에서 여전히 배를 기다리며 손짓을 했다. 뱃사공 아저씨가 한참을 망설이다 위험하다고 결국 배 띄우기를 포기한 것이다. 사실을 알아챈 선생님이 큰 목소리로 강 건너 학생들에게 소리쳤다.

"얘들아, 집으로 돌아가! 배를 띄울 수 없으니까. 내일은 다시 나루터로 오고!"

강 양쪽에서 대기하고 있던 학생들은 환호성을 터뜨렸다. 절반 정도 되는 학생들이 등교를 할 수 없으니, 그날 수업은 우리 마음대로였다. 일찍 집에 가도 선생님에게 혼나지 않았다.

그땐 학교 뒷동산 참나무 숲에서 사슴벌레를 잡아 싸움을 시키는 일이 가장 흥미로웠다. 자기 사슴벌레가 지면 더 크고 단단한 사슴벌레를 찾느라고 눈알을 부라려야 했다. 나는 특히 덩치가 작아 몸으로 하는 싸움에는 지는 경우가 많아 사슴벌레 싸움에선 승부욕이 불타올랐다. 무조건 큰 사슴벌레가 승리하는 것이 아니고 토실토실 살이 꽉 차고 뿔이 단단한 사슴벌레를 찾는 데 열중하곤 했다. 웬만한 비를 다 막아주는 느티나무 밑에선 여자애들의 공기놀이 소리가 매미 소리보다 더 크게 들렸다.

점심시간이 되면 학교 근처 사는 친구가 집에 가서 큰 바가지와 고추장을 가져왔다. 그럼 우리는 모두 도시락에 싸 온 밥과 반찬을 바가지에 넣었다. 보리밥을 싸 온 친구도 여러 명 있었지만 전혀 문제가 되지 않았다. 열무김치, 마늘장아찌, 콩자반, 멸치 조림, 깻잎, 무생채 등이 바가지 속으로 투하되었고, 거기에 고추장만 세 숟가락 정도 넣어서 마구 비볐다. 운수 좋은 날은 참기름 몇 방울이 더해지기도 했다. 바가지 비빔밥을 먹을 때는 엄마표 장조림이, 귀한 고등어가, 화덕에 구운 김이 생각나지 않았다. 입술에 빨갛게 고추장을 묻힌 채 장마가 주는 오찬을 즐겼다. 한 숟가락이라도 더 먹으려고 숟가락 싸움이 치열했고 어떤 녀석은 바가지 바닥이 보일 때 침을 뱉고는 친구들의 저항을 뿌리치기도 했다.

오후에는 풋사과 서리에 도전했다. 망을 보는 조와 침투조를 자연스럽게 만들었고 황새 아저씨네 사과밭으로 갔다. 반장을 하고 있던 나는 망을 보았다. 동네 어른들이 근처에 보이면 요란한 매미 소리를 질러 친구들을 밭둑 뒤로 피신시키는 역할이었다. 빈 가방을 들고 과수원에 들어가 재빠른 동작으로 가장 커 보이는 사과를 따서 가방에 넣어서 오는 서리가 완성될 때까지 콩닥콩닥 얼마나 심장이 뛰었는지 몰랐다. 그러나 들켜서 아버지가 이 사실을 알게 되는 날을 상상하는 것만으로도 끔찍해 몸서리를 쳤다. 뺨을 맞는 두려움도 컸지만 날카로운 눈빛을 나는 감당할 수 없었다. 서리가 완벽한 계획에 따라 끝내면 정말 짜릿한 쾌감이 온몸을 파고들었다. 친구들과 아무 일 없었던 것처럼 학교 교실로 돌아와 사과를 하나 꺼내 먹으면 달콤하지는 않았고 새콤하고 떫은맛에 채 하나를 먹지 못했다. 그러고도 우리는 완벽하게 작전을 완수했다는 승리감에 박수를 치고 다음 계획을 도모하곤 했다. 그런 날이 이틀 동안 이어진 적도 있었다.

그해는 유난히 장마가 지루하게 이어졌다. 장마가 계속되면 엄마는 잔돌에 심은 고추밭 걱정이 태산이었다. 햇볕이 쨍쨍 빛나는 날이 많아야 고추가 병에 걸리지 않고 잘 익는다며 한숨을 쉬곤 했다. 그렇다고 파란 고추를 딸 수는 없었다.

그날은 배를 타고 말거리와 새터 학생들이 학교에 왔다. 빗줄기가 더 거세졌고 4교시가 끝나자마자 선생님들이 강 건너 학생들을 불러 모았다. 배가 건너갈 수 있을지 모르겠다며 학생들과 함께 나루터로 갔다. 나는 오후 수업이 없었기 때문에 빗줄기가 잠시 멈추었을 때 집으로 뛰어갔다. 이미 도시락은 먹었기 때문에 뛰는 동작에 따라 빈 도시락 속에서 숟가락과 젓가락이 춤을 추며 장단을 맞추었다. 아버지는 이렇게 비가 며칠 더 내리면 강둑이 무너질 거라며 근심이 가득찬 눈을 하고 우의를 입고 강둑으로 갔다.

나는 사랑방에서 여동생과 함께 엄마가 쪄 놓은 포근포근한 감자와 묵은지로 만든 김치전을 먹고 있었다. 장마철에는 논이나 밭일이 별로 없으니 엄마가 짬을 내어 간식을 만들었다. 밀가루 튀김의 고소한 맛과 적당히 익은 묵은지의 간이 잘 버무려져 내 젓가락이 끝없이 김치전을 향해 달려들었다. 또 맛있는 감자를 급하게 먹으려다 뜨거워서 입술과 혀를 데이기도 했다. 뽀얀 속살을 보이며 포근한 촉감에 달콤한 식감은 그 무엇으로도 대체할 수 없는 맛이었다.

배를 채우고 나니 나도 은근히 강이 궁금해졌다. 단 한 번도 강이 범람하는 것을 보지 못했으니까, 강물이 둑을 넘쳐흐를까 걱정하는 것은 아니었다. 물이 강둑 언저리를 넘나들며 흙탕물로 출렁거리는 것을 오래 보고 있으면 멀미가 나는 듯했고 세찬 물살이 나를 잡아 삼켜 느럭골 깊은 수심으로 빠져들어 물에서 죽어간 사람들의 영혼을 만나게 할 것 같은 무서움이 따르곤 했다. 하지만 평소에는 볼 수 없는 특별한 것들을 만날 수 있었다. 내가 강에 간다고 하면 동생이 울면서 가지 말라고 떼를 쓸 것이 분명했기 때문에 담임선생님이 오라고 했다는 핑계를 대고 강으로 뛰어간 적이 여러 번 있었다.

강둑에선 동네 청년들이 투망이나 뜰채로 물고기를 잡았다. 덩치가 큰 피라미는 기본이었고, 쏘가리, 메기, 빠가사리, 모래무지, 민물장어까지 월척들이 양동이에 가득 차곤 했다. 쏘가리나 빠가사리는 등에 침같이 생긴 날카로운 뼈가 있어서 잘못 건드리면 피까지 날 정도로 아프고 쓰렸다. 양동이에서 힘껏 파닥이는 장어가 밖으로 튀어나오면 나는 마치 산딸기를 따다 살모사를 본 것처럼 소스라치게 놀라 뒤로 몇 발짝 물러나기도 했다. 고기만 쉽게 잡히는 것이 아니었다. 제법 큰 인삼들이 강둑 나뭇가지에 그리고 큰 잡풀에 매달려서 허우적거리곤 했다. 줍는 사람이 임자였다. 나도 큰 인삼을 몇 뿌리 걷어 올린 적이 있었다. 엄마는 홍수철엔 절대 강에 나가지 말라고 하면서도 그 인삼을 깨끗하게 씻어 잘 말린 다음 백숙에 넣었다.

그날은 학교 비상망이 작동되었다. 선생님들이 자전거를 타고 와서 구마니 사는 고학년 학생들을 학교로 불러 모았다. 학교에 가니 말거리와 새터에 사는 학생들이 교실에 그대로 남아 웅성거리고 있었다.

'아니, 왜 아이들이 아직도 학교에 남아 있지?'

가방을 책상 위에 놓고 앉아 있거나 서성이는 학생들의 눈빛에는 불안감이 주렁주렁 매달려 있었다. 잠시 후 6학년 2반 선생님이 교실로 들어왔다.

"애들아, 잘 들어라. 다행히 1, 2학년 학생들은 수업 후에 배를 타고 귀가했지만, 3학년 학생들부터는 배를 띄울 수 없다고 해서 구마니 학생들을 어쩔 수 없이 불렀어. 3, 4학년 학생들은 사택에 사는 선생님들이 다들 챙기기로 했는데 5, 6학년 학생들은 구마니 학생들이 도와주어야겠다. 이장님께는 미리 양해를 구했으니 아시는 부모님들도 있을 거야. 이럴 때 서로 돕고 사는 거 우리 바른 생활시간에 배웠지?"

학교 선생님들은 대부분 읍내에서 매일 출퇴근할 수 있는 조건이 되지 않아서 학교 사택에서 살았고 5학년 남자 선생님만 총각이어서 담뱃집에서 하숙을 했다. 6학년이었던 나는 동급생 세 명을 데리고 우리 집으로 향했다. 장마가 끝났는지 비는 그치고 늦은 오후 햇살은 우리를 따라 긴 그림자를 만들어 주었고 우린 물이 고인 웅덩이를 피해 집에 도착했다.

내 친구들이 집에 와서 자는 건 처음이었다. 엄마는 어떻게 들었는지 이미 푸짐하게 손칼국수를 만들고 있었다. 마루에는 크고 얇은 돗자리가 펼쳐져 있었고 얇게 썬 애호박과 감자가 수북하게 바가지에 담겨 있었다. 밀가루 반죽을 치대며 엄마는 반갑게 친구들을 맞아주었다. 엄마와 아버지 그리고 동생은 안방에서 칼국수를 먹었고, 우린 사랑방에 따로 차린 밥상에서 고봉으로 떠 준 국수 한 그릇을 맛있게 비웠다.

밤에 날이 좋으면 아버지가 하는 일이 따로 있었다. 안방으로 들여놓았던 텔레비전을 마루로 옮겨 놓았다. 우리 동네에는 텔레비전이 우리 집밖에 없었다. 마당에 평상을 두 개 놓고 모깃불을 피우고 동네 사람들이 둘러앉아 텔레비전을 함께 보았다. 나시찬의 '전우'나 '전설의 고향'을 하는 날이면 웬만한 동네 사람들이 다 모여들었다. 옥수수를 삶아 오기도 하고, 부추전을 가져오기도 했지만 가장 많은 간식거리는 감자였다. 두평리에 사는 학생들이 여러 명 더 있었으니 그날은 유난히 사람이 많았다. 아슬아슬한 작전과 날렵한 총격전 끝에 괴뢰군을 이긴 '전우'를 보고 우리는 다시 사랑방에 모여 둘러앉았다.

시간은 9시가 훨씬 넘었지만 그냥 잘 수 없었다. 자기가 좋아하는 여학생을 고백하자고 한 친구가 제안했다. 물론 이 이야기는 절대 비밀로 하자고 약속하고 다짐까지 받았다. 제안을 한 친구부터 여학생 이름을 밝히며 히죽 부끄럽게 웃었다. 예상 밖이었다. 평소에 말도 잘 걸고 장난을 치던 여학생일 것이라 생각했다. 두 번째 친구가 막 이름을 밝히려고 하는 순간 방문이 덜커덩 열렸다. 아버지였다. 난 깜짝 놀랐다. 우리가 하는 이야기를 들었나? 아님 일찍 잠자리에 들지 않아서 혼내려고 그러나? 친구들 앞에서 꾸중을 듣는 것은 정말 싫었다. 그런데 아버지는 달걀 네 개를 담은 조그만 소쿠리를 내려놓았다.

"아줌마가 삶아 주었다. 출출하면 먹고 자라."

하지만 그 달걀은 엄마가 삶지 않았다는 사실을 나는 알고 있었다. 아버지가 부엌에 들어가는 일을 좀처럼 보지 못했는데 분명 아버지가 삶은 것이었다. 엄마는 이웃집 범이네 담뱃잎 엮는 일을 도우러 갔고 잠시 전 화장실에 다녀올 때까지도 범이네 담을 타고 넘어오는 엄마의 목소리를 들을 수 있었다. 달걀은 사 먹는 식재료가 아니고 집에서 키우는 암탉들이 낳은 것을 모아두기 때문에 무척 귀했다. 손님이 오거나 마땅한 반찬이 없을 때 계란찜이 올라오는 행운을 맛보았다. 정말 아주 가끔 제법 달걀을 모아서 우리 도시락 반찬에 넣을 장조림을 만드는 날이면 다음날 점심시간이 기대되기도 했다. 그런데 오늘 아버지가 직접 귀한 달걀을 삶아 굵은 소금을 조그맣게 신문지에 돌돌 말아 넣어 가져온 것이다. 나는 친구들 앞에서 우쭐했다.

하나씩 맛나게 먹고 우리는 다시 좋아하는 여자친구 이야기를 이어 갔다. 두 번째 친구는 예상 가능한 여학생의 이름을 불렀다. 같은 동네에 살았고 왕눈이라 불릴 정도로 눈이 컸으며 늘 짧은 단발머리였는데 원래 타고난 곱슬머리라 파마를 한 것처럼 보였다. 노래를 무척 잘 불러서 학교 대표로 군 대회에 참가해 수상을 했다는 소식도 들었다.

드디어 내 차례가 되었다. 나는 한참을 망설였다. '진실을 말해야 하나, 아니면 거짓말을 할까?' 친구들의 재촉이 이어졌다. 그래도 나의 답이 없자 예쁠 거라 생각하는 여학생들의 이름을 한 명씩 차례로 불렀다. 나는 아무에게도 내 마음을 보이거나 들킨 적이 없었다. 나 자신에게도 숨기고 싶은 비밀이었다. 결국 나는 우리 동네 사는 여학생 이름을 불렀다. 애들이 수군거렸다.

"있긴 있었구나. 넌 없을 수 있다고 생각했는데."

얼굴이 붉게 달아올랐다. 잠을 잘 시간이 훨씬 지나 있었다. 엄마가 범이네 집에서 돌아오며 문 앞에서 '내일 학교 늦으라. 어서 자야지.'라는 말을 듣고 우리는 모두 자리에 누웠다. 보름달 빛은 창호지를 타고 방 속에 내려앉았다. 깊은 잠 속으로 빠진 친구들을 보며 나는 안도의 한숨을 쉬었다.

사실 내가 좋아하는 사람은 따로 있었다. 바로 4학년 1반 담임선생님이었다. 작년에 처음 우리 학교로 왔는데, 어떻게 사람이 저렇게 뽀얀 피부를 가질 수 있을까 생각하며 감탄했다. 텔레비전 드라마에 등장하는 여자주인공과 너무 닮아 있었다. 게다가 어깨 밑으로 찰랑거리는 생머리, 짙은 눈썹은 반달처럼 예쁘게 이마에 붙어 있었고, 도톰한 윗입술은 주황색 립스틱 안에서 반짝 빛났다. 그리고 분홍색 원피스는 얼마나 잘 어울리던지······. 나는 교무실 청소 당번이라 교무실에 매일 갔다. 항상 웃는 얼굴로 나를 보며 청소를 깨끗하게 잘한다고 칭찬해주곤 했다. 그러면 나는 어깨가 으쓱했고 더 신이 나서 청소를 열심히 했다. 박카스 병에 참기름을 가득 담아와 수건에 붓고 닦기를 여러 번, 바닥이 반짝반짝 윤이 날수록 내가 선생님의 뽀얀 얼굴을 씻어주고 있다는 착각까지 들었다. 선생님은 오르간 연주를 잘했고 쌍암리 왕눈이와 함께 노래 연습을 거의 매일 했다. 대회를 준비하는 것처럼 보였다.

어느 날 선생님이 복도를 지나가던 나에게 교실로 들어오라고 손짓을 했다. 왕눈이는 연습에 지쳤는지 유리창 밖을 보며 의자에 걸터앉아 쉬고 있었다.

"노래 한 번 해보자."

선생님이 주황색 입술 사이로 하얀 이를 드러내며 말했다. 두근두근 심장이 떨렸다. 변성기가 진행 중이었지만 나는 노래를 잘하는 학생으로 소문나 있었다.

"어떤 노래 할래? 너 노래 제법 한다는 거 선생님이 다 알고 있어."

"진짜 해야 하나요? 너무 창피한데, 그냥 가면 안 될까요?"

1반 왕눈이가 나를 바라보며 격려라도 하듯이 웃고 있었다. 왕눈이의 파랑색 셔츠가 유리창 밖의 하늘색과 너무 닮아 있었다. 노래를 부르는 것도 부끄러웠지만 어색한 분위기를 바꾸려면 용기가 필요했다. 나는 선생님 옆으로 다가갔다. 얇고 가느다란 손가락이 건반 위에 가지런히 펼쳐져 있었다.

"그럼 선생님, '과꽃' 부를게요."

선생님의 반주가 이어졌다. 학생들이 다 하교한 시간이라 온전히 오르간 소리만 학교에 울려 퍼졌다. 담임선생님의 오르간 연주와는 많이 달랐다. 발은 발대로 손가락은 손가락대로 작은 체구에서 나오는 힘 조절에 놀랐고, 박자를 따라가기가 너무 쉬웠다.

"올해도 과꽃이 피었습니다. 꽃밭 가득 예쁘게 피었습니다. 누나는 과꽃을 좋아했지요~"

떨리는 가슴을 온 힘으로 제어하면서 마디마디 정성을 쏟았다.

"기대 이상인걸. 너도 준비해서 독창 대회 나가자. 두 명도 가능할 거야. 그래서 한 번 상 타보는 것도 나쁘지 않잖아."

노래가 끝날 때쯤 난 교탁에 털썩 주저앉았다. 정신을 차려보니 왕눈이가 진짜 눈을 동그랗게 뜨고 나를 쳐다보고 있는 것이 아닌가! 교실에서는 음악 시간에 합창만 했으니 따로 내 동요를 들을 일이 별로 없었다. 그리고 오늘은 내가 할 수 있는 최선을 다했으니. 나는 지는 별이라면 왕눈이는 뜨는 별이었다. 3, 4학년 때 발휘했던 미성이 나에게서 사라지고 있었다.

"싫어요. 전 매일 남아서 동요 부르는 것도 싫구요. 노래에 자신이 하나도 없어요. 왕눈이가 있잖아요. 쟤가 저보다 훨씬 잘하는 거 아시면서."

"그래, 하하. 그럼 한 곡만 더 부르면 남아서 연습 안 해도 되게 해줄게. 매일 남아서 연습할래, 아니면 한 곡 더 부르고 끝낼까?"

사실은 매일 남아서 연습하고 싶었다. 선생님이 쳐 주는 오르간 소리에 따라 노래를 하면 얼마나 행복할까. 운동장에 남아 축구를 하거나, 집에 가서 친구들과 미꾸라지를 잡는 것보다 몇 백 배 행복할 것이라는 생각이 들었다. 하지만 왕눈이와 비교당하는 것이 싫었고, 무엇보다 매일 그렇게 심장이 두근거리면 난 죽을 수도 있다는 생각이 들었다. 그냥 멀찌감치 선생님을 보는 것만으로 만족해야 한다고 다짐을 했다.

"네, 알았어요. 한 곡만 더 부르고 갈게요."

"동구 밖 과수원 길, 아카시아 꽃이 활짝 폈네. 하얀 꽃 이파리 눈송이처럼 날리네~"

어떻게 불렀는지 모른다. 예전에 배웠던 대로 아랫배에 힘을 주고 음의 높낮이를 최대한 살렸고 박자까지 물 흐르듯 따라가려고 무던히 애를 썼다. 그리곤 나는 주저앉다시피 하며 4학년 교무실을 빠져나왔다. 선생님이 밝게 웃는 소리가 들렸지만 나는 뒤를 돌아보지 않았다.

친구들에게 나는 내가 좋아하는 사람을 거짓으로 말했으나 며칠 지나지 않아 비밀이 그리 오래 가지 않는다는 사실을 알 수 있었다. 내가 말했던 여학생이 나를 보면 애써 피했고 그 광경을 보는 남학생들이 킬킬거리고 웃곤 했다. '사실 너는 나에게 그냥 친구일 뿐인데' 혼자만 속으로 생각하며 미안한 마음까지도 숨겨야 했다.

*

나는 전날 공중전화로 배로 강을 건널 수 있는지에 아버지에게 물었다. 어렵겠지만 가능할 것 같으니 친구들을 데리고 오라고 했다.

햇빛과 먹구름이 서로를 밀고 다녔지만 큰비는 오지 않아 고등학교 친구들과 읍내에서 함께 버스를 타고 마포에서 내려 구마니 나루터로 걸어왔다. 각자의 배낭에는 텐트며 음식 조리기구, 라면과 음료수, 통조림, 낚시도구, 여벌의 옷까지 가득 채워졌다.

예정했던 시간에 나는 친구들을 데리고 강가에 도착했다. 비가 더 이상 오지 않으니 혹시 강물이 줄었을 것이라 기대했다. 그러나 어차피 노깡 다리는 넘쳤을 테니 나루터로 향했다. 그런데 강물은 흙탕물이 되어 강둑 버드나무 밑동까지 차올라 넘실거렸다. 나는 이런 엄청난 물살에서 배를 타본 적이 없었다. 친구들도 처음 보는 광경에 놀라고 있었다. 큰 느티나무가 뿌리째 떠내려갔고 출렁이는 물결이 느럭골로 소용돌이치며 내달았다. 배로 강을 건너지 못해 학교를 오지 못했거나, 아니면 다시 자기 집으로 가지 못해 구마니 친구들 집에서 나누어 잤던 초등학교 때 기억과 다를 게 없었다. 돌아가려면 한 시간 정도 배낭을 메고 마포까지 걸어야 한다. 그리고 마포 정류장에서 무작정 읍내로 가는 버스를 기다려야 한다. 어두워질 텐데 우리는 별 선택지가 없어 보였다. 친구들에게 한바탕 욕을 먹으면 될 일이다. 내가 처음부터 원했던 것은 아니었으니까.

그런데 멀리 보니 강 건너에 두 사람이 보였다. 뱃사공 아저씨와 아버지였다. 무언가 한참을 둘이서 이야기하는 것 같았다. 기다리다 지친 환이는 라면을 꺼내 들었다. 가장 쉽게 간식으로 먹을 수 있는 것이 생라면이었다. 준이는 낚싯대를 꺼내 손질하고 있었다. 가짜 미끼가 달린 낚싯대를 던지려던 찰나였다.

"애들아, 저 웃 배미로 올라와라!"

무섭게 흐르는 강물 소리에 아버지의 목소리를 간신히 들었다.

"네, 아버지! 아저씨가 웃배미에선 배를 띄울 수 있대요?"

"그건 신경 쓰지 말고 아무튼 올라와라!"

웃배미는 장마나 폭우 때 아래 물살이 너무 세면 배를 띄우는 곳이었다. 하지만 나도 웃배미에서 배가 건너는 모습은 거의 보지 못했다. 아무리 유속이 느려도 수심이 매우 깊었고 물과의 싸움을 치열하게 해야 했다. 나는 친구들에게 다시 배낭을 정리하라고 이야기하고 앞서 걷기 시작했다.

"야, 진짜 시골이다. 이런 데서 배를 타보는 건 처음이야!"

낚싯대를 정리하며 준이가 말했다. 나도 이곳에서는 배를 타본 적이 없었다.

나는 물이 얼마나 많이 무서운가를 알고 있었다. 몇 년 전 석이네 엄마가 물에 빠져 죽는 현장을 직접 목격했었다. 석이네 엄마는 고사리를 꺾으러 강 건너 새터로 가기 위해 노깡 다리를 건넜다. 그때는 다리가 넘치지 않았다. 석이 엄마가 새터에서 바구니에 한가득 고사리를 꺾어 돌아오던 때였다. 이미 노깡 다리 위로 물이 넘쳐흘렀고 물살이 조금 거세지기 시작했다. 석이 엄마는 몸뻬바지를 허벅지까지 걷어 올리고 머리에 고사리 바구니를 이고 강을 건너기 시작했다. 나는 강둑에서 친구들과 대나무에 낚싯줄을 묶어 물속으로 던져 물고기의 입질을 기다리고 있었다. 그런데 왠지 불길했다. 나의 시선은 노깡 다리 위로 향했다. 5분 전 낚싯줄을 던질 때 서 있던 자리에 물이 넘쳐 신발을 적시고 있었다. 그만큼 물의 양이 늘어난 것이다. 노깡 다리 위에도 유속 빠른 물이 더 흘러들었다. 아줌마가 다리의 중간도 채 건너기도 전에 고사리 바구니가 먼저 떨어졌다. 아줌마는 한나절 고생하며 꺾은 고사리를 포기할 수 없었다. 곁에서 멀어져가는 바구니를 잡으려다 결국 물속으로 빠졌다. 허우적도 잠시 아줌마의 모습을 더 이상 볼 수 없었다. 연을 날리다 연줄이 끊어져 알 수 없는 곳으로 사라지는 것처럼 아줌마는 눈앞에 보이지 않았다. 아줌마의 시신을 찾은 곳은 삼일 뒤 4킬로미터나 떨어진 아랫동네였다.

그만큼 강이 호락호락하지 않은 것을 알기에 윗배미로 향하는 발길이 마냥 편할 수는 없었다. 우리가 풀을 헤치고 진흙탕에 빠진 운동화 속으로 흙이 들어가 어렵게 윗배미로 걸어갈 때 반대편에서는 아버지와 뱃사공 아저씨가 나룻배를 동아줄에 묶어 끌어 올리고 있었다. 우리는 배낭 하나였지만 물살을 거슬러 배를 끌어 올리는 것은 웬만한 힘으로는 가능하지 않았다. 친구들은 밀림 투어를 하고 있다고 투덜거렸다. 장마가 끝났는지 8월 햇살은 뜨겁게 목덜미를 쪼아댔고 앞서가는 택이의 등이 땀으로 얼룩져 있었다. 먼저 기다린 쪽은 우리였다. 어제 차곡차곡 정리하여 넣은 배낭도 포기했다. 느티나무 아래 자리를 잡고 배낭을 깔고 앉아 기다렸다.

드디어 배가 출발했다. 그런데 이게 웬일인가! 뱃사공이 아니라 아버지가 직접 노를 잡고 젓는 것이었다. 우리를 태워 가려고 아버지가 뱃사공이 된 것이다. 아버지가 우리 쪽으로 오는 데는 한참이나 걸렸다. 친구들은 텔레비전에서 볼 수 있는 장면을 볼 수 있다고 일회용 카메라로 찍기까지 했다. 절반의 성공이었다. 배는 우리가 있는 곳에서 10미터쯤 아래에 닿았다. 더 내려갔더라면 유속이 빠른 느럭골 쪽으로 밀렸을 테고, 그 이후는 상상하기도 싫었다.

웃옷을 벗은 아버지의 온몸에서 땀이 주르르 흘러내려 하의 작업복은 물론 신발과 양말이 온통 흙탕물로 적셔 있었다. 동아줄을 느티나무에 묶은 뒤에 우리 네 명은 차례차례 배에 올랐다. 배 밑바닥에도 흙탕물이 흥건하게 고여 있었다. 아버지는 버드나무 아래에서 잠시 쉬었다. 방앗간 일과 농사는 모두 많은 노동을 요구했고 그만큼의 근육이 아버지의 어깨에, 등 뒤에, 가슴에 야무지게 박혀 있었다. 아버지는 우리가 산 콜라 뚜껑을 따 드리자 단숨에 벌컥 들이켰고, 입가로 흐르는 콜라에 굵은 목젖이 불쑥 튀어나와 꿈틀거렸다.

큰 숨을 두어 번 쉬더니 아버지는 동아줄을 풀어 배에 올리고 노를 젓기 시작했다. 우리들에게는 양쪽에 두 명씩 앉으라고 했다. 배의 균형을 맞추기 위한 것이었다. 한 시간 동안 물은 더 불어나 있었다. 아마 상류인 덕유산 쪽에 거센 비가 왔을 것이다. 나는 강물을 보지 않으려 노력했다. 쳐다보고 있으면 마치 그동안 죽었던 물귀신들이 내 손을 낚아채 수심 깊은 그들의 집으로 데려갈 것 같았다. 아직 저쪽 나루터는 너무 멀었고 장마를 대비해 따로 동네에서 마련해둔 긴 노가 바닥에 닿지 않아 아버지는 물살과의 사투를 벌이기 시작했다. 출렁거리는 작은 배에 앉아 겁 없이 흐르는 물을 보는 친구들도 그제야 두려움을 가지고 웅크리기 시작했다. 우리가 선택한 여름 여행이 이렇게 시작될 줄은 아무도 몰랐다.

　중간쯤 건넜을까? '영차', 아버지의 용트림 소리에 우리도 속으로 '영차'를 큰 소리로 외쳤다. 벌써 해가 앞산 노을 속으로 사라지고 있었다. 건너편을 보니 엄마와 뱃사공을 포함해 여러 명의 동네 아저씨들이 소리치고 있었다.

　'어영차, 어영차' 소리가 응원처럼 모아졌지만, 배는 거센 물살에 밀려 떠내려가기 시작했다. 이대로 5미터만 내려가면 유속이 급하게 빨라져 배의 운명이 어떻게 될지 아무도 몰랐다. 그래서 뱃사공은 배를 띄우지 않으려 한 것이다. 노을이 반사되는 아버지의 검붉은 등 뒤로 폭포수 같은 땀이 흘러내렸다. 그때 나룻배 안에 뒹굴고 있는 작은 노들을 보았다 나와 환이가 그 노를 가지고 젓기 시작했다. 양쪽에서 저으면 오히려 배의 방향이 틀어질 수 있으니 한쪽에서만 아버지의 노 젓는 동작에 맞추어 온 힘을 쏟아내며 물살을 갈랐다. 아버지의 입에서 처음 시작된 '영차' 소리가 나룻배 위에서 강 건너에서 이젠 합창이 되었다. 우리 배가 이기기 시작했다. 아버지는 온 힘으로 배의 방향을 틀어잡고 노를 저어 갔다. 엄마와 동네 아저씨들을 한 줄기 남은 햇빛으로 확인할 수 있을 정도로 가까워졌다.

　배가 강둑에 닿기 3미터 전, 준이가 빨리 내리고 싶었던 마음에 가방을 한 손으로 들고 일어섰다. 순간 배가 강 밑 바위에 한 번 크게 부딪혀 덜커덩 뒤뚱거렸고 준이의 가방이 그만 강물 속으로 빠졌다. 아버지는 동아줄을 동네 아저씨들에게 던지고 바로 강으로 뛰어들었다. 음료수, 참치캔, 옷가지와 세면도구들이 들어 있는 가방은 점점 아래로 깊게 잠기고 있었다. 아버지의 잠수 뒤로 강은 바싹 어두워졌고 흙탕물의 농도는 더 짙어져 난 아버지의 형체를 볼 수 없었다. 엄마는 손바닥으로 얼굴을 감싸 쥐고 털썩 무너지듯 주저앉았다. '영차' 소리는 더 이상 들을 수 없었고 흐르는 물소리와 메미 소리만 요란하게 어두워진 강에서 맴돌고 있었다.

나도 모르게 울음이 복받쳐 울음소리가 목구멍에서 입으로 막 튀어나오기 직전 아버지가 가방을 들고 수면 위로 떠올랐다. 머리 위 한쪽 손으로 가방을 잡고 나머지 손으로 물을 가르며 밖으로 올라왔을 때 가장 먼저 달려간 사람은 엄마와 나였다. 아버지는 풀숲에 바로 누워 입으로 물을 뱉아내더니 눈을 감아 버렸다. 세 시간의 사투가 비로소 끝난 것이다.

그날 밤 우리는 저녁을 먹고 누구라 할 것 없이 깊은 잠 속으로 빠져들었다. 늦은 저녁 사랑방 잠자리에서 아빠는 왜 이렇게 어려운 선택을 하셨을까 여러 번 되뇌었다. 나와 내 친구들 모두 위험한 상황으로 내몰리는 배를 띄운 이유를 알 수 없었기 때문이다.

다음 날 오후에 우리는 집을 나와 소나무 숲에 텐트를 쳤다. 우리 집도 나쁘진 않았지만 고등학교 2학년 청춘은 조용필의 노래가 담긴 카세트 테잎을 야외에서 가장 크게 듣길 원했고, 직접 끓인 라면에 밥을 말아 먹는 것이 더 맛있을 거라 생각했다. 강물은 밤새 많이 빠져 있었고 하늘은 맑게 개었다. 김치 참치찌개를 끓여 먹고 얼마 되지 않아 청춘은 또 배가 고팠다. 몇 봉 되지 않은 과자 하나를 뜯어 먹으며 조용필의 '단발머리'를 들으며 흥얼거리고 있었다.

해가 뉘엿뉘엿 넘어가는데 솔숲 멀리서 한 사람이 걸어오고 있었다. 아버지였다. 아침에 물놀이는 위험하다고 신신당부를 하고 논과 포도밭에 물이 넘치진 않았는지 확인하러 삽을 들고 갔었다. 포도가 단내를 물씬 풍기며 선명한 자주색으로 유혹하는 8월 중순이었다. 과일이 한창 익어갈 때 긴 장마는 농부들에게 선물이 아니다. 포도나무가 자연스럽게 물을 빨아들이고 그 물이 포도알 속으로 흡수되면 당도가 많이 떨어지고 아울러 포도알이 팽창되면서 터져 상품성을 잃게 하는 주범이 장마였다. 아버진 포도밭에서 어림잡아 포도 봉지를 열어보고 얼마나 포도가 터졌는지를 확인했을 것이다.

나는 아들이 친구들과 잘 놀고 있는지 걱정이 되어 오는 것이라 생각했다. 혹시라도 위험한 물놀이를 하고 있는지 염려했을 것이다. 우리는 녹음기를 껐다. 온갖 매미들이 솔숲으로 모여 그들만의 오디션 경쟁을 하고 있었다. 서서 물끄러미 아버지를 바라보다가 양손에 들린 검정 비닐봉지를 보았다.

"강에서 물놀이는 하지 않았지? 어제 봤잖아. 불보다 물이 더 무서울 수 있어."

나도 모르게 몸이 경직되어 차려 자세를 취했다.

"예 낚시만 했구요, 강에 들어가진 않았어요. 솔숲에서 자고, 음악 듣고 일찌감치 저녁 먹고."

특별하게 잘못한 일도 없었는데 대답하는 내 목소리조차 잦아들었다.

"내일까지도 위험하니까 강에는 들어가지 말고. 이것 받아라. 배고플 때 먹어라. 생각해 보니까 아저씨도 너희들 나이에 술을 배웠다. 막걸리 두 병 넣었다. 너무 취하게 마시지 말고."

아버지는 비닐봉지를 건네주고 바로 돌아서 온 길을 걸어갔다. 밀짚모자에 때 이른 고추잠자리가 앉아 균형을 잡고 날개를 폈다. 비닐봉지를 풀었더니 막걸리 두 병과 엄마가 만든 손두부, 그리고 묵은지 볶음이 가득 담겼다. 그리고 다른 봉지에는 갓 따온 포도송이들이 몽글몽글 채워져 있었다. 나는 그날 처음으로 막걸리를 네 잔이나 마셨다. 손두부와 묵은지 볶음이 얼마나 조화롭게 입맛을 사로잡는지 알게 된 것도 처음이었다.
 그날 밤 우리 넷은 텐트 옆에 돗자리를 깔고 누워서 하늘을 보았다. 하늘 가득 예쁜 별들이 쏟아져 내리고 있었다. 할 수만 있다면 별 하나를 주워 내 심장에 꼬옥 숨기고 싶은 밤이었다.

하얀 세상

솔이 아버지

 1학기 2회고사를 일주일 앞둔 월요일이었다. 이틀 동안 닫혀 있었던 교실은 환기가 필요했다. 후텁지근한 공기가 바닥부터 천장까지 감싼 교실 문을 여니 소현이와 지훈이가 자리에 앉아 있었다. 그들은 눈길도 주지 않고 문제집을 보고 있었다.
 "창문이라도 열지! 덥잖아? 에어컨도 켜지 않고."
 솔이 아버지가 오늘 오후에 진학 상담을 하고 싶다는 문자를 보냈다. 시험이 오전 중으로 끝나고 내가 가르치는 영어 과목은 내일 시험이 있어 시험문제를 다시 한 번 확인하는 일 외에는 급한 일이 없었다. 3시가 좋겠다는 답문을 보냈다.

 매 교시 시험이 끝날 때마다 학생들은 과목 교사를 찾기에 바쁘다. 답에 대한 확신이 없는 문항을 가지고 선생님에게 답이 무엇인지를 확인하면 희비가 교차한다. 그 자리에서 주저앉으며 탄식하는 학생도 있고, 환호하며 다음 시간 시험을 위해 교실로 뛰어가는 학생도 있다. 오답을 마킹했거나 또는 단답형이나 서술형에서 오답을 쓴 학생들 중에는 자신이 선택한 답도 정답이 될 수 있다는 주장을 간곡하게 하다가 어깨가 축 늘어져 쓸쓸하게 교무실 문을 열고 나가기도 한다. 정답을 궁금해하며 찾아오는 아이들 대부분은 최상위권 학생들이고 모든 과목에서 만점을 기대하며 공부한다. 그리고 전교 5위권에 꼭 들어야 한다는 목표를 갖고 있는 여학생들이 대부분이다. 첫째는 고등학교 진학과 관련하여 안전한 내신성적을 원하는 것이다. 특히 외국어고나 과학고, 자율형사립고를 희망하는 학생들은 중학교 내신이 입학에 차지하는 비중이 매우 높기 때문에 등급이나 순위권 경쟁이 치열할 수밖에 없다. 둘째는 사립학교에서 주는 법인 장학금 등의 혜택을 받을 수 있다. 또한 해외문화체험, 원어민 영어캠프 등에 무료로 참여할 수 있도록 학교에서 지원해 주는데 그 기준이 모두 성적에 바탕을 두기 때문이다. 셋째는 그들 마음에 뿌리내리고 있는 자존감과 보상심리가 성적 결과를 통해서 이루어진다.

나는 1교시 감독이 없었다. 오후에 솔이 아버지와의 상담이 예정되었기 때문에 내가 출제한 중학교 3학년 영어시험지를 꼼꼼하게 훑어보았다. 2학년 영어 선생님이 검토해 주었지만, 인쇄가 들어가기 전 최종 확인 단계이기 때문에 학생들이 시험문제를 받기 직전과 같은 긴장감이 동반한다. 문제지와 정답지, 그리고 이원목적분류표까지 가장 객관적인 입장에서 한 번 살펴보고 서랍에 넣었다.

'시험 종료 오 분 전입니다'는 방송을 듣고 고개를 들었다. 비가 내리는지 몰랐다. 교무실은 환했고 나는 시험지 철자 하나에, 단수 복수 그리고 대문자 소문자 하나에 예민했던 터라 바깥으로 스멀스멀 기어왔던 어두운 구름과 비를 눈치채지 못했다. 툭툭툭 나뭇잎에서 나뭇잎으로,

줄기에서 줄기로, 그리고 땅으로 뿌리로 건물 밖 풍경이 바뀌고 있었다. 아, 땅을 줄기차게 달구었던 햇볕의 기운을 너희들이 빼앗겠구나. 한여름 소나기는 보약이라는 생각을 했다.
 1교시 국어 시험이 끝났다. 감독 선생님이 교실을 빠져나오자 교실이 소란스러워졌다. 노트와 교과서를 들추어보다가 확신하지 못하는 답이 있는지 한 손에 시험지를 들고 노크도 없이 교무실로 학생들 무리가 들어온다.
 "선생님, 객관식 5번 문제 답이 몇 번이에요?"
 2반 반장 유민이가 큰 소리로 국어 선생님을 찾았다. 침착함은 온데간데없고 얼굴이 빨갛게 달아올라서 다분히 공격적인 말투였다. 분명 상위권 학생들의 답이 나누어졌나 보다.
 "이육사가 의열단에 가입했다는 것은 수업 시간에 말하지 않았어? 그래서 이 문항은 복수정답이 될 수 있어."
 "아니야, 분명히 말했어. 내가 국어책 모퉁이에 써놓기까지 했는데."
 흥분을 좀처럼 가라앉히지 못한 학생들과 들고 있는 시험지, 목소리 그리고 아이들의 몸짓까지 섞여서 교무실을 나뒹군다.
 "이놈들아, 왜 이렇게 소란스러워! 국어 선생님 지금 교무실에 없어요. 빨리 가서 다음 시간 공부나 하지그래. 4교시 끝나면 다시 와서 확인해 보고."
 학생들보다 더 큰 내 목소리에 교무실이 화들짝 놀랐다. 창문 밖에서는 비를 피해 느티나무에 앉아 있던 멧비둘기가 푸드득 날아올랐다.
 "국어쌤 어디 있어요?"
 "몰라. 화장실에 갔거나, 너희들이 이럴 줄 알고 자리를 피했거나. 아무튼 교실로 이동!"
 교무실을 빠져나가는 맨 뒷자리에 솔이도 있었다.

"솔! 일단 너는 영어가 우선이야. 만점 준비되었겠지?"

솔이가 교무실 문을 나서다 뒤를 돌아보며 어색한 웃음을 보였다.

학년이 올라갈수록 학력 격차가 심해지며 뚜렷하게 양극화 현상을 보인다. 시험 시간에 몇 명의 학생들은 문제도 보지 않고 객관식 문항만 마킹하고 바로 엎드려 잠을 청한다. 그들에게 성적의 의미는 사라진 지 오래고 오전 시간만 끝나면 바로 귀가할 수 있어서 시험 기간이 오히려 좋다고 말하는 아이도 있다. 관내 인문계 고등학교를 제외하고 그들을 모셔가다시피 하는 고등학교가 여럿 있다. 학생들의 숫자는 점점 줄어가는데 고등학교를 없애거나 반을 줄이지 않기 때문에 정원 확보가 어려워 2학기만 되면 일주일이 멀다 하고 학교 홍보를 위해 찾아와 달콤한 유혹으로 3학년 학생들에게 공을 들이는 학교가 많았다. 그들의 간절함을 보고 있노라면 너무 애처로워 홍보를 마치고 돌아가는 선생님에게 몇 명의 학생이라도 산타클로스의 선물처럼 보내고 싶은 마음이 들곤 한다.

4교시 시험감독을 마치고 급식실로 향했다. 소나기는 그쳤지만 여전히 비가 내린다. 빗물은 토옥톡 멀리 퍼져 흙 속으로 스며든다. 나뭇잎에 엉글었던 굵은 빗물이 떨어지고, 보름 이상 비를 만나지 못한 풀들의 색깔이 짙은 초록으로 되살아난다. 점심을 먹기 전에 항상 그날의 메뉴판을 사진에 담고, 식탁에 올려진 점심 요리를 핸드폰으로 찍어 가족 단톡방에 올린다. 비로소 다섯 명 독수리들의 대화가 끊임없이 이어진다. 소소한 일상적인 이야기들이 올라오지만 주로 아버지와 엄마의 삶이 댓글에 달려 때론 안도감을 주기도 하고 걱정거리를 던지기도 한다. 병원 예약 날짜, 진료 결과, 남아 있는 약의 개수, 그리고 짜증 섞인 아버지의 짧은 전화 통화, 엄마의 긴 하소연까지, 우리는 아마 그 대화를 통해 오

남매임을 확인하고 사는지도 모른다. 오 남매가 아니면 결코 우리 삶의 울타리에 들어올 수 없을 만큼 견고한 오십 년 이상의 세월이 오롯이 문자 속에 꿈틀거리며 살아 있다. 그런데 아버지를 대하는 온도 차는 각자 다르다. 평소에 많은 웃음거리를 선사하는 둘째 누나가 가끔 댓글에 직설적인 글을 올린다.

"아버지, 어떻게 그럴 수가 있어? 도우미 앞에서 엄마한테 큰소리치고 짜증만 내고. 엄마도 대장암 투병했지, 뇌졸중 왔지, 당신 몸 챙기기도 버거운데 고맙게 생각해야 하지 않아? 병 수발하는 게 얼마나 힘든데. 아무래도 요양원에 가도록 우리가 설득해야 하지 않아?"

이런 댓글이 올라오는 날이면 단톡방은 긴 침묵이 화면을 지배한다. 읽음처리는 다 되었는데도 서로를 잘 아는 우리는 그 문자에 성큼 다가서지 못한다. 사실 둘째 누나의 의견에 딱히 반대할 논거는 없다. 하지만 그것 한 가지는 확실히 알고 있다. 아버지가 한 번 요양원에 가면 다시는 당신의 집으로 돌아오기 어렵다는 사실. 결국 한 줌 재가 되어 당신이 십 년 전부터 만들어놓은 순내미 할아버지 산소 옆 한 평의 땅에 영면할 것이다. 큰누나가 대부분 마무리 댓글을 어렵게 달아놓는다.

"조금만 더 지켜보자. 아버지 스스로 선택할 시간이 올지도 몰라."

나는 사진 두 장을 올리고 대화에 적극적으로 참여하지 않는다. 수업과 업무 때문에 바로 반응을 보일 수 없기도 했지만, 그냥 누나들과 동생의 대화를 보면 흐름을 대충 다 읽어낸다.

"이번 주 토요일은 나랑 집사람이랑 시골에 갈 테니 신경 쓰지 말고 쉬어요."

내가 목요일쯤 되면 자주 올리는 글이다.

점심을 먹은 뒤 따뜻한 커피 한 잔을 놓고 잠시 쉬었다. 같은 3학년 교무실을 쓰는 다른 선생님들이 보이지 않았다. 국어 선생님은 학교도서관으로 서답형 채점을 하러 갔을 것이고, 도덕 선생님은 학생자치실에서 기타를 치고 있다. 시험이 끝나고 2주 뒤에 있을 사제동행 버스킹 공연 때 부를 강산애의 '거꾸로 강물을 거슬러 오르는 저 힘찬 연어들처럼'이란 노래가 거칠고 투박한 선생님의 목소리에 실려 교무실로 새어 들어오고 있다.

'만약에 이 길이 내가 걸어가고 있는 막막한 어둠으로 별빛조차 없는 길일지라도 포기할 순 없는 거야 걸어 걸어 걸어가다 보면~'

나도 모르게 따라 흥얼거리고 있다. 음악이 흐르는 베란다에 앉아 커피를 마시며 초록으로 물든 들판을 바라보며 아무런 생각 없이 시간을 채우는 토요일 오후 같다는 생각이 문득 들었다.

그때 한가함을 깨는 노크 소리가 들렸다. 문을 열자 솔이 아버지가 꾸뻑 정중하게 인사를 한다. 교무실 옆 진학상담실로 안내하고 서둘러 냉장고에서 음료수를 꺼내 들어갔다.

"어휴 선생님, 바쁘시고 시간도 없을 텐데 이렇게 와서 죄송합니다."

솔이 아버지의 금테 안경이 형광등 빛에 반사되어 다시 음료수병으로 투영되었다.

"아닙니다. 당연히 필요한 진학 상담이지요. 어차피 부모님이 오시지 않으면 제가 전화 드려서 희망 고등학교를 파악해야 하거든요."

솔이 아버지는 영어 선생님이다. 정확히 말하면 사교육 시장에서 영어 전문학원을 운영하고 있으며 영문과를 졸업하고 도시에서 학원강사를 하다가 이곳에서 정착하여 살고 있다. 같은 아파트에 살아 우연히 만나는 경우도 있었다.

"외국어 고등학교로 진학을 원하는 건 확실하지요?"

솔이 아버지는 솔이와 지난 주말에 외고 입시요강 설명회에 다녀왔기 때문에 나보다 많은 정보를 알고 있을지도 모르지만, 외국어 고등학교에서 보내온 입시요강을 두 장 출력해서 한 부를 솔이 아버님께 주었다.

"솔이 상황이 사회적배려대상자 전형에는 지원할 수 없을 것 같구요. 일반전형으로 지원을 해야 하는데 전공과목은 정하셨나요? 보통 영어과, 중국어과, 일본어과 순으로 지원을 하지요. 지난번에 솔이는 영어과라고 했거든요."

사회적배려대상자는 기초생활수급자 자녀, 한 부모 자녀, 차상위 생활수급자, 국가유공자 자녀, 농어촌 자녀 등이기 때문에 솔이가 사회적배려대상자 지원 자격이 되지 않을 것이라 생각했다.

"지난 주말에 솔이와 외고에 갔었는데, 많이 망설였어요. 어떤 전형으로 응시해야 할지."

솔이 아버지는 한 번 고개를 갸우뚱하더니 조심스럽게 말을 건넸다.

"그럼 혹시 다른 전형으로 응시할 수 있는 조건이 되나요?"

내가 솔이에 대해서 잘 모르고 있다는 생각이 번뜩 들었다. 3학년도 벌써 한 학기가 다 지나가는데 그것도 모르다니 당혹스러움을 숨길 수 없었다. 이럴 때는 그냥 솔직하게 물어보아야 한다.

"조금 쑥스러운데, 혹시 몰라서 초등학교 때부터 외고 입학전형을 보았거든요. 사실 솔이 1학년 때 밭을 좀 샀어요. 실제로는 어머님이 고추농사를 짓고 있어요. 그리고 솔이가 지원할 학과가 영어과라 무조건 영어에서 1등급을 맞는다고 해도 입학에 대한 보장이 없어서요."

솔이 아버지는 머리를 긁적이며 멀리 창밖을 내다보았다.

"그럼 농어촌 자녀 전형으로 응시원서를 제출한다는 뜻이지요?"

"네, 그래야 할 것 같아요. 학원도 제 누나 명의로 되어 있어요. 저도 학원강사로 등록하지 않았습니다. 그리고 농지원부 등 필요한 서류는 이미 준비했습니다."

그 이야기를 듣는 짧은 순간 나는 최대한 빨리 두뇌를 회전해야 했고 아무렇지도 않은 척 대화를 이어나가야 했다. 우리 학교에도 솔이 아빠의 학원에 다니는 학생들이 더러 있었다. 그런데 오백 평도 안 되는 땅에서 재배하는 고추 농사로 집안 살림을 하며 남매를 가르칠 수 있다는 사실을 모르는 척 당연하게 받아들여야 했다.

"그럼 합격이 확실하지요. 아무래도 사회적배려대상자 전형이 훨씬 유리하니까요. 이제 내일 시험만 무난히 치르면 될 것 같아요. 외고는 1학기까지만 성적을 보는 것도 아시죠?"

기계적인 목소리가 나오는 것은 어쩌면 당연했다.

"선생님, 제가 편법까지 써 가면서 솔이를 외고에 보내려 하는 것 이해하실 수 있으세요?"

나는 살짝 당황했다. 그 이유까지 내가 세부적으로 들어야 하는지 의문이 갔다.

"특목고가 대학 진학에 유리하기도 하고, 외고 졸업이라는 타이틀도 있구요."

형식적인 답변이었다. 진학 상담을 해야 할 더 이상의 필요성을 느끼지 못했다. 사회적배려대상자 전형에 합격할 것은 분명했지만 선정과정에서 법의 모서리를 살짝 비켜난 것은 명백했다.

"혹시 춥지 않으세요? 에어컨 온도를 올리겠습니다."

적당한 온도였지만 나는 자리에서 일어나 출입문 곁에 있는 온도계를 만지작거렸다. 솔이 아버지가 갔으면 하는 생각에 일부러 보여준 행동이었다. 그러나 미동이 보이지 않았다. 학생이 없는 학교는 덩그러니 놓인 어느 집 창고처럼 스산하기까지 했다. 돌아보았지만 솔이 아버지는 그대로 외고 응시원서에 관한 서류만 읽고 있었다. 갈색 파마 머리카락 뒤로 하얀 목살이 보였다.

'저렇게 뽀얀 피부를 가진 사람이 농사꾼이라고?'

할 수 없이 의자에 조용히 앉았다. 도서관에 채점하러 간 국어 선생님이 빨리 오기만을 기다렸다.

"걱정하지 않으셔도 될 것 같습니다. 더구나 사회적배려대상자 전형이라면 내일 치를 영어 시험도 백 점을 맞겠지요."

"그래도 걱정은 됩니다. 합격통지서를 받을 때까지는요."

솔이 아버지가 일어섰다. 나는 재빨리 출입문을 열어드렸다. 창밖이 갑자기 어두워졌다. 소나기가 쏟아질 모양이다.

시험 마지막 날이었다. 1교시 과학 3학년 3반 시험감독이다. 봉인된 답안지와 문제지를 들고 시험 시간 5분 전에 3반 교실로 올라갔다. 학생들이 여기저기서 웅성거렸다. 단답형으로 제시될 가능성이 있는 단어들을 되새김질하고 있었다.

"자 조용! 자리에 앉고, 책상 위에는 필기도구 외에는 없도록 할 것."

학생들이 부지런히 사물함에 유인물, 교과서 등을 넣고 자리에 앉았다. 묘한 정적이 교실을 한 바퀴 도는 것을 확인하고 답안지를 나누어주었다.

"충분히 알고 있지요? 만약 어떤 식의 컨닝이라도 걸리면 영점 처리된다는 것을! 그리고 선생님에게 괜히 오해받는 일이 없도록 당부합니다. 물론 시험은 집중해서 잘 보구요."

"시험이 시작되었습니다."

방송실 멘트가 흘러나왔다. 미리 준비했던 시험지를 첫 줄 학생들에게 주면서 시험이 시작되었다. 말 그대로 감독이다. 교실 앞 정 중앙에 서서 매의 눈으로 학생들을 지켜본다.

"혹시 잘못 마킹해서 답안지 교체가 필요한 경우는 조용히 손만 드세요."

 예상했던 대로 5분 정도 지나자 답안 작성을 마치고 엎드리는 학생이 한두 명 있다. 하지만 대부분 학생들은 시험지에서 눈을 한 번도 떼지 못하고 정답 사냥을 하고 있었다. 객관식 문항이 어느 정도 정리되면 서답형 문항에 답을 쓰기 시작한다. 아직 답안지엔 옮기지 않고 일단 시험지에 써 놓는다. 움직이지 않고 정자세로 학생들을 감독하는 것은 매우 힘든 일이다. 몇 년 전에 수능 감독 90분을 하고 나와 심한 두통과 허리 통증을 앓았던 기억도 있다.

 그런데 두 번째 줄에 앉은 진호가 가끔씩 나를 보기 시작했다. 왜일까? 왜 굳이 선생님의 표정을 읽으려고 하는 걸까? 분명 무엇이 있어 보였다. 단답형에 나올 법한 답을 쪽지에 써서 어디엔가 훔쳐두고 있다가 살짝 보려고 하는 걸까? 이내 마음이 불안해지기 시작했다. 컨닝은 무엇보다도 예방이 최선인 것을 알고 있었다. 또 얼마 지나 내 얼굴을 보고 다시 고개를 내리는 진호.

 한 학생이 손을 들었다. 답안지를 교체해 달라는 신호였다. 답안지를 들고 가서 내려놓고 전 답안지를 받아 교실 앞 중앙으로 옮기면서도 뒷걸음질을 했다. 내가 등을 보이면 혹시 그 틈새를 불량하게 이용하는 학생이 있을 수도 있기 때문이다. 그 후로도 몇몇 학생들이 답안지를 교체했다. 난 이동 동선을 최소화하며 진호의 움직임을 살폈다. 시험 시간이 10분 정도 남으면 감독교사가 안내하지만 아직 15분 정도 남았다. 또 고개를 들어 나를 보는 진호. 확실하게 해둘 필요가 있었다. 나는 조용하지만 매우 빠르게 진호 옆으로 갔다. 그리고 다른 학생들이 시험을 치르는 데 방해받지 않도록 귀에 대고 경고성 멘트를 날렸다.

 "자꾸 선생님을 보면 오해를 받거든!"
 "아, 선생님. 저 칠판 위에 올려진 시계 보았거든요."

진호의 목소리가 3반 교실 정적을 뚫었고 학생들이 놀라 잠깐 돌아보았다. 어리석은 내 머리여, 시계 생각을 못 하다니. 시험 기간에는 시계를 칠판 중앙 위에 올려둔다는 것을 생각해내지 못하고 의심으로 가득 차 확신까지 생길 때까지 난 진호를 마음속에서 나쁜 놈으로 몰고 갔던 것이다.

시험 시간이 5분 남았다는 방송 소리에 잠깐 놀랐다. 내가 답안지를 잘 확인하라고 하는 사이에 맨 앞 학생이 손을 들었다. 답안지를 교체하고 싶다고 했다. 다른 학생들은 이미 다 마치고 답안지를 확인하고 있거나 퀭한 눈으로 허공을 응시하고 있었다.

"왜?"

"답안지 교체요. 단답형 하나 밀려 썼어요."

"5분밖에 남지 않았는데 가능할까?"

덜컹 걱정이 앞섰다.

"틀린 것만 바꿔 쓸 거예요. 이 답안지만 가져가지 마세요."

"알았어. 아무튼 종료 종이 울리면 그대로 필기도구 내려놓는다."

계속 신경이 쓰였다. 과하다 싶을 정도로 에어컨 바람이 교실을 휘돌며 냉기류를 만들고 있었지만, 내 이마에는 살짝 땀이 흘렀다. 제시간에 못 하면 어떻게 하지? 그렇다고 개인적으로 시간을 더 줄 수도 없고.

시간은 생각보다 빠르게 흐르고 있었고 맨 앞 두형이의 손놀림도 정비례하듯 빨랐다. 다행스럽게 두형이가 서술형 1번을 쓰고 있었다. 분수식이었다. 과학이 젬병인 나는 과학답안지에 분수식을 쓸 수 있다는 사실을 처음 알았다. 두형이가 다 옮겨쓰고 필기도구를 놓자마자 시험 종료를 알리는 방송이 경적을 깼다. 식은땀이 한 방울 교실로 떨어진다.

"필기도구 내려놓고, 눈 감은 채로 손 머리 위! 맨 뒤 학생은 번호대로 잘 걸어 오고."

학생들은 충분히 익숙해 있었다. 답안지를 건네받은 나는 재빠르게 번호와 답안지 숫자를 확인했다. 27장 딱 정원수에 맞았고 번호대로 있었다. 벌써 과학 정답지가 흘러들어와 반장이 객관식 답을 불러주고 있었다. 아수라장이다. 늘 그랬다. 다음 시간 시험공부를 하는 것이 아니라 환호보다는 탄식을 내뱉으며 점수를 확인하곤 했다. 얼른 교실을 빠져나와 고사실로 가 평가계 선생님에게 답안지를 건네주고 확인을 한 다음 아래층 교무실로 왔다. 화장실을 가고 싶었다. 시험감독은 긴장의 연속이다.

흐르는 땀을 닦으며 소변을 보고 다시 교무실로 왔을 때였다. 두형이가 과학 선생님 옆에 서 있었다. 그리고 두형이의 손에는 다른 답안지 하나가 들려 있었다. 가슴이 덜컹 내려앉았다. 아차, 두형이에게 답안지가 두 개 있었구나. 과학 선생님과 함께 두형이를 데리고 회의실로 갔다. 답안지를 확인해 보니 서술형 1번 문항이 답이 달랐다. 나는 최종 정답지를 알고 있었다. 두형이의 손에 들린 것이 나중에 작성한 답안지였다. 그러니까 두형이가 늦게 가지고 온 것이 수정답안이었다. 두형이가 두 장의 답안지를 책상 위에 놓았고 맨 뒤 학생이 그 중 첫 번째 것을 가져온 것이다. 일단 두형이에게 물어보았다.

"왜 수정 답안지를 지금 가져왔어?"

"시험 끝나고 문제지만 들고 정답 확인하느라 몰랐어요. 그런데 책상 위를 보니 새로 바꾼 답안지를 안 가져가고 이전 답안지를 걷어가서 가져왔어요."

덜커덕, 심장이 두근거렸다.

"그래, 아무튼 이것은 딱히 누구의 잘못이라고 할 순 없지만 성적관리위원회를 열어서 그 결과에 따라야 할 것 같은데. 일단 교실로 가라."

두형이를 돌려보냈다. 답안지 두 개를 놓고 과학 선생님과 답을 비교해 보니 객관식 한 문항에 차이가 있었다. 두형이가 들고 온 답안지가 객관식에서 4점 높았다. 서술형 1번은 두 답이 모두 틀렸다. 그런데 답이 달랐다. 두형이가 늦게 쓴 답안지가 내가 보았던 수정답안이었다. 하지만 쉬는 시간에 학생이 가져온 답안지는 시험이 끝나고 답이 이미 발표된 다음의 것이었다. 뇌 속에서 작지만 뾰족한 화살들이 두피를 찌르기 시작했다. 머리가 빙글 돌면서 주저앉고 싶었다. 1회고사 때에도 출제오류로 한 문제가 복수정답으로 처리되면서 자존심을 구겼고, 교장 선생님에게 추궁을 받았었다. 반복되면 주의나 경고를 받을 수 있다고 들을 때 후배 교사들 앞에서 자존심을 구긴 적이 있다.

과학 선생님에게 내가 본 것을 그대로 이야기하고 후자의 것으로 채점을 하게 한 뒤 먼저 걸어 온 답안지는 책상 속에 넣어두었다. 성적관리위원회에 이 안건이 상정되기라도 한다면 후배 교사들이 보는 앞에서 난 차마 얼굴을 들을 수 없을 것이다. 별일 없기를 바랄 수밖에.

다음날이었다. 다행스럽게 내가 가르치는 영어 과목에선 오류가 없었다. 시험 때만 되면 얼마나 예민해지는지 모른다. 출제한 문항을 여러 번 검토하고도 화장실에서 뒤처리 못 하고 나온 사람처럼 불편하고 개운치 않았다. 3학년 영어 수업 시간에 학생들에게 채점 결과를 보여주고 비고란에 서명을 받는다. 객관식은 컴퓨터가 읽어내기 때문에 오류가 없다. 하지만 주관식 채점은 과목 교사가 직접 하기 때문에 한두 번 오류가 있어 수정한 적이 있었다. 2반과 3반은 아무런 문제가 없었으나 5교시 내가 담임으로 있는 1반은 성적을 검사하는 과정에서 솔이가 객관식 문항에서 하나 틀려 97점으로 표시되었다. 잘 몰라서 그랬을까, 아니면 실수를 했을까? 외국어 고등학교를 준비하는 솔이에게 어쩜 불리할 수도 있겠다 싶었다. 솔이 차례가 되자 솔이가 밝은 표정으로 걸어 나왔다. 본인도 하나 틀린 것을 알고 감수하고 나오는 것 같았다.

"솔! 하나가 틀렸네!"

"선생님, 아닌데요. 선생님이 준 답지에 따라 채점하니까 만점이었어요."

눈을 동그랗게 뜨고 답안지를 내려 보는 솔이의 눈빛에 당황스러움이 역력했다.

"이상하다. 컴퓨터는 거짓말을 하지 않는데? 그럼 답안지를 확인하자."

답안지를 확인했으나 예상했던 대로 서술형은 답을 정확하게 써 틀린 게 없었다. 그럼 객관식 문항에서 틀렸다는 것이다. 마킹한 번호를 정답과 맞추어 보았지만 역시 틀린 문항이 없었다.

"이런 경우가 없는데. 한 번 다시 보자."

솔이는 내내 진땀을 흘리고 있었다. 살짝 얼굴을 보니 눈물방울이 그렁그렁 눈에 매달려 있었다.

"여기서 문제가 있었네. 자 15번 답 살펴보자. 정답은 4번이야. 물론 너도 4번에다 마킹을 잘 했지. 그런데 3번에도 컴퓨터용 싸인펜 자국이 있어. 컴퓨터는 복수 답으로 읽어서 틀린 것으로 인식했지. 솔아, 너도 3학년이니까 잘 알지? 다른 번호에 컴퓨터용 싸인펜의 흔적이라도 있으면 틀리는 거. 어떻게 하지?"

솔의 눈물방울이 교탁 위로 떨어졌다. 답안지에 눈물 자국이 번질까 일단 답안지를 봉투에 넣었다. 그리고 조심스럽게 일어섰다.

"솔! 어쩌다 이런 실수를……. 3번에도 분명 싸인펜 자국이 있어!"

"최종 검토 과정에서 제가 영어 시험 5분 전에 답안지를 교체했어요. 단답형 하나에 S 넣는 것을 빼먹어서. 마음이 급해서 객관식 답을 마킹하는데 그만 실수로 3번에다 점을 찍은 거예요. 물론 4번 전체에 마킹을 했기 때문에 틀릴 것이란 생각은 안 했어요. 감독 선생님께 이야기도 했어요. 그런데 시험 시간이 종료되어서 어쩔 수 없다고 하시더라구요. 그리고 어쩜 정답처리가 될 것 같으니 너무 걱정하기 말라구."

솔이는 어깨까지 들썩이며 울고 있었다. 모든 학생의 시선이 솔이를 향해 쏟아지고 있었다. 솔이와 선두 경쟁을 벌이는 서진이의 눈빛이 유독 빛났다. 실수를 인정하라고 하기도 어렵고 정답으로 인정해 준다고 할 수도 없었다. 다만 평가계 선생님께 상황을 알린다고만 했다.

다음 날 아침 출근해서 컴퓨터를 켜자마자 핸드폰 벨이 울렸다. 솔이 아버지였다. 솔이가 집에 가서 울음을 터트리며 영어 시험 결과를 알렸을 것이다. 학교에 오신다고 했다. 일정을 잡아 내가 전화를 다시 드린다고 답했다. 평가계 선생님에게 이야기를 전달했고, 교감 교장 선생님에게도 솔이 아빠가 학교에 꼭 오고 싶어 하신다고 했다. 영어시험 결과에 따른 방문임을 알고 있었다. 학교에서는 이미 소위원회를 열었다. 매우 안타깝지만 원칙에 따라 틀린 것으로 해야 한다는 의견이 중론이었다. 여러 선생님 수업이 겹쳐서 점심을 일찍 먹고 12시 30분에 회의실에서 뵙자고 전화를 드렸다.

마음이 불편해서 점심을 먹지 않고 교무실 책상에 앉아 과목별 세부특기사항 누가기록에 오류가 없는지 확인하고 있을 때 핸드폰이 울렸다. 12시 10분이 조금 넘어서였다. 아직 다른 선생님들은 식사 중이라 회의실로 안내했다. 일그러진 눈빛을 금테 안경 속에서 금방 읽을 수 있었다. 솔이 엄마와 함께였다. 성적 이야기를 꺼내기가 너무 불편해서 점심 식사는 하셨는지 여쭈었다.

"지금 무엇을 먹고 싶겠습니까? 아침부터 지금까지 아무것도 못 먹었어요!"

말이 화살처럼 날카롭게 들려왔다. 나는 아무 말도 하지 않았다.

12시 30분이 다 되어서 교감, 평가 담당 교사, 연구부장, 그리고 감독 교사였던 수학 선생님까지 모두 모여 회의실 의자에 앉았다. 솔이 아빠가 솔이의 성적 결과를 확인하고 싶다고 하였다. 그 말속에는 간절함과 불안함이 처마 끝에서 떨어지는 굵은 소나기 빗방울처럼 뚝뚝 묻어나 있었다.

"솔이 아버님, 저희들도 솔이 입장을 모르는 바가 아닙니다. 그리고 솔이가 정말 공부를 열심히 하고 성적도 최상위권 학생인 것을 잘 알고 있습니다. 하지만 성적처리는 매우 엄격해야 합니다. 그 잣대에 솔이도 예외가 될 수 없구요."

교감이 차분하게 예의를 갖추어 말을 전했다.

"솔이가 외고에 진학하려고 얼마나 노력하는지 알고 있나요? 그런데 다른 과목도 아닌 영어에서 만점을 맞지 못했다, 이건 치명적이에요. 아니 합격하더라도 이미 외고 선생님들 눈밖에 벗어날 수도 있어요!"

언성이 높아지고 있었다.

"감독교사가 누구죠? 수학 선생님이라고 들었는데. 솔이 말에 의하면 감독교사 확인을 받아서 별 걱정 없이 냈다고 하더라구요. 아니 지금 선생님들은 학생의 입장에서 무얼 생각하고 있어요? 명쾌하게 대답하지 못한 감독교사도 책임이 있잖아요."

차분함을 잃고 있었다. 크게 뱉은 말이 회의실을 돌아 귓가에 다시 한번 쟁쟁 울렸다. 솔이 엄마는 옆에 가만히 앉아 고개를 푹 숙이고 양손을 치마에 올려 놓았다. 꼭 쥔 주먹이 흔들리는 것을 보았다. 에어컨을 틀었어도 귀밑으로 송글송글 땀방울이 맺혀 있었다.

"아버지, 진정하시구요. 솔이가 교과우수상을 매 학기 탔다는 것도 알고 있구요, 선·효행상도 매년 받아서 가산점이 있다는 것도 알고 있습니다. 우리 학교의 재원이기도 하죠. 그런데 성적과 관련하여 학교 입장을 바꿀 수는 없습니다. 그게 수능이었다면 어땠을까요? 당연히 학생 본인의 책임입니다. 그것을 바꾸면 자칫 성적 조작에 휘말릴 수 있거든요."
교감이 달래듯 말했지만 진중한 울림이 없었다.
"학교 시험이 수능인가요? 그럼 모든 시험 시스템을 수능처럼 운영합니까? 교감 선생님 옆에 계신 분이 감독교사 수학 선생님 맞죠? 선생님이 크게 걱정하지 말라고 했다면서요?"
수학 선생님은 기간제 교사였다. 솔이 채점 관련 이야기를 듣고 이미 많이 불안해하고 있었다.
"아, 솔이가 끝나기 2분 전에 이야기를 했어요. 다시 답안지를 교체하면 아마 그마저도 제출하지 못할 것 같아서 그냥 내라고 이야기했어요. 어떻든 이런 결과가 있어 죄송스럽게 생각합니다."
솔이 아버지에게 '죄송스럽게'란 단어는 재공격할 빌미를 제공한 것이 틀림없었다.
"이런 씨발, 감독교사가 죄송하다고 하는데도 자기들 책임만 면하려고 원칙만 고수하네. 내가 도 교육청에 민원 넣을 거야. 내 딸 인생 다 책임질 거야?"
화가 절정으로 치솟았다. 그러더니 회의실 탁자에 놓여 있던 수국 화분을 바닥으로 내동댕이쳤다. 화분이 여러 조각으로 회의실 바닥에 나뒹굴었다. 탄소중립을 실천하기 위해 전교생과 교직원들이 화분에 한 그루씩 나무를 심었었다. 몇몇 화분에 보라색 수국이 예쁘게 피어 회의실에 옮겨 놓았었다. 보라색 꽃들이 흙 아래로 화분 위로 흩어져 일그러졌다. 곧이어 두루마리 화장지를 던졌고 책을 던지기 시작했다. 모두가 깜짝 놀라 본능적으로 자리에서 일어났다. 상담차 방문했을 때 보았던 지성과 예의는 온데간데없고 동물의 본성만이 지배하는 솔이 아빠를 보았다. 자칫 얼굴에라도 괴물체가 날아와 맞기라도 한다면 치명적일 수도 있는 속도로 잡동사니 물건들이 허공에서 떨어져 회의실에 파편으로 널브러졌다. 손쓸 틈이 없이 이번엔 앉고 있던 의자를 들어 올렸다. 의자가 향한 곳은 회의실 한 귀퉁이에 자리 잡은 어항이었다. 금붕어, 베타 물고기, 화이트 클라우드 피시 등 20마리 이상의 물고기의 보금자리였다. 물이 쏟아져 바닥을 홍건하게 적셨고 물고기들은 막히는 숨통을 이으려 파닥파닥 뛰어올랐다. 플라스틱과 유리 조각들 위로 모래와 자갈이 나뒹굴었다.

"솔이 아버님! 이건 분명히 협박 및 폭력행위입니다. 바로 경찰에 신고하겠습니다!"

내가 말했다. 그리고 바로 112에 전화를 했다. 사실 난 진짜 112에 신고하지는 않았다. 벨을 누르는 척하며 다급한 말투로 재촉했다. 그건 나의 순간의 선택이었다. 그러지 않으면 돌이킬 수 없는 일이 있을 거라 생각했다.

"경찰이지요? 여기 중학교인데요. 학부모님의 폭력행위가 있습니다. 빨리 와 주시겠어요!"

솔이 아빠의 격한 말투와 행동에 서늘하게 놀란 선생님들이 간신히 물고기를 챙기기 시작했다. 겁 없기로 소문나 학생들을 가끔 따끔하게 혼내는 여자 도덕 선생님이 물고기를 들어 교무실로 데려갔다. 학교에서 학부모를 상대로 경찰에 신고를 한 적은 없었다. 가끔 마찰이 있었지만 웬만해서는 교사가 참고 인내하고 기다렸다. 경험이 가르쳐 준 가장 무난한 해결 방법이었다. 특히 민원 부분에서는 학부모와 교사 간에 갑을 관계가 형성되어 있었다. 대부분은 교사가 을이었다.

"솔이 아빠, 그만해! 저희도 이렇게 일이 커질 거라곤 생각을 못 했어요. 솔이 진학 문제도 크고, 무엇보다 솔이가 너무 힘들어하니까요. 경찰까지 오면 안 좋은 소문이 쫙 퍼질 텐데, 그러면 솔이가 더 힘들어할 거예요."

솔이 엄마가 콧물과 눈물이 뒤범벅되어 애원하였다.

"솔이 어머님, 지금 솔이 아버님 표정과 행동을 보세요. 이건 저희들끼리 해결할 사건이 아닌데요. 경찰의 도움이 필요합니다!"

교감 선생님이 잔뜩 겁먹은 눈망울로 속삭이듯 말했다. 의자를 집어 던지곤 일그러진 얼굴로 서 있던 솔이 아빠가 갑자기 무릎을 꿇었다. 무릎을 꿇는다는 것은 굴욕적 패배를 시인하거나, 아니면 큰 용서를 구할 때나 있을 법한 장면이었다. 진짜 경찰에 신고할까 고민하던 내가 살며시 핸드폰을 주머니 속에 넣었다.

"내가 솔이 초등학교 4학년 때부터 외고 진학을 위해 얼마나 노력했는지 아무도 모를 겁니다. 외고 졸업 후 명문대 진학하는 것을 보는 것이 나의 유일한 꿈입니다. 어중간한 지방대 졸업하고 읍내에서 밤 한 시까지 학생들 가르치는 것이 제 직업입니다. 그냥 학생 수가 돈이고 학생 수 늘리려면 학부모와 학생들을 얼마나 구워삶아야 하는지 모를 겁니다. 스카이는 아니더라도 탑 10에 있는 인 서울 대학교에는 꼭 입학시키고 싶었습니다!"

솔이 아빠는 크게 흐느끼며 울부짖고 있었다.

아버지

내 고향은 강을 건너고 골짜기를 돌아가는 시골이라 중학교 3학년 때까지 내가 알고 있는 대학은 그 지역을 대표하는 국립대학교뿐이었다. 그 이유는 매우 간단했다. 여름방학 때만 되면 대학생들이 농촌봉사활동을 오곤 했는데 형과 누나들이 우리 동네 국민학생들을 학교 교실에 모아놓고 그림, 글쓰기, 연극, 노래, 율동, 그리고 주사위 게임, 오징어 게임 등을 하며 일주일간 선생님이 되어주곤 했다. 농활 마지막 날 동네 어른들을 모셔놓고 작은 학예회도 열었는데 긴장은 되었지만 매우 행복했던 기억이 있었다. 그래서 그 대학 이름을 알았다. 연극의 주인공도 내가 되었고 글짓기 최우수상도 내가 받았다. 아버지는 그것 또한 동네 자랑거리로 삼았다.

고등학교 1학년 입학하고 얼마 되지 않아 교장 선생님이 틈나는 대로 1학년 학생들을 불러 입학성적을 참고하며 희망 대학을 물었다. 나는 그때 지역 국립대 가기를 희망한다고 말했다. 그리고 그렇게 멋있는 대학생이 되어 농촌봉사활동을 가고 싶었다. 하지만 서울에 있는 유명 대학교 이름을 아는 데 많은 시간이 걸리지는 않았다. 서·연·고·서·성·한·중·경·외·시를 암기하는 것도 너무 쉬웠다. 모든 선생님들이 수업 시간마다 귀가 닳도록 이야기했기 때문이다. 당시 신문기자가 되고 싶던 나는 서울 상위권 대학을 목표로 공부를 했다. 하지만 내신성적과 학력고사를 합친 내 성적표는 자랑할 정도가 되지 못했다. 그래도 낙담할 점수는 아니어서 서울 중위권 대학의 신문방송학과를 지원하고 싶었다. 하지만 그것은 부모님의 동의가 있어야 가능한 일, 최종 원서 쓰기를 앞두고 나는 고향 집을 찾았다.

"저 서울로 대학 가고 싶어요. 중위권 대학은 가능할 것 같다고 선생님도 말했어요."

나는 내가 원하는 대학을 갈 수 있으리라 생각했다.

"뭐, 서울로 대학 간다고? 서울대나 고려대 연세대 갈 수 있는 거야?"

일찍 찾아온 겨울밤, 엄마가 찐 고구마를 내놓으며 던진 말이었다. 아들 온다고 군불을 많이 지펴서 아랫목이 뜨끈하게 끓고 있었다. 나는 이불 속에 넣었던 다리를 빼서 윗목으로 자리를 옮겼다. 윗목에는 두 가마니는 되었을 법한 고구마가 통가리 안에 들어 있었다. 겨울이 되면 주식으로, 때론 간식으로 고구마를 대체할 것이 없었다.

"그건 아니구요. 그냥 좀 이름있는 대학!"

초등학교가 학력의 전부인 엄마도 텔레비전을 통해 세 개의 대학은 알고 있었다.

"그 대학 졸업해서 뭐 하는데?"

"신문사나 방송국 기자요."

"그 대학만 졸업하면 바로 취직이 보장되나?"

내가 고구마에 손을 대지 않자 엄마가 고구마 껍질을 까서 건넸다.

"아니요, 졸업해서 시험에 합격해야지요."

아버지는 특히 나의 대학입시에 대해 관심이 많았지만 아무런 말도 없이 텔레비전 모니터만 뚫어져라 보고 있다.

'그놈의 뉴스, 정말 따분해. 비슷한 내용을 반복하는 뉴스에만 저렇게 집중하는지.'

모니터에는 1986년 아시안 게임을 점검하는 전두환 대통령의 환한 미소가 가득했다.

"이봐요, 야가 지금 서울에 있는 대학에 간다고 하잖아요. 우리 형편에 보낼 수 있겠어요?"

아버지가 고개를 돌렸다.

"너의 성적이 어떻게 되는데?"

그제야 아버지는 텔레비전 소리를 조금 줄였다.

"선생님이 그러시는데 서울 중하위권 대학은 원서 낼 수 있다고 하더라구요."

분명 죄를 지은 것은 아닌데 내 목소리가 잦아들었다. 나는 그때까지 내가 갈 수 있는 대학이면 무조건 허락하실 거라는 믿음이 있었다. 그

대학을 위해서 3년 동안 나름 노력해 왔다. 내신은 15등급에서 2등급, 그리고 학력고사는 반 63명 중 3등이었다. 물론 읍내에 소재한 학교와 도시학교와의 비교는 불가능했다. 작년 우리 학교에서 서울대에 합격한 선배는 한 명뿐이었으니까.

"그럼 너 국립대학교는 무난하게 갈 수 있는 거냐?"

"정확히 알아보진 않았지만 웬만한 문과는 어렵지 않게 합격할 거예요."

아버지 얼굴에 화색이 돌았다. 그리고 텔레비전 스위치를 껐다. 고요한 시골 겨울밤, 달빛만 문지방을 타고 흘러들어왔다.

"그럼 제가 지역 국립대를 가야 하나요? 저는 서울로 가고 싶은데……."

"지역 국립대면 좋은 학교야. 이 근방에 어디 국립대에 간 애들이 있냐? 심지어는 초등학교만 졸업하고 농사일 거들며 사는 사내놈들도 있고, 대처에 식모살이로 떠난 여자애들도 더러 있는데."

아버지의 생각은 확고해 보였다. 지방 국립대면 남들에게도 소소한 자랑거리는 될 것이다.

"저는 서울에 있는 대학교에 가고 싶어요."

"서울? 서울이라면 네가 원하는 대학교는 사립대겠지. 물론 서울대, 연고대는 아닐 테고."

"물론 사립대예요. 말은 제주도로 보내고 사람은 서울로 보내야 한다고 들었어요. 상위권 대학은 아니지만 그래도 국립대보다 커트라인이 높은데……."

상기된 내 목소리가 한겨울 문풍지를 뚫고 들어오는 댓바람처럼 또랑또랑하게 안방을 울렸다.

"서울에는 가까운 친척도 없고 하숙이나 자취를 해야 할 텐데… 그리고 학비도 많이 들 텐데."
 엄마가 뜨거운 고구마 껍질을 한 개 더 벗기며 말했다.
 "저 화장실 다녀올게요."
 아무래도 생각이 필요했다. 실망감을 숨기려 했지만 이미 마음은 허탈함으로 차오르고 있었다. 밖으로 나오니 뭉숭한 어둠이 깔려 있었다. 저녁 9시, 읍내라면 가로등이 떨고 있고 비교적 늦게까지 한 푼이라도 더 벌려는 가게들이 형형색색의 네온사인을 켜놓은 채 지나가는 행인의 눈길을 잡는 시간이었다. 캄캄한 어둠, 굳이 화장실에 가지 않고 텃밭에 소변을 보고 나니 사물들의 실체를 대충 확인할 수 있었다. 달빛과 별빛이 더해져 서리가 내린 텃밭 배추 포기를 어슴푸레 볼 수 있었다.
 '나보다 성적 안 좋은 친구도 서울에 있는 대학에 갈 거라고 하던데 왜 나는 안된다고 할까?'
 지금까지 아버지는 내가 원하는 것을 해주지 않은 적이 없었다. 학비가 밀린 적도 없었고, 보충수업비며 수업교재비, 제주도 수학 여행비까지도 알아서 행정실에 냈다. 수업료 등의 이유로 담임선생님은 자주 몇몇 학생들을 불러 행정실로 가보라고 귀띔을 했지만 나는 경제적 이유로 행정실 문을 연 적이 없었다. 물론 그 이면에는 내가 부모님께 경제적으로 무리한 요구를 한 적이 거의 없다. 아니 딱 두 번 있었다. 초등학교 때 스케이트 사달라고 조른 거, 그리고 중학교 때 자전거 사달라고 떼쓴 것을 빼면 말이다.
 수학에서 조금 더 성적이 좋았다면 장학금을 탈 수 있었을 테고 아버지에게 당당하게 말했을 수도 있었겠거니 싶었다. 문과에서 지원하는 전공의 점수는 대충 정해져 있었다. 법학과, 경영학과, 영문학과가 항상 탑 3에 있었다. 나는 꼭 방송이나 신문기자가 되고 싶었다. 조금이라도 정의롭고 따뜻한 사회를 만드는 데 기여할 수 있다고 확신했다. 또한 뛰어난 기자가 되면 사회 이곳저곳을 살펴보며 어려운 이웃에게 한 줌 햇살이 될 수 기사를 쓸 수 있다는 믿음이 있었다.

겨울 외투를 걸치지 않았다. 한기가 느껴졌다. 대문을 나서 우꾸렁을 따라 걷기 시작했다. 서리를 하다 걸려서 혼난 사과밭을 지나면 포도밭이었다. 다시 왼쪽으로 틀면 백 년은 넘은 느티나무가 있었다. 마른 나뭇잎 하나가 툭 떨어진다. 여름에는 마을 어른들이 부채 하나씩 들고 나와 느티나무 아래서 더위를 식히는 곳이다. 포도밭을 지나면 강이다. 겨울 강이 울고 있었다. 늦은 밤에 조용히 귀 기울이면 강이 우는 소리를 들을 수 있었다. 아니, 강은 때론 번개처럼 울었다. 어릴 때는 그 겨울 강의 울음소리가 강에 빠져 죽은 귀신들의 혼이 울부짖는 소리라고 생각했다. 동네 형들이 그렇게 말했다. 얼음에 닫혀버린 귀신들이 문을 열어달라고 아우성을 친다는 상상을 하면 오싹해지며 집으로 향하는 발걸음을 재촉해야 했다. 그런데 물과 온도에 따른 과학적 원리를 알아버린 후 크게 무서울 게 없었다. 더구나 나는 성인을 앞둔 예비대학생이었다.

'우리 집이 그렇게 가난한가?'

첫째 누나와 둘째 누나는 여고를 졸업하고 바로 취직을 했다. 하지만 막내 누나는 대전에서 대학교를 다니고 있었다. 여동생은 여고 1학년. 좀처럼 아버지 마음을 알 수가 없었다. 쉬이 허락해주실 거라 예상했는데 무언가 다른 방향으로 흘러가고 있었다.

다시 집으로 돌아왔을 때 대문은 열려 있었고 안방 전등도 켜져 있었다. 10시 마지막 뉴스가 흘러나오고 있었다. 다시 방에 들어가서 진학 이야기를 하기에는 너무 늦은 시간이었다. 사랑방으로 가려다 조용히 마루에 걸터앉았다.

'어떻게 해야 내가 원하는 학교에 갈 수 있을까? 초등학생이었다면 떼를 쓰며 울었을 텐데 그럴 수도 없고.'

'전두환 대통령은 86 아시안 게임을 앞두고 추위를 잊은 채 땀방울을 흘리며 훈련하고 있는 선수촌을 방문해 선수들을 격려했습니다!'
또 같은 뉴스가 나온다. 텔레비전 꺼지는 소리가 들렸다.
"추운데 왜 아직 안 들어오는지 모르겠네. 잠바도 그냥 놓고 갔는데. 그러다 된통 감기라도 걸리면……."
엄마의 목소리였다. 아직 내가 집으로 들어와 마루에 앉아 있다는 사실을 모르고 있었다.
"그놈 참!"
"서울로 대학 보내긴 어렵지요. 그렇다고 그나마 남은 건 포도밭뿐인데."
"나도 알지. 서울로 가야 더 출세할 수 있다는 거. 하지만 학비도 부담스럽지만, 당장 하숙을 시키려면 땅이나 방앗간을 팔아야 해."
아버지의 말이 이어졌다.
"지가 더 성적이 좋아서 육군사관학교를 갈 수 있다면 더 바랄 게 있겠어? 지금 대통령도 육사 출신이잖아. 학비도 공짜고 나중에 못 되어도 별을 달든가, 아님 국회의원을 하든가."
아버지는 육사에 대한 미련이 많았다. 당시 지역구 국회의원도 육군사관학교 출신이었다. 아버지와 단둘이 찍은 사진이 텔레비전 위 중앙에 자랑처럼 걸려 있었다.
"첫째랑 둘째가 셋째 대학교 학비랑 용돈 주는 거를 말해야 할까 봐요!"
엄마가 짧은 한숨을 뱉으며 말했다
"아들놈 하나만 대학에 보내려 했는데… 언니들이 셋째를 덜컥 대학에 보냈으니."
아버지는 헛기침을 했다.

"그러면 막내도 대학을 보내야 할 건데, 우리 형편에 아들이라고 서울로 보낼 수가 없잖아요. 가까운 친척이 있는 것도 아니고. 그리고 서울로 가면 동생이 대학을 갈 수 없잖아요. 고등학교까지도 정말 간신히 보냈는데. 막내 보고 대학 가지 말라고 하면 아마 난리 날 텐데……."

나는 엄마의 말을 들으며 하마터면 잔기침이 날 뻔했다. 그런데 내가 마루에서 듣고 있다는 사실을 숨기고 싶었다. 나는 내가 성적만 맞춘다면 어느 대학이든 갈 수 있다고 생각했는데 그것은 착각이고 오만이었다. 엄마 아버지는 물론 누나들도 나에게 집안 사정 이야기를 제대로 해 준 적이 없었다. 큰누나와 둘째 누나는 얼마나 대학교에 가고 싶었을까! 그 서러움을 알기에 막내 누나를 누나들이 힘들게 번 돈으로 대학에 진학시켰구나. 더구나 나 때문에 하나밖에 없는 내 동생이 대학을 못 간다? 그건 말이 되지 않았다. 남자라는 이유로 지금까지 받은 것만도 충분했다. 더 이상 미련이 없었다. 딱 한 가지 들은 게 있었다. 큰누나가 고등학교 때 수학여행을 가지 못한 이유가 있었다. 누나는 엄마 아버지에게 부담을 주기 싫어 말하지 않았고 혼자 학교에 남아 자습을 했다는 이야기였다. 내가 고 2때 우리 학교에서 경제적 이유로 제주도 수학여행에 참가하지 못한 학생은 없었던 것으로 기억하고 있다. 누나는 그때 얼마나 서러웠을까!

나는 조심스럽게 사랑방으로 들어갔다. 이건 고집을 피워서 될 일이 아니었다.

'지방 국립대면 뭐 어때서. 거기 가고 싶어도 못 가는 애들도 많은데……'

마음을 돌이키고 나니 마음이 한결 편해졌다.

나는 아침 일찍 일어나 새벽차를 타고 읍내 자취방으로 왔다. 엄마와 아버지에게 대학 진학에 관한 이야기를 하지 않았다. 너무 이른 시간이

기도 했지만 이제 미련이 없어서 굳이 꺼낼 이유가 없었다. 간단하게 엄마가 끓인 라면을 먹고 버스를 타러 나오는 데 아버지가 따라 나왔다.

"이따 저녁때 느그 자취방 옆 자금성에서 보자. 짜장이나 한 그릇 사 줄라니까 5시까지 와라. 아버지도 읍내에 볼 일 있어 간다."

학력고사가 끝나고 대학 진학할 때까지는 하늘이 준 선물 같은 시간이었다. 뭐 특별한 것은 없었지만 친구들과 만나 자취방에서 통기타를 치다가 카세트 테입 노래를 듣고, 배가 고프면 읍내 물쫄면으로 유명한 '두리집'에서 한 끼 맛있게 먹고 아니면 집에서 라면에 밥을 말아 먹었다. '두리집'은 주로 학생들이 단골이라 비교적 양을 넉넉하게 주었는데 아주 약하게 비린 멸치 육수 맛이 있지만, 그것보다는 감칠맛이 비린내를 덮었고 면발이 굵은 쫄면 식감이 야들하면서도 쫄깃쫄깃해서 한 그릇을 뚝딱 비울 수 있었다.

환이, 택이와 함께 점심을 먹고 아버지와의 약속을 핑계로 일찍 헤어졌다. 그리곤 자취방에 돌아와 연탄불을 갈았다. 십 분만 늦었어도 번개탄을 사러 갈 뻔했다. 동생은 방학 보충수업에 갔고 방엔 나 혼자였다. 최백호의 '가을엔 떠나지 말아요. 하얀 겨울에 떠나요' 노래를 들었다. 따뜻한 이불을 덮고 노래를 듣다가 까무룩 잠이 들어나 보다. 깨어보니 4시가 넘었다. 화장실을 가려고 문을 여니 눈이 내리고 있었다. 소복소복 무심히 내리는 눈. 엄마가 이불을 만들 때 보았던 목화솜만큼 큰 눈이 담벼락 위에 넝쿨장미 가지 위에, 그리고 밖에 두었던 양동이에도 포근하게 내려앉았다. 괜히 마음이 바빠졌다.

'자금성'은 처음이자 마지막으로 했던 미팅 장소였다. 개인 미팅이 아니라 반 미팅이었다. 학력고사가 끝나고 3반 반장이었던 환이가 여고 미반 반장과 만나 어렵게 성사시킨 미팅이었다. 여고는 진·선·미·정·현,

총 다섯 반으로 나뉘어 있어서 미반이 남고 3반과 합을 맞추었다. 당연히 강제사항은 아니라 22명, 그러니 총 44명이 '자금성'에서 만났다. 별 기대를 하지 않았다. 딱 하나 눈에 띄는 여학생이 있었다. '이상정', 누나 친구의 동생으로 한국무용으로 대학교에 진학한다는 사실을 알고 있었다. 그 많은 물건 중에 나는 동전 지갑을 골랐다. 역시 운이 없었다. 나와 짝이 된 여학생과는 짬뽕을 다 먹을 때까지 아무 말도 하지 않았다. 최소한의 예의를 지키려 노력하곤 바로 자금성을 빠져나왔다.

그 자금성에서 오늘 아버지가 만나자고 한 것이다. 자금성은 시내 중심가에서 벗어나 조금 외딴 곳에 있었다. 비가 오면 우산을 꼭 챙기려 했지만 눈이 올 때는 달랐다. 나는 눈을 맞으며 걸었다. 흰 눈 사이로 어둠이 조금씩 깃들고 있었다. '눈길을 걸으며, 눈길을 걸으며, 옛 일을 잊으리다. 거리엔 어둠이 내리고 안개 속에 가로등 하나~' 최백호의 노래를 따라부르며 걸었다. 사람들은 서둘러 어디론가 향하고 있었다. 다행히 바람은 불지 않았다. 눈이 오는 날 바람이 세차게 불면 눈은 제대로 된 풍경화를 만들지 못했다. 그래서 곱게 내리는 눈을 좋아했다. 서서히 풍경화가 그려지고 있었다. 성당 첨탑에도 슬라브 지붕 위에도, 감나무 가로수 나무 위에도 골목 지붕 위에도 눈은 그 아름다움으로 세상을 새롭게 다시 그리기 시작했다.

약속된 5시, 5분 전에 자금성에 들어갔는데 아버지가 와 있었다. 나는 아버지와 단둘이서 식사를 해 본 적이 없다. 더구나 아버지와의 외식은 처음이었다.

"눈이 제법 오네. 짜장면 시켰다. 앉아라."

아버지의 겨울 잠바에 살짝 묻어 있던 눈이 바로 물방울로 바뀌어 쪼르륵 흘러내렸다.

"너 술 좀 하냐?"

아버지가 어색한 분위기를 돌리려고 했다.

"많이 못 하고 소주 한두 잔, 맥주는 꽉 채워 두 잔도 합니다."

나는 솔직하게 대답했다. 이미 술을 제법 마시거나 담배를 피는 학생들이 있었다. 나는 호기심으로라도 담배를 피워 본 적이 없지만 술은 야간 자율학습시간에 모든 선생님이 퇴근하고 난 뒤 친구들과 몰래 교실에서 마신 적이 있다. 그런데 소주는 맛이 없고 쓰기만 했다. 시원한 맥주를 한 캔 정도 마실 수 있었고 또 다른 술의 맛을 알고는 있었다.

"그럼 양장피도 시켰으니 애비랑 소주 한잔 하자. 어차피 대학교 가면 남자들은 술을 조금씩 마실 텐데."

"네."

이미 날은 제법 어두워지고 있었다. '자금성' 뒤로는 조그만 냇가가 있었다. 흐르는 물로 떨어지는 눈은 바로 녹고 있었고, 냇가 가장자리 둔덕에는 눈이 제법 쌓였다. 고향의 가로수가 된 앙상한 감나무에도, 둔덕을 오르내리는 돌계단에도 눈은 겹겹이 자리를 잡았다.

내가 자금성에 들어갔을 때는 여러 테이블에 손님이 있었는데 다 나가고 2층에는 아버지와 나만 남았다. 주문한 음식이 왔다. 짜장면은 내가 가장 좋아하는 음식이었다. 아버지가 주문한 얼큰한 짬뽕도 테이블에 올려졌다. 곧이어 양장피라는 요리를 아주머니가 가져왔다. 둥글고 큰 접시에 가지런했던 음식에 아버지가 겨자를 곳곳에 잔뜩 뿌리더니 마구 섞었다. 그리고 바로 소주잔에 넘칠 듯하게 소주를 한 잔 가득 채웠다. 내 잔에도 넘칠 듯 소주가 채워졌다.

"어여 마셔라. 술은 어른들한테 배우는 것이 좋다고 하더라."

나는 고개를 오른쪽으로 돌려 소주 한 잔을 들이켰다. 한 잔을 통째로 마신 것은 처음이었다. 소주가 목을 넘어갈 때는 잠깐 후회했다. 이

맛을 어떻게 표현해야 하나. 아무튼 쓴맛에 얼굴이 저절로 일그러졌지만 아버지에게 그런 표정을 보이기는 싫었다. 내가 짜장면을 두어 젓가락 먹을 때 아버지는 양장피만 먹었다. 내가 확인할 수 있는 재료는 돼지고기, 오징어, 새우, 오이, 햄 등이었다. 생물책에서 보았던 해파리 닮은 물체도 여기저기 보였다. 어떤 맛일까 궁금했지만 아버지를 위한 메뉴라는 생각이 들어 젓가락을 대지 않았다.

"양장피 먹어봐라. 이것저것 음식을 가리면 좋지 않아."

작은 접시에 양장피를 가득 채워서 짜장면 그릇 옆에 놓았다. 아버지는 그 사이에도 술잔을 비우고 짬뽕 국물을 한 숟가락 떠먹었다. 아버지가 내 빈 잔에 소주를 따랐다. 나는 소주를 한 잔 마시고 얼른 양장피를 입에 넣었다. 아버지를 따라 했다. 나도 이제 어른이 될 테니까 자연스럽게 받아들여야지 생각했다. 그런데 쓴 소주는 예비 훈련이 되어 있었는데 양장피까지는 아니었다. 먼저 눈물이 쏟아졌다. 독하고 매운 기운이 콧구멍을 자극했고 콧물까지 흘러내렸다. 참으려 노력했지만 재채기가 연신 나왔고 입에 있던 음식물이 다른 테이블로 튀었다. 다행스럽게 고개를 돌려서 재채기를 했기에 우리가 먹는 음식은 온전했다. 잘못했으면 아버지의 얼굴로, 잠바로, 짬뽕 국물 속으로 음식이 튀었을 것이다.

"허허, 양장피는 처음이구나. 겨자를 많이 넣어서 그런가 보다. 양장피는 그 맛으로 먹는데."

아버지는 그저 웃었다. 어린아이들이 친구들에게 골탕을 한 방 먹이고 쾌활하게 뱉어내는 장난스런 웃음이었다. 아버지는 소주를 몇 잔 더 맛나게 마시며 물었다.

"대학은 결정했냐? 엄마랑 상의했는데 웬만하면 네가 원하는 대학에 보내려고."

아버지의 말을 듣는 순간 나는 매우 혼란스러웠다. 하지만 이미 내 마음속 대학교는 정해져 있었다.

"그냥 지역 국립대로 진학할 거예요. 그런데 전공은 바꿀 수도 있어요. 지방 국립대 신방과는 매력적이지 않아서요. 그래서 영문과로."

"왜? 서울 사립대로 가고 싶다고 했잖아."

나는 차마 아버지와 엄마가 주고받았던 말들을 들었다고 할 수 없었다. 그러면 집안 형편이 매우 어려워질 테고, 동생의 대학 진학이 자칫 요원할 수도 있으니까.

"아니요, 우리 집에 왔던 제 친구 환이 알죠? 저보다 성적이 좋은데 국립대 법대로 결정했구요, 공부 좀 하는 친구들도 국립대를 많이 가요. 가서 열심히 하면 되겠죠."

아버지는 소주 한 잔을 벌컥 들이켰다.

"잘 생각했다. 대학교 근처에 이모 사는 거 알지? 언제든지 이모 집으로 오라고 하더라. 방앗간에서 나오는 쌀이나 좀 넉넉하게 주면 되겠다. 그리고 사촌 동생들 공부 좀 봐주고."

미련이 없는 것은 아니었지만 크게 갈등하지는 않았다. 큰누나 둘째 누나처럼 경제적 형편이 되지 않아 대학 진학에 엄두를 못 내는 친구도 더러 있었고, 성적 때문에 재수를 선택하거나 아님 2년제 전문대학을 가야 하는 학생들도 많았으니까. 아버지는 소주 두 병을 마시면서 내내 웃음기가 사라지지 않았다.

8시 마지막 버스로 아버지는 시골집에 간다고 했다. 식당에서 나오니 눈이 발목까지 쌓인다. 조금 발걸음을 옮기려는데 소변이 급해졌다. 다시 식당으로 돌아서니 이미 불을 끄고 셔터를 내리고 있었다.

"아버지, 저 오줌이 마려운데 먼저 가세요. 지나가는 사람이 없으니 여기서 실례를 해도 괜찮겠어요."
"그래, 애비도 소변이 보고 싶다. 그냥 여기서 같이 보자."
나란히 소변을 보는 것은 외식을 처음으로 한 것보다 더 어색했다. 하지만 둘러댈 핑계도 없었고 무엇보다도 너무 급했다. 아버지와 나는 바지춤을 내리고 하얀 세상을 향해 시원하게 쏟아냈다. 아버지는 소변을 보면서도 허허 웃었다.

면회

아들

　대학교 1학년을 마치고 현역병으로 입대한 아들 훈련소에서 문자가 왔다. 아들은 부산 해운대 53사단 신병교육대로 입대했다. 어플 '더캠프'를 이용하여 언제든지 편지를 쓸 수 있다고 적혀 있었다. 그럼 부대에서 출력하여 훈련병들에게 나누어 준다는 내용이었다. 나는 사실 아들이 입대하는 날 동행하지 않았다. 학교에 연가를 내는 것도 불편했고 먼 길이라는 핑계를 댔다. 하지만 사실 훈련소로 입대하는 아들을 볼 자신이 없었다. 자칫 내가 먼저 눈물을 보일까 봐 의도적으로 피했다.
　대전에서 기차를 타고 아내와 딸 미르가 동행했다. 누구나 그러듯 자식을 군대에 보낸 부모들은 해줄 것이 거의 없었다. 그런데 마침 문자를 받은 것이다. 그날부터 나는 매일 최소한 한 통, 많게는 두 통씩 인터넷을 활용하여 편지를 썼다. 아들의 답장은 없었지만, 충북 증평에서 받던 나의 훈련소 시절을 떠올렸다. 여동생이 매일 보내온 손편지는 달콤한 휴식이었고 선물이었다. 처음엔 그러려니 했는데 일주일이 지나도 편지는 그치지 않았다. 군대 생활을 모르는 동생이기에 일기 형식의 글로 나의 안부를 묻곤 했다. 매일 편지를 전해주던 내무반장이 동생 사진을 보고 싶다고 해서 할 수 없이 동생과 내가 같이 찍은 사진을 동봉해 달라는 편지를 보낸 적이 있었다. 사진을 본 내무반장이 나를 대하는 태도가 달라졌다. 나는 소개팅을 약속했다. 물론 선의의 거짓말이었다.

나도 듬직이에게 편지를 썼다. 아들과 함께했던 20년의 과거를 회상하니 매일 다른 내용을 쓸 수 있어 좋았다. 어찌 보면 나의 50년을 되돌아보는 시간이기도 했다.

듬직이에게 _6월 3일 화요일

듬직아! 아빠는 입대하기 전날 할머니 집에서 잤단다. 쉬 잠이 안 왔지. 그 전날 친구들과 못하는 술을 그렇게 마시고 김광석의 '이등병의 편지'를 얼마나 많이 들었는지 모른다. 다행스럽게 아빠보다 늦게 입대하는 친구들이 있어 위로가 되었지. 아빠도 정말 군인이 되는 것을 싫어했단다. 거친 언어들이 난무하고 인간의 신체적, 체력적 한계를 테스트하고, 게다가 군기 잡는 고참들이 굴비처럼 늘어져 있어 내 몸이 그들의 샌드백이 되어야 한다는 사실을 알고 있었지. 두려웠어. 아니 무서웠어. 면제를 받거나 아니면 최소한 집에서 출퇴근하는 방위병(공익근무요원)으로 근무하고 싶어 했지. 하지만 그런 행운은 따르지 않았고 마음을 다잡느라 나름 마음고생을 했단다.

입대 전날 아침, 일찍 읍내로 가는 버스를 탈 수 있었는데 할머니께서 시간에 맞추어 택시를 예약했어. 아침이나 천천히 맛나게 먹으라 하더라. 그래! 입대하는 아들을 보며 할머니도 할아버지도 마음이 편치 않으셨을 거야. 따순 밥 한 그릇 챙겨주고 싶으셨겠지. 아침밥을 먹으면서도 거의 대화가 없었어. 결국 택시가 올 시간에 맞추어 옷을 입고 마루에서 마당으로 내려왔지. "건강하게 잘 다녀오겠습니다."라고 고개 숙여 인사를 했어. 할머니 할아버지는 방에 계셨었거든. 아무 말씀이 없으시고 고개만 끄덕이셨지. 11월 차가운 바람 속에서 막 택시 문을 열려고 할 때 할머니께서 맨발로 뛰어나오셨어. 그리곤 아빠 손을 꼭 잡고 '잘 이겨내야 한다.'는 말을 되풀이하시면서 서럽게 우셨어. 아빠도 눈물이 날 뻔했어. 군 생활에 대한 두려움이 컸고 무엇보다 할머니의 눈물이 통곡으로 이어져 내 감정에 전이되어서 눈물이 복받쳐 오르더라. 하지만 꾹 참았어. 그리곤 뒤를 돌아보았지. 할아버지가 마루에서 손등으로 눈물을 훔치시는 모습을 보고 말았어. 아빤 빠르게 택시를 탔지. 집 앞을 지나 큰길로 오면서 백미러를 보니 할머니는 털썩 바닥에 주저앉아 계시는 거야. 잘 버텨서 제대할 거라고 다짐을 했단다.

자유의 구속, 훈련과 단체생활, 그리고 군인으로서의 기강은 필요하다고 하지만 그래도 아빠 때보다는 군 생활이 편해졌다고 전해 들었다. 다행스러운 일이다. 많이 힘들더라도 잘 견뎌내렴.

네가 입대한 지 벌써 1주일이 지나고 있다. 사실 아빠가 부산 훈련소까지 동행하지 않은 것은 아빠도 할아버지처럼 울 수 있겠다는 생각이 들어서야. 아빠 마음 여린 거 잘 알지? 내가 울면 듬직이도 마음이 더 안 좋았을 거야. 군대도 시간은 간다. 또 편지 쓰마. 사랑해 아들.

6월 7일
듬직아! 아직까지 비가 내린다. 아마 부산에도 비가 오겠지. 아니 남해안에는 많은 비가 온다고 했으니 비 피해나 강풍 피해가 없는지 모르겠다. 비가 오면 훈련은 어떻게 받는지 모르겠다. 아빠 훈련소 시절에는 비가 오면 다른 훈련(정신교육 등)으로 대체하는 경우도 있었고, 강행하는 훈련도 있었던 것으로 기억한다. 많은 양의 비가 내렸으면 아마 실내 훈련으로 대체되었겠지. 지금은 학교, 오후 2시 50분! 네가 이 편지를 받을 시간은 아마 오후 7시쯤. 저녁은 잘 먹었어? 혹시 최근 군대리아가 간식이나 석식으로 나오지는 않았는지? 샤워는 잘하고 시원한 밤을 보내는지? px에서 특별한 간식을 사 먹지 않았는지?

어제 할머니 집에 갔다가 오늘 점심에 왔어. 할머니가 피부가 안 좋으셔서 아침에 피부과도 들렀지. 건강하지 못한 몸으로 텃밭에 나물을 심으셨다. 오는 길에 장에 들러 대파를 사 오셨어. 구강리 텃밭에는 가지가 있고, 상추가 있고, 옥수수가 있고, 파가 있고, 콩이 있어. 담장을 타고 넘어가는 애호박도 있지. 하지 말라고 그래도 할머니는 하셔. 이제 더 이상 말리지 않는다. 할머니가 사는 보람의 일부일 테니까. 그리고 그 농사마저도 아빠를 챙기려는 마음이 있으니. 할머니는 못 주셔서 안달이지. 미안하고 고맙고.

어제 시간이 되어서 엄마랑 구강리 강가를 한참 돌았어. 그런데 가다가 이렇게 보니 오디(뽕나무 열매)가 영글어서 까맣게 있는 거야. 아빠 어릴 때는 자연이 주는 최고의 간식이었어. 엄마랑 하나씩 따 먹었는데. 너무 달고 맛있더라. 자연 먹거리가 지천에 널렸어도 먹는 사람이 없네. 못 사는 사람이 많아 힘들다고 하는데 상대적인 개념이겠지. 그리고 구마니 강가에서 다슬기를 잡는 사람들이 몇 십 명쯤 되었어. 너는 싫어하지만, 아빠는 다슬기 잡는 것도 좋아하고 먹는 것도 좋아하잖아.

친구들에게서는 편지가 오는지 모르겠다. 혹시 안 온다고 너무 실망하거나 미워하지 마~ 가족을 빼고는 쉬운 일이 아니야. 살면서 물론 가족이 제일 소중하지만 정말 좋은 친구들도 꼭 필요할 거야. 아빠는 요즘 인식이, 건영이가 너무 편하고 좋다. 얼마 전까지도 가끔 경제력도 비교하고 삶의 양상들도 비교하곤 했는데, 지금은 정말 그렇지 않아. 그 녀석들 만나면 너무 편하고 좋아서 각자의 비밀들을 털어놓으며 공감 능력을 발휘하곤 해. 엄마가 들으면 조금 섭섭할 수도 있겠지만 말이야. 물론 태국에서 교수로 있는 기태가 있다면 금상첨화이겠지. 하지만 아빠는 그래도 기태를 또 다른 느낌으로 기억하려 해. 아주 가끔 통화하고 볼 기회가 많이 없어도 기태는 소중한 친구야. 내가 태국에 가거나 기태가 한국에 왔을 때 둘이 만나면 밀린 이야기가 얼마나 많은지 남자들의 수다가 끝이 없어. 수다라기보다는 그냥 마음속에 있는 말(누구에게 쉽게 전하지 못 하는 말)이지. 듬직이는 아직 시간이 많아 정말 좋은 관계로 자리매김하는 친구들이 있을 거야. 한국이든 프랑스든. 그리고 친구라고 꼭 나이가 같아야 된다고 생각하지 마. 나이는 말 그대로 숫자에 불과해. 많든 적든 나이에 상관없이 마음만 이어진다면 얼마든지 친구가 될 수 있어.

할머니가 미르 누나 맛있는 거 사주라고 십만 원을 주셨어. 내일 엄마가 누나 만나러 서울 가서 용돈으로 준대. 내일은 토요일 그리고 일요일, 쉬는 시간이 그래도 많겠구나. 특식이 나올 수도 있겠고. 초코파이 받아먹으려고 혹시 교회 가는 것은 아니니? ㅎ 내일 통화하려면 아빠랑 해라. 엄마는 서울 나들이라 어려울 수 있어.

그리고 필수 부탁 사항 하나 더 추가한다. 할아버지께서 너를 굉장히 걱정하고 있어. 아빠가 잘 지내고 있다고 전했지만 아무래도 너의 목소리를 듣고 확인하고 싶으신 게지. 아빠에겐 생략해도 되니까 꼭 할아버지 댁에 건강하고 씩씩하게 생활하고 있다고 전화해라. 날씨는 여전히 흐린데. 내일(토)부터는 다시 더위가 이어진다고 하네. 듬직하게 군 생활 잘하고 있어서 아빠가 칭찬스티커 천 개를 주어도 될 것 같아. 항상 건강 챙기고. 그나마 여유로운 주말 보내라. 사랑한다 듬직아. 또 소식 전

하마~~

　나는 위문편지를 최소한 하루에 한 번, 시간이 될 때마다 썼다. 아내는 인터넷 편지로는 대신할 수 없는 그 무엇이 있다고 매일 손편지를 써서 우체국을 다녀왔다. 아들은 본인이 원하는 대학교는 가지 못했지만, 학교생활에 만족했다. 쌩떽쥐베리와 움베르트에코의 작품을 최고로 꼽던 아들은 대학에서 불어를 전공했다.

아버지

　금요일 아침이다. 나는 아침을 거르지 않는다. 아내가 토마토주스와 삶은 달걀 하나, 그리고 구운 고구마 하나를 식탁 위에 올려놓았다. 몇 년째 이어온 아침 식단이다. 출근길은 걸어서 5분도 채 되지 않는다. 7시 30분에 교무실에 도착하면 컴퓨터를 켜고 어제 늦게 왔을지도 모르는 문서나 공람시킨 문서를 확인한다. 학생들의 등교가 시작되면 모니터에 뜨는 학생들의 온도를 확인하고 손 세정제를 두 방울 정도 뿌려주어야 한다. 어제 저녁에 자대배치를 받은 듬직이에게 전화가 왔었다. 생활하는 데 큰 불편은 없다고 했다. 내무반에 에어컨이 있어서 다행이라고도 했다. 아들은 아직도 아토피를 앓고 있다. 땀은 아토피의 적이다. 가려우면 긁게 되고 상처가 생기면 더 긁어서 피가 나고 그래서 더위와 땀을 유난히 싫어했다. 샤워를 하면 꼭 보습제를 발라야 했다. 첫 휴가는 한 달 뒤라고 했다. 며칠 지나면 일병이 된다고도 했다.
　7시 50분, 내가 아버지에게 전화할 시간이다. 싫건 좋건 아침에 통화를 하는 것은 내 몫이다. 누나들은 낮이나 저녁에 부모님의 안부를 묻곤 했다. 거의 매일 엄마가 받았는데 오늘은 아버지의 목소리가 핸드폰으로 넘어온다. 갑자기 나는 아버지의 목소리를 저장하고 싶어 재빠르게 녹음 버튼을 눌렀다.

"아범이냐?"

"예, 잘 주무셨어요? 아침은 드셨어요?"

"듬직이 자대배치는 잘 받았다니? 훈련소에서 한 번 통화하고 아직 목소리를 듣지 못해서."

먼저 손자의 소식부터 챙긴다. 장손의 외아들, 아버지는 유난스럽게 듬직이를 챙기셨다.

"예, 예상했던 대로 부산 53사단으로 갔어요. 엄마는 뭐 하세요? 몸은 좀 어떠세요? 견딜 만 하신지."

"부대 고참들이 괴롭히지는 않는지 모르겠다. 훈련보다 힘든 게 내무반 군기인데, 힘들어도 잘 버티라고 해라."

말끝이 약간 흐려진 채로 아버지는 여전히 듬직이 걱정만 쏟아냈다.

"아침은 드셨어요?"

평소와 조금 다른 가느다란 신음 소리를 들을 수 있었다.

"먹을 게 없어서 못 먹는 거 아니니까 걱정하지 말아라. 애비 잘 있다. 듬직이와 통화는 했냐? 아무리 편하다고 해도 우리 손자 힘들 텐데. 듬직이가 보고 싶다."

아버지가 흐느끼고 있었다. 처음에는 목소리가 조금 떨렸는데 울음으로 바뀌며 정확한 발음을 하지 못했다. 왜 그럴까? 그렇게 힘든 몸으로 하루하루 버티어내는 것이 고역이겠지.

"아버지, 어제 듬직이랑 통화했는데 잘 지내고 있답니다. 선임들도 좋구요. 한 달 지나면 첫 휴가를 나온다고 했어요. 휴가 나오면 바로 시골집에 갈게요. 아버지 왜 우세요? 몸이 많이 힘드시죠? 대변은 언제 보셨어요?"

"교감 승진할 수 있지? 넌 자꾸 아니라고 하던데. 애비 부탁이다. 꼭 노력해서 그 자리 한 번 올라가라."

아버지와의 통화는 맥락도 없이 이어졌다. 아버지는 한 번도 통화를 하면서 운 적이 없었다. 대부분 퉁명하거나 짜증이 묻어 있는 어투였기에 아침마다 오히려 내 마음을 다스려야 했었다. 그런데 아버지가 흐느끼고 있었다. 흐느낌 때문에 목소리마저 잠겨 있었다.

"아버지, 힘드시더라도 잘 견디시구요. 제가 한 번 요양병원 알아볼게요. 집에서 있으면 힘들 때 바로 응급처치를 할 수가 없어요. 그리고 일요일에 집사람이랑 갈게요. 그때 자세한 이야기를 해야겠어요. 저 지금 학생들에게 가봐야 해요."

"요양병원이라고! 거기라고 내 병을 완치시킬 수 있겠냐? 걱정 말아라. 아버지가 생각해 보마. 너도 마음 단단히 먹고 애비가 하라는 대로 해라. 집안 종중 모임에도 가능한 거르지 말고. 그리고 담배는 꼭 끊어라. 학교는 모든 곳이 금연 구역이라 하던데. 아니, 건강 해친다. 너 결핵 앓아서 폐가 정상인보다는 좋지 않을 거야. 애비 부탁이다."

"네, 알았어요. 시도해 볼게요. 저 급해서 이제 갑니다. 토요일에 가요."

전화를 끊고 복도를 지나 교실로 걸어가며 아버지의 흐느낌 소리가 귀에서 맴돌았다. 꾹 참았던 눈물 한 방울이 또르르 흘러 마스크 위로 떨어졌다.

*

나는 대학교 2학년을 마치고 도망치듯 군에 입대했다. 87항쟁을 마치고 선배들이 문과대학 학생회장에 출마하라고 강력하게 권유했지만 도저히 자신이 없었다. 당시 총학회장이나 문과대회장은 지명수배가 내려지는 게 당연한 일이었고 대부분 짧은 옥살이를 했다. 그러기에는 내 정신적 무장이 덜 되어 있었는지도 모른다. 나는 증평 훈련소에 현역으로 입대하여 6주간 훈련을 받았다. 물론 힘들었지만 각오한 일이라 견뎌냈다. 퇴소식 전날 내무반장은 훈련병들에게 자대를 알려주었다. 나는 전투경찰로 차출되어 충주에 있는 경찰학교에서 2주간 더 교육을 받아야 한다고 했다.

전경이라, 내가 대학교 때 가장 싫어하는 직업이 경찰이었지만 방법이 없었다. 더 걱정되는 것은 내무반 군기였다. 현장에서 시위를 막으려면 군기를 잡을 수밖에 없다고 들었다. 그도 그럴 것이 여기저기에서 돌들이 화살처럼 쏟아지고 화염병이 날아와서 폭탄처럼 터지는 상황이 오면 일선에서 막아내야 했고, 또한 대원 중에 큰 부상이 없어야 했다. 시위대에 밀리는 날이면 내무반 단체 얼차려가 이어진다고 들었다. 하지만 나는 이 운명을 받아들여야 했다. '이럴 줄 알았으면 인식이처럼 공군으로 자원 입대할 걸.' 뒤늦게 후회했다

중앙경찰학교에서 2주간 교육을 받고 나는 충남 청양경찰서 5분 타격대로 자대배치를 받았다. 조그만 시골에서 시위를 막을 일이 없다고 서울 기동타격대로 가는 동기들이 다들 부러워했다.

경비과 소속의 순경이 대전역까지 나를 데리러 왔다. 가는 길은 참 멀었다. 공주에서도 굽이굽이 산길을 돌아 한참을 갔다. 11월, 날이 어두워질 무렵에야 청양경찰서에 도착했다. 나는 긴장의 끈을 놓지 않았다. 어디든 막내로 가면 혹독한 신고식이 있을 거라고 했다. 순경이 내무반을 열고 나를 세웠다.

"충성!"

경찰은 구호가 충성이었다. 이미 경찰학교에서 배웠다. 내무반에 있던

모든 전경과 의경의 시선이 나에게로 집중되었다.

"신입 왔다. 낯설 텐데 괜히 겁주지 말고 잘 챙겨줘라. 야, 김인태 상경! 네가 최고참이니까 특별히 신경 써라."

최순경은 빙그레 웃으며 상투적인 어투로 말했다.

"아이고 최 순경님, 얼마나 기다렸던 막내인데. 걱정 마시고 퇴근하세요."

전투경찰은 현역병과 계급 명칭이 달랐다. 보통 현역 부대에서는 이병, 일병, 상병, 병장으로 이어지는데, 전경은 이경, 일경, 상경, 수경으로 계급이 나누어져 있었다. 최고 고참이 상경이라! 그렇다면 왕고참이 수경을 달고 제대해야지만 내 아래로 막내가 오는 것이다. 아찔했다. 최순경이 나가고 김상경이 침상에 앉으라고 했다. 나는 빠르고 정확하게 배낭을 메고 1층 침상에 앉았다.

'쫙', 바로 따귀가 날아왔다. 별이 빛나며 안경이 출입구 쪽으로 날아갔다. 휘청거렸던 몸을 재빠르게 추슬러 일어섰다.

"이 새끼가 앉으라 한다고 바로 앉아? 여기가 니들 안방인 줄 알아? 훈련소에서 그렇게 가르치던!"

"시정하겠습니다!"

나는 반사적으로 곧게 서며 외쳤다. 나중에 알았지만, 반대편 침상을 사용하던 의경이 안경을 가져다주었다.

"이상경님! 안경 깨지면 어쩌려구요. 살살 해요. 가뜩이나 쫄았을 텐데."

나는 그 의경이 주워온 안경을 끼지 않고 침상에 그냥 두었다. 바로 다시 날아올지 모르는 손에 안경을 보호해야 했다.

"야 정의경, 너는 꺼져. 어디 의경이 전경한테……."

어렵게 저녁 식사를 하고 내무반에 앉아 있었다. 출입문 왼쪽으로는 전투경찰이, 오른쪽으로는 의무경찰이 내무반을 같이 사용했다. 2층 침상으로 되어 있었는데 고참들은 2층 침상을, 낮은 계급은 1층 침상을 쓰고 있었다. 2층 의경 침상에는 고참들만을 위한 텔레비전이 하나 있었다.

"야, 막내 재워라. 뒤로 눕는다 실시!"

"실시!"

어쩔 수 없이 또 누웠다. 그러자 어두운 그림자가 내 곁으로 접근했다. 또 맞겠구나 싶어 잔뜩 긴장하면서 자동적으로 몸을 경계 태세로 전환하여 앉았다.

"잘 들어. 군인이라 조금 특별해도 여기도 다 사람 사는 곳이야. 가능한 한 빨리 분위기 파악하고 처음만 조금 고생하면 돼. 나는 황대우 상경이다. 먼저 고참들 이름을 외워야겠지. 내가 침상별로 종이에 다 썼으니까 내일까지 외우고. 반대편 의경들은 신경 쓰지 마. 아무리 고참이라도 우리랑 차원이 다른 애들이거든. 나머지는 천천히 가르쳐 줄게."

나중에 알고 보니 황대우 상경은 부산 고신대 재학 중에 입대한 신학생이었다. 나는 잠을 잘 수가 없었다. 텔레비전 불빛을 이용해 써준 이름을 모두 외웠다. 9명의 이름을 머리에 담는 것은 어렵지 않았다. 사실 얼굴까지 겹쳐서 외워야 하지만 어쩔 수 없었다. 11시가 넘었을까? 온종일 차를 타고 오는 길이라 피곤했지만 내 머리는 더욱 예민하게 날카로워졌다.

"야, 강희민! 민지네서 라면 두 개만 끓여 가져와라. 장부에 달아놓고."

아까 내 뺨을 때렸던 이상경이었다. 강희민 일경은 1층 침상에 있었다. 벌떡 일어나더니 내무반 문을 열고 나간다. 조금 전에 전해주었던 종이에는 강희민 일경이라고 적혀 있었고 바로 내 선임이었다. 내무반 문을 열고 나가는 뒷모습이 훤칠한 키에 날렵하기까지 했다. '같이 나가야 하는 거 아닐까?' 그런데 무작정 강일경을 따라가다가 또 맞을 것 같았다.

"강일경 따라가야지. 이젠 희민이도 막내 면했네. 가서 라면 그릇 국물 흘리지 말고 잘 들고 오고."

황상경이 이층 침상에서 일부러 크게 나에게 말했다.

"네, 알겠습니다!"

초속으로 일어나 실내화를 신었다. 그리고 내무반 문을 열었다. 아직도 경찰서 일부 건물에는 불이 환했다. 아니 시끄러운 소리도 들렸다. 나는 뛰어가며 강일경을 불렀다.

"강일경님! 강일경님!"

"너도 나가라고 했구나. 그럼 빨리 와."

민지네 집은 경찰 초소 앞에 있는 조그만 문방구였다. 20미터 위쯤에 청양 초등학교 정문이 보였고 마주 보는 자리에 청양경찰서가 있었다. 국민학생들만 상대한다면 9시도 되기 전에 문을 닫았을 것이다. 가로등이 환해서 민지네 문구 주변을 바로 볼 수 있었다. 경찰 입초에서는 김지환 일경이 근무를 섰다. 조금 늦은 시간이라 밖에 나와 있지 않고 초소 안에서 앉아 지나가는 사람들을 보았다. 김부환 일경은 강희민 일경의 유일한 동기이다.

"충성!"

"라면 가지러 가는구나? 희민이 막내랑 같이 가네."

까무잡잡한 얼굴로 콧날은 낮았으며 입술은 두터웠다. 인상이 편해서 살짝 마음이 놓였다.

"어리둥절하지? 내일은 토요일, 오후에 비교적 한가하니까 이것저것 빨리 알아야 할 것이 많아. 내일 창고에서 보자. 긴장은 놓지 말고."

강일경은 곁을 종종걸음으로 따르는 나에게 조심조심 말을 이었다.

"네, 알겠습니다."

"내무반에서만 빼고 내겐 큰 격식 차리지 마. 너를 챙겨주는 막내 선임이니까."

"네, 알겠습니다."

강일경은 성큼성큼 민지네로 들어갔다. 가게 한 켠에 자리 잡은 아주 작은 테이블에 이미 취기가 오른 두 남자가 소주를 마시며 구운 오징어를 씹고 있었다.

"이모, 끓인 라면 두 개요. 불면 안 돼요."

민지 아줌마가 뒤에서 긴장이 가득한 눈빛으로 따라오는 나를 본 모양이었다.

"막내 온다고 한 달 전부터 이야기하더니 오늘 왔나 보네. 얼마나 기다렸어? 희민이 좋겠다."

아주머니는 눈이 컸다. 뽀얀 피부에 서글서글한 눈매, 40대 초반으로 보이는 호감이 가는 얼굴이었다. 얼마나 내 소식이 회자되었으면 이 가게에서도 알고 있을까. 9명밖에 되지 않는 타격대 대원들이었기에 가능하다는 생각이 들었다. 민지네는 국민학생 문구도 팔았지만 주로 경찰서와 관련된 손님들이 많았다. 민원 업무를 보러 오는 사람들이 바카스 한 박스를 사 들고 경찰서로 향했고, 때로는 유치장에 면회 오는 사람들이 먹거리며 간단한 생필품을 샀다. 그리고 저녁에는 마른안주에 소주 한 잔이 가능했다.

라면 두 그릇을 가져다주고 다시 빈 그릇을 개수대에 씻어서 민지네 평상에 놓은 다음 선잠이 들었다. 1시, 3시, 5시쯤 누군가 조용히 나가고 들어왔다.

6시, 강 일경이 살짝 내 옆구리를 찔렀다. 이미 깨어 있어서 바로 일어났다. 아직 2층 침상 선임들은 잠 속에서 헤어 나오지 못하고 있다. 먼저 선임들의 군화를 들고 바로 내무반 옆 창고로 들어갔다. 창고에는 여러 잡동사니들이 곳곳에 놓여 있었다. 구두약, 솔, 까맣게 얼룩진 천 조각, 목욕탕 의자, 일반 철 의자, 녹슨 캐비닛과 철로 된 책상, 그리고 모퉁이에는 야구방망이 두 개까지……. 나는 군화 닦는 것을 보았다. 물광이라고 했다. 그냥 자세히 지켜만 보란다. 곧이어 황상경이 들어왔다.

"희민아! 쟤 워커 닦는 것은 천천히 연습시키고 오늘은 경찰서 직원 명단 줘서 외우게 시켜야지. 빨리 익혀야 입초 근무를 할 수 있잖아. 그리고 군화는 내가 닦을 테니까 정상경 옷 다려라. 오늘 외출 있다더라."

그리곤 경찰관들의 근무 과와 직급, 이름을 빼곡하게 쓴 노트를 나에게 건네주었다.

"이 명단 빨리 외워라. 그리고 월요일 아침부터 토요일 아침까지 출근 시간에 입초에 꼭 나와야 한다. 이름하고 얼굴을 일치해서 알고 있어야 하니까."

"네, 알겠습니다."

나는 시선을 어디에 둘지 몰랐다. 군화를 닦고 있는 황상경의 손짓을 보아야 하는지, 이름을 외우며 창고에 있어야 하는지, 아니면 다리미질을 하러 가는 선임을 따라가야 할지 엉거주춤 서서 고개만 좌우로 돌렸다.

"막내는 가능한 내무반에 있어야지. 괜히 또 한 소리 듣는다. 희민이 따라가라."

황상경이 구둣솔로 군화를 털어내며 툭 건넸다. 두근두근 가슴을 쓸어내리며 내무반 문을 열었을 때, 무언가 날아와서 나의 이마를 때렸다. '쨍그랑' 알루미늄 재떨이였다.

"야 이 새끼야! 고참 재떨이에 담배꽁초 쌓였으면 빨리 비워야지, 정신을 어디에 두고 다니는 거야!"

김상경의 목엔 핏대가 선명했고 거칠게 눈을 부라리고 있었다.

"시정하겠습니다."

나는 곧바로 내무반 바닥에 떨어진 담배꽁초를 주웠다. 그런데 아무리 보아도 꽁초는 하나뿐이었고 담뱃재의 흔적이 있는 휴지조각만 보였다. '시정하겠습니다'라고 말은 했지만 무엇을 어떻게 해야 할지 몰랐다. 무조건 재떨이를 가지고 내무반 밖으로 나왔다. 무엇부터 배우고 어떤 일부터 해야 할지 내 머리가 굳어가기 시작했다.

"군기 잡으려고 그러는 거야."

강일경이 뒤에서 어깨를 쳤다. 이번엔 나를 내무반 옆 귀퉁이로 데리고 갔다. 담장 아래는 이가 빠진 것처럼 보도블럭이 불규칙적으로 놓여 있었고 그 사이로 잡초들이 듬성듬성 기웃거리고 있었다. 보도블럭 틈 그리고 풀과 풀 사이로 몇 개의 담배꽁초들이 보였다. 나는 차렷 자세를 정확하게 취했다.

"힘들어도 버텨. 하지만 눈치 빠르게 행동해. 일찍 일어나면 위층 고참 침상을 확인하고 담배꽁초가 있으면 깨끗하게 닦고 물 묻은 휴지를 가지런하게 놓아서 올려놓아. 다음에 거울처럼 빛나게 군화를 닦아. 요령은 가르쳐 줄 거야. 급식실에서 아침이 준비되면 내무반에 가서 알려야 한다. 혹시 자는 고참이 있으면 조심스럽게 흔들어서라도 전해야 되고. 그리고 낮에 두 시간, 밤에 두 시간 입초 근무를 해야 해. 그냥 정문에 서 있는 것이 아니야. 경찰 직원과 민원인을 구분하기 위해 직원들의 이름과 얼굴을 외워야 하는데 그건 빠를수록 좋아. 또 직원들이 타고 다니는 차종과 번호를 외워야 한다. 민원인 차량은 입초에서 한 번 체크하고 담당 부서에 전화해서 확인해야 하거든. 참, 아침에 군복도 다려야 하는데 동기도 없이 너 혼자 왔으니 군복은 내 동기 김일경이 다릴 거야."

낮지만 정확하고 빠르게 말했다. '먼저 기상 후 침상 정리, 재떨이 확인, 군화, 창고에서 닦기, 식사 시간 전달, 그리고 경찰 직원 익히기'를 머릿속으로 되뇌었다. 그렇다면 지금은 급식실 가서 확인 후 식사 시간을 알려야 했다. 나는 강일경이 알려준 곳으로 급히 뛰었다.

하루도 안 맞는 날이 없었다. 따귀가 날아와서 결국 왼쪽 안경테가 부러졌다. 그나마 야구방망이든 주먹이든 신체 부위를 가격하는 것은 참을 수 있었다. 하지만 여러 이유를 들어 창고에 집합시켜 머리를 박고 엎드린 후 뒷짐을 지고 전진하는 것은 고역이었다. 우둘투둘한 시멘트 바닥 위를 온전히 머리와 두 다리 힘으로만 버티며 일 미터 전진할 때 머리가 짓이겨지는 통증을 이겨내야 했다. 구타를 포함한 괴롭힘은 신고식을 준비하면서 절정에 이르렀다. 엉덩이는 피멍이 들고 머리에서는 진물이 나기 시작했다. 나는 내무반을 피해 혼자 경찰서 화장실에서 설움을 토하기도 했다.

하지만 나를 챙겨주는 사람도 몇 있어 견뎌내는 데 큰 힘이 되었다. 보이지 않는 경쟁 관계에 있는 의경 막내들도, 선임 강일경과 김일경 그리고 신학대 재학 중에 입대했다는 황상경도 보이지 않게 내 편에서 움직이고 있었다. 황상경은 부러진 안경테를 본드와 고무줄을 이용하여 임시방편으로 쓸 수 있게 해주었다. 군화 닦는 요령은 강일경이, 김일경은 아침 8시부터 9시까지 입초에서 근무하며 직원들의 얼굴을 집중해서 익힐 수 있도록 최대한 배려했다. 황상경은 근무 시간에 일부러 나를 데리고 경찰서 각 부서를 돌고 직원들과 담소하며 경찰서 분위기를 파악할 수 있도록 했다. 비교적 일이 적은 경찰들은 내 고향과 출신 대학에 관해 많이들 물어보았다. 여러 번 볼수록 그만큼 익히는 속도가 빨라졌다. 말투, 걸음걸이, 눈빛, 복장, 헤어스타일을 통해 일주일도 채 되지 않아 직원 모두를 구분했다.

나의 정문 입초 근무는 낮이나 밤이나 항상 1시에서 3시였다. 밤에는 그 시간을 모두 꺼렸다. 겨우 수면에 취했다가 바로 일어나 입초 근무를 서는 것이 쉽지 않았다. 나는 라면을 끓이는 등 잦은 심부름으로 일찍 취침하기가 어려웠다. 문제는 새벽 3시에 근무를 마치고 교대를 위해 고참을 깨우면 대부분 선임들이 근무교대에 응하지 않는 것이었다. 나를 챙겨주었던 고참들의 근무 시간은 이르거나 아니면 새벽 5시 이후였다. 내무반에 들어가 두 번째쯤 깨우면 눈을 부라리거나 더러는 욕을 하는 선임도 있었다. 그러면 내 근무가 5시까지 이어졌다. 밤 12시까지 수발을 들다가 근무교대를 하면 새벽 5시까지 꼼짝없이 입초를 지켜야 했다. 때론 너무 졸려서 입초에 앉아 졸다가 지나가는 고양이 소리에 화들짝 놀라 '충성'을 외치기도 했다. 낮에 강제 취침을 두 시간 정도 하는 것이 고작 평균 수면시간이었다.

일요일을 앞둔 목요일, 점심 식사를 마치고 황상경이 따로 나를 불렀다.
"첫 휴가는 아직 멀었고, 언제든지 주말에 면회는 가능하다. 이번 주 일요일 면회 오라고 해라. 일단 네 안경부터 새로 사야 하니까. 내가 공중전화기까지 같이 갈게."
갑자기 눈물이 날 뻔했다. 엄마 얼굴이 떠올랐다. 입대하는 날 맨발로 대문 밖을 나와 울음을 쏟아냈던 엄마! 목소리조차 그리운 엄마가 머릿속에서 맴맴 돌았다. 하늘을 보았다. 시리게 파란 초겨울 하늘이 너무 슬펐다. 황상경이 곁에 있는 채로 공중전화 수화기를 들었다. 어떻게 아셨는지 청양경찰서에 근무하는 것을 알고 있었다. '네 그렇습니다', '네 알겠습니다', '아니오! 괜찮습니다' 등이 대답의 대부분이었다. 일요일 일찍 출발해서 온다고 했다. 나는 마지막으로 안경테가 부러졌다고 전했다.
일요일, 아침 근무를 5시까지 하고 나는 조용히 군화를 들고 강일경과 함께 창고로 갔다. 원래 일요일은 군화를 닦지 않는 날이지만 휴가, 외출, 외박, 목욕, 이발 등을 하러 경찰서 밖으로 나가는 선임들의 군화는 더 빛나도록 물광을 열심히 내야 했다. 먼저 굵은 솔로 먼지를 털어내고 다시 가느다란 솔로 곳곳 미세먼지를 제거한 다음 구두약을 굵은 솔에 묻혀 가죽의 결에 따라 잘 닦아준다. 그리고 다시 가는 솔로 빠르게 광을 낸다. 코라 불리는 군화 앞부분이 가장 신경 쓰이는 부분이다. 깨끗한 흰색 얇은 천에 살짝 구두약을 발라 여러 번 문지르면 구두약이 덧입혀진다. 그리고 미지근한 물에 천을 적셔 검지를 이용하여 힘을 주어 닦는다. 마지막으로는 힘을 빼서 긁힘 자국이 하나도 없고 윤기가 탱탱해질 때까지 닦아야 한다. 실패하면 처음부터 다시 시작했다. 정상경은 유난히 군화 상태에 예민해서 더 정성을 기울였다.

 아침을 먹고 경찰서 옥상 위에 모포를 널었다. 한 시간 뒤에 한 번 뒤집어 널고 또 한 시간이 지나면 모포를 턴다. 나와 김일경, 강일경, 황상경이 두 명씩 짝을 이루어 터는데 역시 요령이 필요했다. 두 명이 모포의 모서리 끝을 휘감아 잡고 팽팽하게 한 다음 동시에 하늘로 올렸다 내려놓으며 모포의 모든 실오라기를 최대한 자극하는 것이다. 그 동작에서 균형이 맞으면 '딱' 소리가 난다. 그럼 미세한 먼지들이 날아간다.

 옥상에서 모포를 털어 각을 잡아 내무반 침상에 정리하고 있을 때 전화가 왔다. 전화 받는 것도 전·의경 막내의 몫이다. 어떤 순간이든 뛰어가서 '예 타격대 대기실입니다. 무엇을 도와드릴까요?'를 반복한다. 입초에서 걸려 온 전화였다. 최고참 김상경이었다. 아버지로 불리는 선임이라 밤 근무는 하지 않았고 낮 근무만 원하는 시간에 두 시간 한다. 나에게 면회 신청이 왔으니 군복을 깨끗하게 입고 나오라고 했다. 드디어 십 주 만에 엄마를 볼 수 있고 안경을 바꿀 수 있다. 무엇보다 내무반에서 해방이다. 그리고 삼겹살을 먹을 수 있다.

외출 신고 요령은 미리 황상경이 알려 주었다. 총 8명의 선임이 있었는데 일요일이라 내무반에만 있는 것은 아니다. 정상경은 민지네로 라면을 먹으러 나갔고, 황상경은 친한 의경과 함께 경찰서 유치장에서 담소를 나누러 갔었다. 빨리 군복을 갈아입고 내무반에 있는 선임들에게 외출 신고를 시작했다. 이상경에게 '충성'을 하자마자 위층 침상에서 내려왔다.
"손 내려 이 새끼야!"
그리고는 내 가슴을 '퍽' 소리가 나도록 힘껏 때렸다. 나는 흔들리는 몸을 얼른 곧추세워 다시 바른 자세를 취했다.
"겨우 3주밖에 안 됐는데 면회를 와? 왜, 탈영이라도 하려고? 겁 없는 새끼!"
'철썩', 이번엔 따귀를 때렸다.
"너 이 새끼, 면회 갔다 와서 보자. 빨리 꺼져!"
순간 내 머리는 빠르게 회전했다. 면회 끝나고 복귀하면 창고에서 죽도록 털리겠구나. 공포가 엄습했다. 그래도 선임들에게 차례로 외출 신고를 했다. 라면을 먹고 들어온 정상경도 신고를 하는 내내 나를 쩨려보았다.
"너 복귀할 때 무엇을 들고 오는지 보겠어. 누가 면회 신청할 수 있다고 했어?"
때마침 유치장에서 황상경이 돌아와 있었다.
"정상경님, 내가 시켰어요. 훈련소, 경찰학교, 경찰서, 꽤 시간이 흘렀잖아요. 얼마나 보고 싶겠어요. 너무 군기 잡지 마세요. 밖에서 한참 기다리겠다. 서둘러!"
황상경은 눈짓, 손짓으로 빨리 나가라고 재촉했다. 나는 김일경, 강일경까지 신고를 끝낸 후 내무반을 나와 정문으로 뛰다시피 걸었다. 그리고 정문에 근무하는 최고참에게 마지막으로 외출 신고를 했다. 씩 웃고는 있었지만 탐탁지 않은 표정을 읽어냈다. 어두운 그림자가 회오리처럼 머릿속에서 요동치기 시작했다.

공포와 서러움이 겹친 신고를 끝내고 고개를 돌려 기다리던 가족의 얼굴을 확인하자마자 눈물이 볼에서 코와 입으로 흘러 군복으로 떨어지기 시작했다. 아버지 얼굴을 보며 눈물을 참으려 했지만 내 의지와 상관없이 하염없이 흐르는 눈물을 어떻게 할 수가 없었다. 민지네 가게 아줌마가 빼꼼 출입문을 열고 나를 보았다. '눈물을 선임에게 보여주면 안 된다. 그러면 오늘 밤이 더 힘들어질 수 있어.' 그 생각만 하고 무조건 경찰서 네거리까지 앞만 보고 걸었다.

가족들은 말없이 그냥 내 뒤를 따랐다. 나는 엄마, 아버지, 셋째 누나, 여동생이 왔다는 것을 확인했다. 고향에서 청양으로 오는 길은 쉽지 않은 여정이다. 시골집에서 첫차를 타고 영동역으로, 영동역에서 기차를 타면 대전역에서 하차해야 했다. 그리고 역에서 청양으로 가는 직행버스를 이용하기 위해 시내버스에 몸을 맡겨 대전 서부터미널까지 가야 했다. 가장 힘든 구간은 청양행 버스에 자리를 잡고 공주를 거쳐 오는 시간이었다. 아버지는 멀미가 심했다. 그래서 가능한 직행버스를 타지 않으려고 하셨다. 게다가 겨울의 직행버스는 석유 냄새가 역하게 섞인 온기를 내뿜었다. 더러는 버스 안에서 담배를 피는 사람도 있었다. 그리고 공주를 지나 청양까지 꼬불꼬불 경사가 심한 산모퉁이가 셀 수 없을 정도로 많아 울렁거림을 대비할 비닐봉투가 필요했을 것이다.

"너 진짜 많이 힘들구나. 그래도 점심은 먹어야지. 뭐 먹을까?"
네거리를 돌자 누나가 어깨를 다독이며 말을 건넸다.
"오빠! 왜 안경을 고무줄로 묶었어?"
아직 대학교 1학년 여동생은 군 문화에 대해 아는 것이 별로 없었을 것이다.

"농구하다가 부딪혔어."

"그래도 점심은 먹어야지. 어떤 거 먹고 싶어?"

누나는 여전히 등을 도닥이며 내 감정이 가라앉길 기다렸다.

"냉면."

그냥 아무 생각 없이 튀어나온 메뉴였다. 겨울로 들어가는 11월 말, 왜 나는 냉면을 선택했을까? 냉면은 한 철 장사였다. 여름만 되면 많은 식당에서 냉면, 콩국수, 막국수와 같은 사이드 메뉴를 플래카드로 만들어 식당 한 귀퉁이에 내걸었다. 하지만 11월에 냉면 전문집을 찾기는 어려웠다. 사정하여 갈비를 먹고 후식 냉면을 주는 식당을 찾아갔다.

조금 이른 점심이라 식당은 휑하니 비었다. 자리에 앉아서도 한동안 서로 오가는 말이 없었다. 누나와 동생은 갈비를 굽기 시작했다. 지글지글 갈비 굽는 달콤한 냄새도 내 미각을 살려내지 못했다. 내 눈에는 여전히 그렁그렁 눈물이 고여 있었고 한없이 무너져내리는 내 몸조차 지탱하는 것도 힘들었다. 내 앞에 냉면 한 그릇이 왔다. 할 수 없이 젓가락을 들고 냉면 면발을 섞다가 다시 뚝뚝 냉면에 눈물을 떨어뜨리고 말았다. 엄마도 손수건으로 계속 눈물을 훔치셨다. 동생과 누나만 갈비 몇 점을 입에 넣었다. 십 분이나 지났을까.

"힘들지?"

그때서야 비로소 식당 창밖을 응시한 채 말을 건네는 아버지를 보았다. 멀미 때문에 아직도 창백한 얼굴.

"몸으로 때우는 훈련소보다 자대가 훨씬 힘들 거야. 애비가 빽이 있어 더 편한 부대로 보냈으면 좋으련만. 선임들 눈에 어긋나면 안 된다. 무조건 버텨야 한다. 많이 맞기도 하고 기합도 받고 그럴 때다. 두 달 정도만 견뎌내면 너도 적응이 될 것이고 시간이 약이다. 그리고 고기도 먹고 냉면도 먹어라. 부대에 들어가면 분명히 후회할 거야."

 아버지가 소주 한 잔을 들이켰다. 날씨가 흐려지더니 얼마 지나지 않아 첫눈이 내리기 시작했다. 몸살기가 돌았다. 스산한 겨울바람에 휘날리는 진눈깨비가 이토록 싫은 적은 없었다. 창밖 식당 주차장에 감나무 한 그루가 흩날리는 눈발에 떨고 있었다. 까치밥으로 남겼을 빨간 홍시 하나가 지나간 가을의 끈을 놓지 않으려 나무를 붙잡고 휘청 흔들렸다. 나를 보는 것 같았다. 아버지는 급하게 소주 한 병을 다 마셨다. 주문했던 갈비가 절반이나 남았지만 아무도 석쇠 위에 갈비를 올리지 않았다.

 마음이 급해져서 서둘러 식당을 빠져나왔다. 안경점에 들러 안경을 주문했다.

 "필요한 게 있을 거야. 안경은 한 시간 뒤에 찾으러 오니 빈 시간에 빨리 사자."

 안경점을 나오자 누나가 눈을 털며 말했다. 진눈깨비가 휘날려 누나의 외투에 앉았다가 바로 사라졌다. 나는 정신을 가다듬었다. 황 상경이 외출 후 선임들을 위해 사올 것이 있다고 정리를 해 주었는데 성인 잡지 한 권, 껌 두 통, 담배 두 갑 정도에 혹 가능하다면 치킨 두 마리였다. 슈퍼에서 껌 8통, 담배 한 보루, 양주 시바스 리갈 한 병을 샀다. 시바스 리갈은 아버지가 골랐다. 나는 그때까지 양주를 한 모금도 마시지 않았고 양주 이름은 더구나 몰랐다. 많이 사 왔다고 혼내진 않겠지. 빨리 치킨을 주문해야 했다. 양념과 후라이드를 합쳐 치킨 4마리가 내 동생 손에 들려졌다.

 안경을 찾고 경찰서로 발을 옮겼다. 영하의 날씨에 벌벌 떨면서도 내 몸은 천근만근 늘어져 있었다.

 "따뜻한 차 한 잔 하고 복귀해라."

 아버지가 경찰서 앞 네거리에 있는 지하 다방으로 이끌었다. 난로 옆에 앉아 크림과 설탕 두 스푼 넣은 커피를 마셨다. 온기가 전해지자 몸이 녹기 시작했다. 누나와 동생은 산 물건들을 들고 가기 편하게 천으로 만든 큰 가방을 준비해서 정리하고 있었다.

"죄송합니다!"

목구멍에서 그나마 나온 나의 한 마디였다.

"오빠 괜찮아, 가족이니까. 얼마나 힘들면 그러겠어. 그런데 오빠 혹시 나쁜 생각하고 있는 것은 아니지?"

물건을 정리하던 여동생이 조심스럽게 말을 건넸다. 그때 아버지, 엄마, 누나의 시선이 갑자기 나에게로 쏟아졌다. 따뜻하게 감싸 쥐고 있던 커피잔에서 손을 뗐다. 오늘 내가 보여준 모습을 생각했다. 시름 보따리를 한 아름 던져주었을 것이다. 너무 미안했다.

"그런 건 아니야. 처음이라 그래. 나 챙겨주는 좋은 선임들도 있어. 걱정하지 마."

정말 힘을 주어 크게 말하려 했지만 쪼르르 나지막하게 흘러나왔다. 그 말을 듣고 아버지는 따로 준비한 가방을 풀었다. 언제 어떻게 가져왔는지 나는 아버지가 들고 온 가방에 시선이 닿은 적이 없었다.

"이건 내의 두 벌 그리고 속옷, 양말이다. 내가 영동 경찰서에 가서 전경들을 만나봤다. 전경들은 군복을 빼면 다 사제 것을 쓴다고 하더라. 내의랑 양말은 두툼할 거야. 최고 좋은 것으로 골라 샀다. 근무할 때 꼭 챙겨입고, 동상 걸리지 말고……."

훅 가슴에 물컹한 무엇이 솟구쳐 올라 심장을 뚫고 들어가 용솟음쳤다. 찻잔을 꼭 부여잡은 손가락이 파르르 떨렸다.

"이제 들어가야 해요."

종이 가방이 세 개나 되었다. 가족들은 다방을 빠져나와 경찰서까지 물건을 들고 따라왔다. 민지네가 저만큼 보였다. 민지 엄마는 진눈깨비로 쌓인 평상을 쓸고 닦았다. 정말 다행스럽게도 초소에는 황상경이 근무하고 있었다.

"이제 돌아가세요. 저 혼자 갈게요."

십 미터나 남았을까? 아버지가 내 호주머니에 봉투를 하나 찔러 넣었다.

"십만 원이다. 먹고 싶은 것도 눈치껏 사 먹고, 선임들도 챙기면 좋아할 거야."

당시 담뱃값이 오백원이었다.

나는 내무반에 들어가 복귀 신고 후 종이가방 두 개를 풀어 강일경과 김일경에게 주었다. 그날 밤 내무반을 가득 채운 얼큰하게 취한 선임들의 웃음소리를 들으며 나는 아버지를 떠올렸다. 나는 두고두고 그 첫 면회의 아픈 기억을 잊을 수 없다.

눈길

대학교 졸업을 앞둔 12월, 평소 따르던 교수님이 나를 따로 연구실로 불렀다. 지역 대기업에서 특채를 원한다는 전화를 받았다며 H사에 입사할 것을 권하셨다. 난 이미 임용시험을 보았지만 합격할 확률이 높지 않았다. 떨어지면 임용 재수를 해야 했다. 재수를 한들 합격한다는 보장이 없었다. 대기업의 급여를 예측할 수 있었고 하는 일은 홍보팀에서 회사 홍보와 아울러 사보를 만드는 일이었다. 생활영어를 구사할 수 있다는 것이 플러스 요인이 되었다. 삼일 정도 갈등하다가 나는 원서를 제출했고 서산에 있는 H석유화학에서 면접을 보았다. 질문을 받아보니 떨어뜨리려는 것이 아니라 형식적인 면접임을 알 수 있었다. 바로 합격통지서를 받고 일주일이 채 되지 않아 큰 가방을 하나 들고 회사 기숙사로 들어갔다. H사 사원이 된 것이다.

일주일은 그냥 출퇴근이었다. 홍보관에서 리플릿을 보며 자료들과 미리 준비된 PPT를 연결하여 매끄럽게 홍보하는 연습만 하루에 두 번씩 했다. 나프타, 에틸렌, 프로필렌, 부타디엔 같은 낯선 단어들을 외워야 해서 문과생에게는 고역이었지만 비교적 단순했기 때문에 며칠 되지 않아 홍보관 현장에 투입되었다.

또 하나의 단순 노동이 바로 주어졌다. 신문 경제면에 올라온 기사들을 스크랩을 해야 했다. 주로 우리 회사 기사를 오려 붙였지만, 경쟁사인 S정밀화학의 기사도 반드시 챙겼다. 그리고 이 주일이 지나면서 조금 더 창의적인 일들이 내 몫으로 왔다. 매월 발간하는 사보를 제작하는 팀에 투입된 것이다. 서울 계동에 있는 사옥을 오가며 회사 소식을 빠르게 받아야 했고, 사원들의 집에 가 인터뷰를 하고 사진을 찍고, 하청 업체 한 곳을 선정하여 사진기와 녹음기를 가지고 갔다. 인사팀에서 선정한 매달 우수사원도 챙겨서 소개하는 지면도 채웠다.

서울대, 연·고대 졸업생이나 갈 수 있다는 대기업에 취직을 했으니 아버지에게는 내가 동네의 자랑거리였다. 첫 사보가 출간되고 음력설이 코앞이었다. 반듯한 양복을 입고 누가 주었는지도 모르는 선물 보따리 몇 개를 안고 고향 집에 갔을 때, 아버지의 입가에 웃음이 떠나지 않았다. 친척들이 모인 차례상 앞에서도, 세배를 하겠다고 찾아온 동네 어른들에게도 내 자랑을 잊지 않았다.

한 달이 지나자 어렴풋이 회사의 윤곽이 보이기 시작했다. 총무팀이 쓰는 사무실에서만 오십 명 정도의 직원들이 자기 책상을 갖고 있었다. 인사팀도 있었고 법무팀도 함께 사무실을 사용했다. 완벽하게 수직적인 자리 배치였다. 맨 앞에는 타이핑, 복사 등 허드렛일을 하는 여사원, 둘째 줄에는 나와 같은 평사원, 그 뒤에는 대리, 과장, 차장, 부장……. 철저하게 피라미드 모양을 갖추었다. 기숙사에서 같은 방을 쓰는 인사팀 룸메이트가 조금씩 정보를 흘러 주었다. 저 사원은 연세대, 총무팀 대리는 고려대, 인사팀 차장도 고려대, 법무팀 부장은 한양대……. 숨이 콱 막혀 왔다.

'말로만 듣던 그 스카이들이 다 포진되었네.'

두려움이 몰려왔다. 그들은 대부분 공채 출신이었고, 나는 지역 할당을 위한 특채로 선발된 지방국립대 출신이었다. 선입견이었을까? 화장실이나 복도에서 만나는 직원들의 시선이 곱지 않게 느껴지기 시작했다. 아니, 무시당하고 있다는 느낌을 지울 수 없었다.

두 가지 일이 하루에 터져버렸다. 출근해서 사보 기사를 쓰고 있는데 면접할 때 잠깐 보았던 박이사가 문을 박차고 들어왔다. 그리고 법무팀 김정하 부장에게 삿대질을 하며 다가갔다.
"야, 김정하! 이 새끼야, 너 일 이 따위로밖에 못해!"
그러더니 바로 부장의 정강이를 구둣발로 걷어찼다.
"내가 상무님한테 얼마나 욕을 먹었는지 알아? 그만큼 월급 받아 처먹으면 일 똑바로 해!"
정말 순식간에 벌어진 일이었다. 나만 일어섰을 뿐 아무도 뒤를 돌아보지 않았다. 박이사가 한 바탕 욕지거리를 더 퍼붓고 간 다음에야 인사팀 이부장이 김부장을 휴게실로 이끌고 갔다. 바람도 머물지 못할 정적만이 사무실을 감쌌다. 나는 자리에서 일어나 홍보관으로 향했다. 1층에 있는 홍보관에는 회사 관계자가 오거나 견학을 오는 경우를 제외하곤 빈 공간이었다. 인사팀 룸메이트가 어떻게 알았는지 나를 따라 들어왔다. 정수기에서 냉수를 두 컵이나 마시고 의자를 찾았다.
"놀랐죠? 있다 보면 적응이 돼요. 아주 가끔 이런 일들이 일어납니다."
룸메이트는 커피 믹스 한 잔을 타서 내 곁에서 마셨다.
"다들 일하는 척하지만, 최대한 청각을 동원해서 뒤에서 일어나는 사건을 머릿속으로 면밀하게 그리고 있죠. 몇 시간 지나면 그마저도 잊어버립니다. 자기가 그린 그림을 담아 두면 그만큼 힘드니까."
"내가 H사에 관한 이야기를 언뜻 들었지만 실제로 일어날 줄은 상상도 못했어요. 직원들이 많은 자리에서 폭언과 폭행이 난무하다니, 너무 무서운데요."

"돈이 생명줄이죠. 다들 돈 벌러 대기업에 입사했잖아요. 월급이 깡패거든요. 시간이 약입니다. Money talks! 영어 전공이라 아실 거예요."

룸메이트가 떠난 뒤에도 한참 동안 홍보관을 떠나지 않았다.

점심을 거르고 오후에는 지난 금요일 방문했던 사원 탐방 맛집 자료를 정리하고 있었다. 사원 아파트에 거주하는 법무팀 김과장 집에서 닭볶음탕을 주 메뉴로 한 저녁을 먹었다. 부장님과 사모님이 이런저런 사는 이야기를 해 주었다. 자식들은 서울 이모네 집에 있다고 했다. 나는 2월 사보 회사 사원 맛집 코너에 그 이야기와 사진을 그럴듯하게 포장할 준비를 마쳤다. 그런데 여기저기서 또 웅성대는 소리가 들렸다. 새해를 맞아 인사이동 발표가 공지된 것이다. 신입사원이었고 다른 부서로 배치될 일이 없었던 나는 관심도 없었고 잘 알지도 못했다.

"아니! 동기들은 작년에 과장 승진 다 했는데, 나는 올해도 대리네. 차라리 내 책상 빼라고 그래. 지방대지만 나도 공채로 입사했어. 엿 같아서 정말 못 해 먹겠네!"

바닥으로 던진 한 뭉치의 서류가 이곳저곳에 흩어지고 있었다.

그는 유일한 대학 선배였다. 어떻게 알았는지 대학 후배가 들어왔다고 시간 내서 소주 한 잔 하자고 했던 법학과 선배 이상봉 법무팀 대리였다. 승진이 이렇게 중요한 것이구나. 어렴풋이 이해가 되었다. 결재 라인부터 문제가 생긴다. 입사 후배가 자기 상사로 근무한다면 매번 후배에게 결재를 맡고 업무 지시를 받는다. 그 불편한 동거가 시작된다면 갑과 을의 싸움은 너무 시시하고 더럽게 을의 판정패로 끝날 것이 분명했다. 그렇다면 나는? 거기까지 생각이 미치자 갑자기 사무실이 전쟁터 같다는 생각이 들었다. 보이지 않는 총기들이 여기저기서 혀를 날름거리며 사정권 안에 있는 사람들을 향해 조준하고 있었다.

'업무 능력을 포함하여 학벌과 인맥까지 필요충분조건이 된다면 몇 년이나 버틸 수 있을까? 공채도 지방대라 차별을 받는데 더구나 지역 할당 특채로 입사한 나는……'

고민이 깊어졌다. 퇴근 후 기숙사 방을 떠나지 않았다. 룸메이트는 인사팀 송별 회식에 참석한다고 했다. 불을 켜지 않고 침대에 웅크리고 앉아 퍼즐 맞추듯 생각을 정리하려 했지만 엉킨 실타래처럼 풀리지 않았다. 겨울이라 어둠이 일찍 찾아왔고 아직 가로등은 켜지지 않았다. 식당에서 석식 안내방송이 전달되었다. 같은 층 기숙사를 쓰는 사람들이 문을 여닫고 1층에 있는 식당으로 이동하는 소리가 크게 들렸다. 나는 회사에서 점심을 걸렀는데 저녁도 내키지 않아 기숙사 급식실에 가지 않았다. 배가 고픈 것이 아니라 목이 말랐다. 작은 냉장고에 생수가 있었지만 그리로 가는 길이 너무 귀찮고 힘들게 느껴졌다. 미로에서 탈출구를 찾지 못하고 갔던 길을 가다 또 막히기를 반복하고 있다는 막막함이 나를 짓눌렀다. 어쩌면 원래 탈출구가 없는 미로 게임에서 내가 헤매고 있다는 생각마저 들었다. 침대 귀퉁이엔 내 분신처럼 가방이 덩그러니 주인 얼굴을 마주하고 있다. 외로움과 두려움이 엄습했다. 서산이라는 아주 낯선 도시에 혼자 툭 떨어져 허우적거리는 내가 보였다.

그러기를 한 시간, 기숙사 사무실에서 일반전화 연결 인터폰이 울렸다. 친하게 지내던 대학교 과사무실 조교 선배였다.

"야! 너 공립 임용고시 원서 쓰면서 사립에도 한 번 원서 넣었잖아. 사립학교에서 최종 면접 대상에 뽑혔다는 연락이 왔어. 알려줘야 할 것 같아서."

나는 조용히 불을 켜고 빨래줄에 널려 있던 속옷들을 가방에 차곡차곡 넣으며 자연스럽게 퇴사를 결정했다. 룸메이트 책상 위에 '저 회사 그만두고 떠납니다'라는 메모지를 올려놓으니 숨통을 조여왔던 편두통이 사라지고 벅찰 정도로 마음이 편해져 금방 침대에 누워 잠을 청하고 싶어졌다. 얼마 되지 않는 짐들을 마저 마무리하며 대전으로 가는 차편을 떠올렸다. 서산 시내까지 가는 시내버스는 여유가 있었지만, 서산에서 대전으로 가는 직행버스는 아무리 서둘러도 막차를 탈 수 있는 시간이 되지 않았다.

'나는 지금 빨리 가고 싶은데, 그렇다면 어떻게 해야 하나?'

아버지가 늦게 구입한 중고 트럭이 떠올랐다.

먼 길이었지만 전화를 받고 아버지는 망설이지 않았다.

"여기는 눈이 온다. 얼마나 걸릴지 모르겠다. 애비가 한 번도 서산까지 간 적이 없어서, 중간에 공중전화로 엄마에게 전화해라. 애비도 그럴 테니까."

나는 기숙사와의 이별을 고하고 가방을 메고 밖으로 나왔다. 4시 30분에 퇴근했으니 벌써 두 시간이 흘렀고 밖은 차가운 어둠이 슬며시 내려앉아 빛이 없는 구석구석을 채우고 있었다. 횡단보도를 건너 오른쪽으로 3분 정도 걸어가면 시내버스 정류장이었다. 몇몇 가게는 이미 간판 등이 꺼져 있고 미용실, 다방, 노래방, 그리고 식당에서만 불빛이 흘러나왔다. 서산횟집에서 H사 마크 겨울 잠바를 입은 사람들의 고성이 겨울 정적을 깨고 질펀하게 찬 공기를 가르며 겨울 밤하늘로 허무하게 흩어졌다.

시내버스를 탔다. 출발지라 좌석은 텅 비었다. 기사는 아직 차에 오르지 않고 한 쪽 손에 종이 커피잔을 들고 밖에서 뽀얀 담배 연기를 날리며 시간을 채우고 있다. 혹시 룸메이트가 생각보다 일찍 기숙사에 입실

해서 메모지를 발견하고 나를 찾지 않을까 긴장이 되었다. 다행히 버스는 출발했고 맨 뒷좌석에 앉아 스치는 밤 풍경을 보다가 고개를 떨구고 잠 속으로 걸어 들어갔다. '덜커덩' 소리에 고개를 들어 창밖을 보니 가로등 아래로 눈이 내리고 있었다. 바람 없이 소복하게 내리는 눈을 보니 아버지의 통화가 떠올랐다. '여기는 눈이 온다', 그 소리가 머릿속에 맴돌았다. 영동에서 대전을 거쳐 공주, 청양, 예산을 통해야만 서산에 올 수 있었다. 대전을 지나면 국도밖에 없었다.

　서산 직행버스 터미널에서 버스를 확인하니 청양까지 가는 막차가 있었다. 공중전화로 엄마에게 청양 터미널에서 기다린다고 전하고 매표도 하지 않은 채 버스에 올랐다. 청양까지도 두 시간, 나는 맨 앞자리에 앉아 점점 빨라지는 와이퍼의 움직임을 응시했다. 제발 눈이 그치기를 바랬다. 운전이 직업인 기사들도 늦은 밤, 눈길 운전은 쉬워 보이지 않았다. 기온이 올라 눈이 지상에 내리면서 녹기를 간절히 기도했다. 아버지는 그 트럭으로 쌀가마니나 포도 상자를 싣고 영동 읍내에 오가는 것이 운전의 전부였을 것이다. 더구나 공주에서 청양까지는 천장호를 거쳐 오는 꼬부랑 고갯길이었다. 고향 엄마에게 전화를 걸었다.

　"엄마! 저 청양 직행버스 터미널에서 기다려요. 아버지 전화 오면 그렇게 전하세요."

　10시를 조금 지난 대합실은 을씨년스러운 추위에 떨며 행선지가 적혀진 막차와 이별하고 있었다.

　"터미널 대합실은 안 추워? 옷은 따뜻하게 잘 챙겨 입었어? 여기는 눈이 제법 내렸다. 아버지가 조심해서 운전한다고 했지만, 걱정이 크구나. 조금 전에 공주에서 출발하셨다고 전화했었다. 늦더라도 아버지 만나면 꼭 전화해라."

　시골집에서 겨울 이 시간이면 잠자리에 들어 한잠을 자기에 충분했다. 자판기에서 따뜻한 율무차 한 잔을 뽑아 한 모금도 채 마시기 전에 직원이 다가왔다.

"이제 운행할 차가 없어요. 대합실 문을 잠가야 하니 밖으로 나가 주세요."

나는 쫓겨나다시피 가방을 어깨에 걸치고 한 손에는 율무차를 들고 대합실을 빠져나왔다. 벌써 하얀 눈이 온 세상을 덮었다. 아니, 내가 본 가로등 아래 쌓인 눈은 흰색이었는데 시야를 어두운 곳으로 돌리자 회색으로 바뀌었다. 다행히 야외에도 눈을 대강 가릴 수 있는 의자가 여러 개 있었다. 의자 위에 쌓인 눈을 대충 손으로 밀어내고 앉으니 발 밑에도 눈이 제법 깔렸다. 낮이었다면 내리는 하얀 눈송이가 목화솜처럼 포근하게 세상과 조우하며 사람들의 환대를 받을 수 있지만, 지금 내리는 눈은 아버지와 엄마 그리고 나의 큰 걱정거리였다.

잠시 뒤를 돌아보니 터미널 맞은 편에 목화장 여관이 눈 속에서 희미하게 자신의 존재를 알렸다. 나는 여관에서 하룻밤 정도 잘 여비는 충분히 있었다. 서산시나 청양 읍내에서 편히 자고 내일 동이 터서 여유롭게 떠났다면 아버지도 나도 이렇게 고생할 이유가 없었을 텐데, 가만히 생각해보니 서산을 빨리 떠나 고향으로 가려는 마음이 너무 컸고 간절한 나머지 어리석게도 여관 생각을 하지 못 했던 것이다. 눈이 내리는 늦은 밤, 아버지도 아들의 연락이 다급하게만 느껴졌을 테고, 이성적인 생각을 하지 못한 채 몸이 먼저 반응해서 운전대를 잡았을 것이다.

'부는 바람에도 서로 다른 결이 있다. 따뜻한 봄바람 불듯 내리는 눈에도 어린 송아지의 눈처럼 맑은 결로 포근하게만 내려다오.'

남은 율무차를 다 마시고 가방을 열어 양말을 한 켤레 더 신고 목도리를 찾아 성냥팔이 소년처럼 돌돌 목에 감은 다음 털장갑을 끼었다. 스산한 곶감을 엮어 길게 늘어뜨린 처마 밑 실타래의 흔들림처럼 머리에서

H사의 하루가 뱅뱅 돌고 있었다. 서서히 긴장이 풀리고 몸이 한결 따뜻해지더니 까무룩 졸음이 몰려왔다.

자동차의 불빛에 눈이 부셔 부스스 눈을 떴다. 눈은 내리지 않았다. 장갑을 벗고 손목시계를 보니 새벽 2시로 가고 있었다. 아버지의 트럭이었다. 6시 전에 출발했으니 7시간 이상 눈길을 헤치고 온 것이다. 내 신발에도, 머리를 감싼 목도리에도 눈이 제법 쌓여 있었다. 아버지는 내 앞에 조심스럽게 주차를 하고 내려 나의 가방을 들었다.

"청양 읍내 다 와서 차 바퀴 하나가 얕은 웅덩이에 빠졌어. 아무리 가속페달을 밟아도 눈이 얼어서 바퀴만 헛돌고, 누군가 한 명이라도 뒤에서 밀어야 하는데 지나가는 사람이 있어야지. 비상등 켜놓고 밖에서 계속 기다렸지. 터미널까지 걸을까도 생각했는데 다행히 지나던 경찰차가 왔어."

트럭에 올랐다. 훅 열기가 밖으로 퍼지며 안경에 습기가 가득 찼다.

"네가 추울 것 같아서 히터를 강하게 틀었다. 많이 기다렸지? 몸은 꽁꽁 얼지 않았어?"

나는 아무 말도 할 수가 없었다. 아버지는 내가 왜 회사를 그만두고 도망치듯 빠져나오는지 묻지 않았다. 동네 사람들에게, 군청 직원들에게, 또 많은 지인들에게 아들의 직장을 자랑하고 다녔던 아버지였다.

아버지는 채 3분도 쉬지 못하고 다시 운전대를 잡았다. 중학교 1학년 때 영동역으로 나를 업고 가는 아버지의 등에서 맡을 수 있었던 냄새가 나의 기억을 소환시켰다.

'아, 바로 아버지의 냄새였어. 아버지에게서만 피어나는 향기!'

세상 그 누구도 범접하지 않은 하얀 눈 위로 조심스럽게 고향을 향해 떠나는 차 안에서 나의 시야는 점점 뿌옇게 흐려졌다.

아버지의 온도

6월 30일 토요일, 핸드폰이 울린 시간은 정확히 새벽 4시였다. 비몽사몽이라 등을 켜고 벽시계를 보았다. 누가 이 시간에 전화를 했을까? 분명 급한 전화일 것이라는 불길함에 발신자를 보니 엄마였다. 통화 버튼을 누르려니 가슴이 탁 막혔다. 아무리 아버지 상태가 안 좋아도 이 시간에 전화한 적은 한 번도 없었다.

"아버지가 너를 찾는다. 빨리 오너라. 아무래도 어려울 것 같다."

'아, 요양원!'

나는 어제저녁 요양원을 검색했었다. 오 남매가 비교적 쉽게 갈 수 있는 위치와 경비를 확인했고 무엇보다 인터넷에 올라온 댓글을 보았다.

급히 온 가족을 깨웠다. 가족이라야 아내, 그리고 공부를 하다 늦게 잠들었을 딸이었다. 눈물부터 왈칵 쏟아졌다. 아내의 탄식이 흘러나왔다. 나는 모든 스위치를 찾아 다 켰다. 굳이 필요하지 않은 주방등까지. 그리고 먼 데 여행을 갈 것처럼 가방을 찾았다.

"시골집 반찬 준비해 놓았지?"

"지금 무슨 반찬?. 아버님이 위독하다는데."
'그럼 무얼 가져가지?'
나는 울면서 옷장에서 옷을 여러 벌 챙겨 가방에 넣었다가 다시 꺼내기를 반복했다.
"아빠, 정신 차려요. 빨리 가서 할아버지 임종이라도 봐야 하잖아요."
속옷, 핸드폰, 지갑이 전부였다. 다시 핸드폰이 울렸다. 논산에 사는 큰누나다.
"시골에 갈 때 들러 나랑 같이 가면 안 될까?"
누나의 목소리는 깊게 떨리고 있었다. 나는 마음이 너무 급해졌다. 아버지의 목소리를 꼭 듣고 싶었다.
논산 누나집에 들러 고향으로 향하는 길, 비상등을 켜고 최대한 속력을 올렸다. '아빠 조심해! 이러다 사고 나!'를 반복하는 딸. 다시 전화벨이 울렸다. 아버지 상황이 훨씬 안 좋으니 빨리 오라는 엄마의 다급한 목소리였다. 눈물 때문에 시야가 흐려져 옷소매로 눈물을 닦았다. 그것을 본 아내가 옆좌석에 앉아 화장지를 계속 챙겨주었다.

시골집에 도착하자 안방으로 뛰어갔다. 아버지는 이미 이 세상 사람이 아니었다.
"아버지! 아버지! 아버지, 눈 좀 떠 보세요. 그토록 찾던 아들이 왔어요. 아버지!"
둘째 누나가 나를 껴안았다. 나는 아버지에게 다가가 손을 잡았다. 아직 채 식지 않은 체온, 금방이라도 눈을 뜨고 '아범 왔냐' 한 마디 하실 것만 같았다.
통곡이 시골 여름 아침을 마구잡이로 깨우고 있었다. 대전에 사는 누나와 매형, 그리고 아랫동네에 사는 작은아버지와 작은어머니가 먼저 와 있었다. 매형은 조심스럽게 아버지의 코와 귀에 솜을 채워놓고 있었다.

"십 분만이라도 일찍 오지. 아버지가 마지막까지 너를 찾았어. 듬직이도 찾았는데……."

엄마는 털썩 주저앉은 채로 허공만 바라보고 말했다. 나는 큰누나를 속으로 얼마나 원망했는지 모른다. 누나 집에 들르지 않고 바로 왔더라면…….

"미르야, 빨리 듬직이 부대에 전화해라. 할아버지 마지막 가시는 모습은 함께해야지."

나는 줄줄 늘어지는 콧물을 화장지에 풀며 말했다. 뒤이어 셋째 누나와 매형이 왔다. 아버지의 충남대학교병원 진료를 꼬박꼬박 챙겼던 누나였다.

나는 하나뿐인 아들이지만 장례 절차에 관해 아는 것이 없었다. 고향의 장례식장이라 문상차 여러 번 간 기억은 있었다. 장례식장과 통화는 길지 않았지만 직원들은 또박또박 챙길 것을 일러주며 차를 바로 출발시키겠다고 했다. 그때 듬직이 부대에서 전화가 왔다. 미르가 핸드폰을 건네주었다.

"듬직아! 할아버지가 돌아가셨어. 빨리 와."

듬직이를 끔찍하게 챙겼던 아버지를 생각하니 또 울음이 솟구쳤다. 바로 담당 장교를 바꾸어 주었다. 담당 장교는 가능한 한 빨리 듬직이를 보내겠다고 했다. 그 사이에 청주 사는 막내가 왔다. 가족이 올 때마다 새로운 통곡이 흘러나왔고 우리는 서로를 껴안았다. 끝까지 내 뇌리에서는 '요양병원'이 떠나지 않았다.

'나는 왜 요양병원 이야기를 꺼냈단 말인가? 결국 내가 편하려고 아버지에게 강요했던 것이다. 아아! 이 나쁜 놈, 죽일 놈!'

아버지의 온도__239

운구 차량은 생각보다 빨리 도착했다. 아버지의 시신을 태운 차가 읍내 병원 장례식장으로 향했다. 도착해서도 나는 무엇을 어떻게 할지 아무것도 몰랐다. 영정사진이 제자리를 잡을 때, 기다렸다는 듯이 흰 국화가 영정사진을 에워쌌다. 사무실에서 수의, 상복, 화장 장소와 시간, 식사 메뉴 등을 정해야 했다. 직원들이 핸드폰으로 장례 소식을 전하는 메시지 표본을 만들어 주었다.

병원 응급실에서 보호자인 나를 찾았다. 나는 둘째 매형과 동행했다. 사인, 즉 죽은 원인을 알아야 한다고 했다. 경찰서에 연락하고 부검까지 받을 수 있다고 했다.

'아니, 부검이라니! 지병을 앓다가 돌아가셨는데.'

내 머리가 텅 비어갔다. 너무 아파서 내 가슴을 후벼파고 있는데 부검이라는 말에 순간 울화가 치밀어 올랐다.

"자연사예요. 빨리 처리해 주세요!"

매형의 목소리가 얼마나 컸던지 응급실에 있던 사람들이 모두 우리를 쳐다보았다.

"그래도 정확한 것은 부검을 해야 알 수 있어요."

의사는 자기가 해야 할 책임을 잘 알고 있다는 투로 다시 한 번 강조했다.

"아니, 당신들 뭐하는 사람들이야? 지난 토요일 날 망자가 여기 왔던 기록이 있을 거야. 손 쓸 수 없으니까 대전 큰 병원에 가라고 했잖아. 그런 사람들이 부검이라고? 대전경찰서장으로 있는 친구에게 전화를 해야겠네. 그래 한 번 해보자는 거지!"

매형의 손가락은 계속 의사를 가리켰고 밖에서 듣고 병원 관계자가 들어올 정도로 목소리가 컸다. 의사가 의료기록지를 살펴보면서 휴대폰을 들고 있는 매형을 힐끗 쳐다보았다. 그렇게 잠시 머뭇거리다가 사망원인을 자연사로 서명한 증명서를 툭 건넸다.

　나는 조문객을 맞아야 했다. 코로나 때문에 통장으로 조의금을 전하는 경우도 많았지만 그래도 가까운 지인들은 장례식장을 찾았다. 막내 고모가 부산에서 올라왔다. 들어서자마자 영정을 붙잡고 진한 눈물을 흘리시고는 나를 안고서 한참이나 울었다.
　"큰오빠는 고모에게 아버지다. 할아버지는 3살, 할머니는 14살에 돌아가셔서 나를 키워 시집보낸 사람이 큰오빠다. 그래서 나는 지금까지 오빠를 아버지로 생각하며 살았다. 건강이 많이 안 좋다고 통화는 했는데… 코로나 때문에 쉽게 발걸음을 못 했다. 이렇게 떠나면 우리 오빠 불쌍해서 어쩌노."
　고모는 울면서 셋째 작은엄마의 손에 이끌려 테이블로 갔다.
　바로 군복을 입고 듬직이가 들어섰다. 이미 눈이 충혈되어 있었다. 나는 듬직이를 꼭 안았다. 듬직이는 할아버지 영정 앞에서 한참을 엎드려 있었다. 할아버지는 사진 속에만 있고 아버지와 아들은 그 사진을 보며 뚝뚝 눈물을 흘렸다. 아버지는 알고 있을까! 당신이 그렇게 보고 싶어 하던 손자의 마지막 통곡을.
　돌아가신 당일에는 주로 가까운 친척들이 왔다. 오후 2시가 조금 지나 대전의 막내 작은아버지가 왔다. 사촌 동생의 왼손을 잡고 오른손에는 지팡이를 든 채 어렵게 조문객실로 들어섰다. 막내 작은아버지는 1급 시각장애인이다. 내 유년 시절 기억 속 작은아버지는 '미친놈'이었다. 미친놈은 아버지가 작은아버지를 부를 때 흔히 쓰는 호칭이었다. 특히 술을 마시고 주정을 부릴 때마다 아버지는 열 번도 넘게 '미친놈'이라고 호통쳤다. 작은아버지는 결혼 전까지도 시골집에 같이 살았고, 결혼 후에도 몇 년 더부살이를 했다. 나는 지금까지 작은아버지를 삼촌으로 부른다. 삼촌은 사촌 동생의 손을 잡고 더듬더듬 영정을 향해 걸어갔다.
"형님, 잘못했어요. 제가 죽을죄를 지었는데… 할 말이 없어요. 어머니 그렇게 가고 주정뱅이었던 저는 늘 형에게 못된 짓만 골라 했지요. 제가 어떻게 용서를 받을 수 있겠어요!"
내가 '요양병원'을 계속 떠올리며 내 가슴을 후벼파고 아파했던 것처럼 망자를 향한 미안함과 죄송함으로 삼촌도 오열했을 것이다. 삼촌은 녹내장 때문에 후천적으로 시각장애인이 되었다.
다른 조문객들이 기다리고 있었다. 딸 미르는 조문객의 신발을 가지런히 정리하여 신발장에 넣고 있었다.
"삼촌, 그만 우세요. 아버지도 삼촌 마음 다 아실 거예요."
사촌 동생과 함께 억지로 몸을 일으켜 가까운 테이블로 안내했다.
"장조카! 소주 하지? 못난 삼촌이 형님 가시는 길에 소주 한 잔 따라주고 싶은데… 눈이 병신이라 그것도 못 하네."
사촌 동생이 대신 잔을 채웠다. 작은엄마는 코로나 격리 중이라 함께 하지 못했다고 전했다.
"아버지 장례식장 오는 내내 계속 우셨어요! 지금 선글라스를 끼고 있으니까 안 보이지만 눈이 퉁퉁 부었어요."
사촌 동생은 작은아버지에게 음료를 채운 컵을 손에 쥐어 주고 속삭이듯 말을 건넸다.
"조카가 주는 술을 마시고 싶어."
가까운 친척들이 올 때마다 울음소리가 아직 닿지 않은 장례식 구석구석을 파고들었다. 엄마는 외삼촌이 도착해서야 간신히 몸을 일으켜 마른 눈물을 상복 소매로 훔치며 바닥에 앉아 있었다. 우리 오 남매는 특별히 서로의 역할에 대해 정한 일은 없었지만, 조문객을 챙기고 부족한 음식을 주문하며 슬픔을 삭이고 있었다.

따라준 술을 삼촌은 단숨에 벌컥 삼켰다. 시력을 잃고 삼촌은 우리 집에 온 적이 거의 없었다. 벌초에도, 제사에도, 명절에도……. 사촌 동생을 통해 삼촌의 소식을 가끔 들었다. 아마 족히 이십 년은 되었으리라. 삼촌은 녹내장을 앓다가 시기를 놓쳐 시각장애인이 되었다.

"나는 죄인이야. 하느님이 있으면 나를 먼저 데려가야지, 왜 형님이!"

삼촌은 처음으로 선글라스를 벗었다. 고양이의 연회색 털 같은 눈동자는 초점 없이 퉁퉁 부어 있었고 눈물이 볼을 타고 내려 옷소매에 떨어졌다.

"오죽했으면 형님이 늘 '미친놈'이라는 말을 달고 살았을까? 내가 열일곱 살에 서울로 돈 벌러 갔지. 공장에서 일하는데 너무 힘든 거야. 손가락 잘리는 놈도 있었지만 다른 사람들은 잘 견디는데, 나는 공장 일이 힘들어 술로 버티려 했어. 망할 놈의 세상을 향해 소리쳤지. 너무 힘들다고. 결국 고향으로 다시 왔고 형님의 아픈 손가락이 되었어."

삼촌은 다시 술 한 잔을 원했고, 동생이 수육을 삼촌의 입에 넣었다.

"삼촌! 집에서도 이렇게 모든 수발을 들어야 해요? 그럼 가족 중 한 명이 항상 옆에 간병인처럼 있어야 하는데."

"형, 그렇지 않아. 어느 날 갑자기 시력을 잃은 것이 아니잖아. 그래도 처음에는 손길이 많이 필요했는데 지금은 아니야. 아버지가 냉장고에 있는 음식까지 다 찾아서 혼자 먹고 설거지까지 하는걸. 하지만 면봉 하나까지, 작은 것이라도 모든 물건이 제자리에 있어야 해. 익숙해진 거지. 심지어는 엄마가 일하는 노점상까지 매일 혼자 갔다오곤 해. 여긴 낯설어서 내가 챙기는 거야."

미르가 수육 한 접시와 소주 한 병을 테이블로 가져왔다.

"조카 얼굴은 어릴 때 보아서 잔상이 남아 있는데, 시력을 잃고 난 다음에 태어난 조카들은 얼굴을 몰라. 이것 또한 죗값이지. 조카! 할머니 얼굴 모르지?"

"제가 두 살 때 돌아가셨다고 들었어요. 얼굴 기억이 없어요. 남아 있는 사진이 한 장 있긴 한데, 흑백이기도 하고 너무 오랜 세월이 지나서……."

삼촌은 고개를 숙인 채 아무 말도 하지 않았다. 시간이 멈추었다. 외사촌 동생들이 조문하러 오는 걸 보았으나 나는 자리를 뜨지 않았다. 엄마와 큰누나가 외갓집 식구들을 안내하러 일어났다. 내가 빈 잔에 술을 따르는 소리를 듣고 나서야 삼촌은 고개를 들었다.

"조카는 모를 거야."

하지만 나는 삼촌이 어떤 이야기를 꺼낼지 짐작할 수 있었다. 다만 삼촌의 입에서 그 슬픈 속내를 확인하고 싶었다.

"할머니는 나 때문에 돌아가셨어. 아니 한 양반 더 있었지. 셋째 형! 우린 둘 다 술주정뱅이였어. 이틀에 한 번은 술을 마셨지. 그래, 거기까진 어쩜 용서될 수 있어. 하지만 둘 다 술을 처마시면 미친놈이 되었지. 그냥 정말 미친놈이야! 어머니는 전쟁 때 할아버지를 보내고 생계를 책임지려 간고등어를 광주리에 이고 동네마다 팔러 다녔지. 큰형, 그러니까 돌아가신 너의 아버지는 열다섯 살부터 이른 새벽에 똥지게를 지고 밭에 갔다 오곤 했어. 그때는 인분이 거름이었거든. 무엇보다 큰형이라 농사일에 앞장섰어. 그렇지 않고서는 식구들 입에 풀칠도 못했거든. 둘째 형도 정말 착했지. 큰형이나 어머니가 시키는 일을 다 했어. 큰형보다 더 부지런했어."

결과만 알고 있는 것과 과정을 듣는 것은 분명 달랐다. 또한 삼촌의 입에서 고백으로 흘러나오는 것은 어쩜 처음이자 마지막이 될지도 모른다. 나는 뒤를 돌아 아버지의 영정사진을 보았다. 지금 아버지는 삼촌의 고백을 듣고 있을까? 울컥 올라오는 눈물을 보이지 않으려 입술을 꼭 깨

물었다.

"술에 취하면 꼭 싸웠지. 고래고래 소리 지르고 욕하면서. 같이 술자리에 있던 사람들이 다 피하는 거야. 그럼 집에 와서 또 반복하고. 그렇게라도 끝났으면 다행인데, 누가 듣기 싫은 소리라도 하면 낫을 들거나 칼을 찾았지. 그리고 그릇을 던지고 거울을 깨고. 새벽이 되어서야 그 미친 짓이 끝났어. 셋째 형도 비슷했고. 애비 없는 자식이라 그렇다고 어머니가 동네 사람들에게 늘 무시를 당했어. 그런데 다음날이 되면 기억에 없는 거야. 어머니한테 빌고 큰형에게 빌었거든. 그리고 하루 이틀 지나면 또 그 짓거리를 하는 거야, 이 미친놈이."

"삼촌, 죄송하지만 저도 조금 기억이 나요. 삼촌 시력 잃기 전에 명절이나 제삿날에 삼촌들이 모이면 큰 고성이 오갔어요. 엄마가 말리다 결국 아버지가 마당에서 삼촌 머리채를 잡고 때렸잖아요!"

"너도 기억하는 게 있구나. 이 일을 어찌할까! 할머니의 죽음에 대해서는 알고 있니?"

"아니요. 아무도 말해주지 않으셨어요."

사실 할머니의 죽음에 대해 난 이미 알고 있었다. 어릴 때 다른 친구들이 할머니나 할아버지에게 받는 사랑이 늘 부러웠다. 쌈짓돈부터 사탕이나 곶감도 좋았지만 가장 부러웠던 것은 읍내에서 자취할 때 할머니가 있는 친구들이었다. 소박하지만 따뜻한 반찬과 밥이 언제나 준비되어 있었고, 빨래는 늘 가지런히 정리되어 있었다. 더구나 연탄불을 꺼트릴 일도 없었다. 그러나 나에겐 그런 할머니가 없었다.

"이월 그믐이었나, 어머니가 간고등어 요리를 해주는 거야. 어머니의 간고등어만큼은 아무도 건들지 못했어. 어린 내가 보기에도 고등어가 없으면 큰일 날 줄로 알고 있었거든. 고등어 맛을 본 것은 아마 처음이었을 거야. 얼마나 맛있게 먹었던지."

할머니가 고등어를 팔러 다니는 보따리 장사였다는 것은 처음 알았다. 테이블 위에 코다리찜이 놓여 있었다.

"여기 소주 몇 병 더 가져와라!"

언제나 쉰 목소리로 화난 듯 소리치는 셋째 작은아버지의 고함이 여러 테이블을 건너 탁하게 우리에게 넘어왔다. 시각장애로 인해 청각이 매우 예민한 삼촌이 셋째 작은아버지를 향해 시선을 돌렸지만, 거리만 가늠했을 뿐이었다.

"고등어를 먹은 다음 날 큰형수가 새벽에 요강을 비우러 변소에 가다 헛간에서 목을 맨 할머니를 발견했지. 일찍 남편 보내고 과부로 살며 멸시를 당하다 두 자식까지 미친 짓을 계속했으니 살고 싶지 않았을 거야. 내가 우리 육 남매를 고아로 만들었어. 그렇게 보내고도 정신을 못 차리고 한참이나 더 술꾼이 되었으니. 내가 먼저 죽어야 하는데 또 형님이 세상을 떠나다니."

이렇게 자세한 이야기는 처음이었다. 삼촌의 흐느낌은 더 깊어졌다. 왜 하필 이제 나에게 마음을 털어놓는 것일까? 돌아가신 아버지를 대신해 미처 구하지 못했던 용서를 형의 아들에게 받고 싶었을까? 순간 주먹으로 한 대 때리고 싶었지만 나는 그 행위가 의미 없음을 알고 있었다. 분노로 일그러진 나보다 삼촌의 세월 속에 눌러앉은 삶의 무게가 더 클 것이란 생각이 들었다.

잠시 침묵이 흘렀다. 자신의 잘못을 인정하고 사죄하는 사람에게는 그 사람의 장점을 넌지시 건네며 마음을 비스듬히 열면 조금의 위안이 될 수 있다는 생각이 들었다.

"삼촌! 다 지난 일입니다. 되돌릴 수도 없고, 정말 마음고생 많으셨겠어요. 아버지 좋은 곳으로 가셨어요. 참, 제가 초등학교 겨울마다 눈썰매랑 팽이 만들어 준 거 기억하세요? 친구들 것과는 비교할 수 없는 눈썰매! 경주라도 열리는 날이면 늘 일 등을 했거든요."

　그때의 눈썰매는 내게 얼마나 위로가 되었는지는 모른다. 나는 매몰차게 자리를 떴다.

　서울에서, 세종에서 인식와 건영이가 와 있었다. 대학교부터 지금까지 35년 넘게 따뜻한 우정을 이어 온 친구들이다. 친구들은 나를 꼭 안아 주었다. 인식이 아버지는 군대 제대 후 복학 3학년 때 위암 투병 끝에 돌아가셨고, 건영이 아버지는 몇 달 전에 당뇨합병증과 신장이 좋지 않아 텃밭에서 앉은 채로 숨을 거두셔서 내가 논산 장례식장에 갔었다. 인식이가 따로 봉투를 건네주었다. 태국에 사는 기태가 인식이를 통해 거액의 위로금을 보냈다고 했다. 조문이 끝나자 듬직이가 바로 친구들을 빈 테이블로 안내했다. 기태는 왜 이렇게 거금을 보냈을까? 너무 부담스러운 금액이었다.

　친구들 테이블로 가다가 막 빈소를 찾는 바름 선배를 만났다. 혼자 오는 길이라 내가 맞아야 했다. 작은 키, 검정 뿔테 안경에 구레나룻이 가득한 형을 알아보는 것은 어렵지 않았다. 바름이 형은 고등학교 2년 선배이다. 고등학교 때 우리는 모두 '청시'(땡감)라는 문학동아리 회원이었다. 당시 학교에서 유일하게 공식적으로 인정받았던 동아리로 학교의 예산을 지원 받아 1년에 한 번 문집을 발간했었다. 형과는 잊을 만하면 한 번씩 연락을 주고받았다. 대전의 한 오피스텔에서 조그만 출판업을 하면서 틈나는 대로 시를 창작하여 시집 두 권과 산문집 한 권을 발간했는데, 자족하며 욕심 없이 사는 형이 늘 부러웠다. 나는 그가 창작한 시를 하나 외우고 있었다.

늙으신 하느님 / 정바름

몇 푼 위로도 되지 못하는
만원짜리 몇 장 슬그머니
병든 어머니 손에 쥐어드린다

평생을 쏟아붓고도
가난한 자식 보기 안 됐는지
한사코 손을 내젓는 어머니

나는 이제 늙었으니
네 식구나 돌보거라

부끄런 손 접고
눈물 삼키며 돌아서는데
어머니 가슴에 설핏
하늘이 안겨져 있다

평생을 헤매도 찾지 못했던
하느님
거기 앉아 계셨다

   나는 종종 형을 만나면 휴식 같은 위로를 받았다. 교사로, 아빠로, 아들로, 남편으로 살면서 버거울 때, 특히 촘촘히 그물처럼 엮인 인간관계 속에서도 결국 고독하기 이를 데 없는 영혼의 허전함을 채워주는 선물을 주곤 했다.

다시 아버지 영정을 보았다. 많은 조문객이 왔다. 선생님들, 친구들, 여러 인연으로 가깝게 지냈던 지인들. 특히 마음이 통했던 몇몇 사람들에게는 '요양병원' 이야기를 꺼내 나의 불효를 끄집어내 내 가슴을 친 적도 여러 번 있었다.

11시가 넘자 조문객이 거의 다 떠나고 누나들과 엄마도 시골집으로 잠을 청하러 갔다. 아니 같이 있겠다는 말을 여러 번 했지만 듬직이와 함께라면 상주 휴게실에서 쉬거나 쪽잠을 자는 것으로 충분하였다. 돌아가신 아버지도 냉동실에 누워 있으니 어쩌면 아버지, 아들, 손자 세 명이서 보내는 유일한 밤일 것이라는 생각도 들었다. 6월 짧은 밤이라도 그렇게 세 명만 있고 싶었다. 아버지의 마지막 가는 길을 함께 하기 위해 멀리서 오신 친척분들을 위해 근처 모텔 방을 여러 개 예약해 놓으라고 미르에게 말했었다.

숙소로 간 줄 알았던 작은 아버지 세 명이 다시 들어온 것은 11시 30분이 훨씬 지나서였다. 이미 얼큰하게 취한 그들에게 주방 쪽에 남아 있던 소주와 땅콩과 오징어포, 김치 그리고 홍어 무침을 안주로 내주고 나는 휴게실로 돌아왔다. 숙소에서 쉬 잠이 오지 않아 술 한 잔 더하러 왔을 것이라 생각했다. 양치질만 하고 나는 듬직이와 바로 누웠다. 잠을 기대하진 않았지만 휴식이 필요했다.

"작은형! 형이 집안 다 말아먹은 거 알고 있지? 사람만 착했지, 돈을 제대로 벌었어야지. 첫 번째 형수 결혼한 지 일 년도 안 되어 폐병 걸려서 살릴려고 소 팔았지, 땅 팔았지. 그래도 결국 죽었어. 두 번째 그년이랑 이혼하고 조카들 넷을 큰형하고 나한테 맡겼잖아. 그리고 홀쩍 부산으로 떠나버리고. 겨우 땅 한 마지기 사면 형이 사고를 쳐. 그렇다고 집안 대소사를 한 번이라도 제대로 챙겼어? 큰형하고 나하고 둘이 했어."

영동 셋째 작은아버지였다. 엇비슷한 이야기를 들은 적이 있어 일어나지 않고 누워 있었다.

"그래, 내가 집안 말아먹은 귀신이다. 그러는 넌 어디 지은 죄가 없냐? 다들 알고 있어도 말을 안 해서 그렇지. 나쁜 놈 새끼!"

이번엔 둘째 부산 작은아버지가 오히려 고함을 지르며 상까지 두들겼다. 아버지의 영정 앞에서 저렇게 비속어를 쓰며 싸우고 있는 작은아버지들에게 목구멍까지 차오른 화를 뱉고 싶었지만 참았다. 그리고 어이없게도 궁금증이 모락모락 올라 나도 모르게 조용히 일어나 접객실로 향했다. 내가 곁에 앉았어도 작은아버지들은 나를 의식하지 않았다.

"뭐? 나쁜 새끼라고? 형이 우리 집안 다 말아먹은 거 생각하면 치가 떨려. 그리고 뭔 장가를 세 번이나 가! 형이 까놓은 자식이 도대체 몇 명이야? 사람이 책임감이 있어야지. 우리가 형 새끼들을 몇 년이나 챙긴 줄은 알고 있어? 그리고 벌초할 때, 제사 때도 거의 오지 않았잖아. 큰형 죽었다고 펑펑 한 번 울면 다 끝나는 줄 알아?"

영동 작은아버지는 평소 말투도 도전적이고 컸는데, 화가 났으니 주름 골골한 목에 핏대까지 올랐다. 소주를 맥주잔에 한 컵이나 마셨다.

"아이 형들, 그만 해요! 큰형 가시고 장조카가 여기서 지켜보는데 왜 또 싸움질이에요?"

넷째 대전 작은아버지가 끼어들어 싸움을 말렸다.

"야 이놈 셋째야. 너랑 막내 때문에 엄마가 죽은 것은 잘 알고 있지? 아버지 6.25 때 그렇게 가시고 너 때문에 우린 너무 일찍 고아가 되었어. 너 결국 천벌 받아서 오른쪽 손목 잘려서 병신 됐잖여!"

셋째 작은아버지는 오른쪽 손이 없었다. 내가 듣기로는 물고기를 한꺼번에 많이 잡으려고 강물에 화약을 던지려다 오발하여 손목이 잘려 나갔다고 했다. 그리고도 셋째 작은아버지는 초등학교 소사로 근무하며 꽤 많은 돈을 모았다. 한 손으로도 못 하는 일이 없었다. 틈틈이 농사도 많이 지어 고추며, 참깨며, 고구마를 장에 팔기까지 했다. 구두쇠도 그런 구두쇠가 없었다. 수중에 들어오는 월급은 거의 쓰지 않고 저금을 했다. 오죽했으면 남의 집 울타리까지 뽑아온다는 소문이 돌 정도였다.

"그래, 나 손 병신이다! 막내는 아무것도 볼 수 없는 눈 병신이고. 맞아, 천벌을 받았어. 하지만 형은 아들 노릇 한 게 뭐가 있어? 나랑 큰형이랑 산소에 상석 놓고 갓 비 세우고, 봄가을로 벌초하고, 제사 지내고. 형은 멀다는 이유로 제대로 한 번 오기나 했어? 큰형한테 가서 얼른 빌어. 마지막 기회니까!"

영동 작은아버지도 결코 물러서지 않았다. 오히려 손목까지 잘려나간 오른손을 휘휘 저으며 악을 쓰듯 말했다.

"이놈의 새끼가! 너 한 번 죽어 볼래? 형님 가는 길에 너도 같이 가고 싶지!"

부산 작은아버지가 일어나더니 순식간에 셋째 작은아버지 뺨을 때렸다. 나는 말리지 않았다. 사실 이런 일들은 명절 때나 제사 때 종종 있었다. 다만 아버지의 영정 앞에서 추한 꼴을 보이는 작은아버지들이 한심하다는 생각이 들었다. 나는 적당한 상황이 되면 싸움을 말려야겠다고 생각했다. 당신들의 민낯을 서로 들추어내면서 싸우는 작은아버지들의 삶도 녹록지 않았음을 알고 있었다. 그래서 아버지는 늘 동생들 걱정을 했다. 그 동생들에게 아버지는 형이 아니라 아버지 같은 존재였다.

다들 너무 팔자가 사나웠다. 특히 둘째 작은아버지는 참 서러운 인생을 살았다. 처음 결혼해서 사촌 형을 낳자마자 작은어머니가 폐병으로 투병하다가 재산만 다 날리고 죽었다. 그리고 1년쯤 지나 할머니의 성화로 바로 재혼을 해서 자식을 세 명 두었다. 여자의 씀씀이가 너무 헤프고 바람을 피운다는 것을 알게 된 작은아버지는 결국 이혼을 했다. 빚잔치를 끝내니 남은 재산이 하나도 없었다. 총 네 명의 자식들을 아버지와 영동 셋째 작은아버지에게 둘씩 맡기고 혼자 훌쩍 떠나 고모가 사는 부산집에 얹혀살며 막노동을 했다. 간신히 먹고살 만할 때 다시 여자를 만나 결혼을 했다. 그 여자가 작은아버지의 마지막 아내였다. 데리고 온 딸이 하나 있었고, 그 사이에서 아들 하나를 두었다. 아버지와 셋째 작은아버지는 조카들을 3년씩 키우다가 영식이 형만 남기고, 세 명의 조카를 고아원에 보냈다. 영식이 형만 부산으로 가서 새엄마와 함께 살았다. 둘째 작은아버지의 가족사에 대한 글을 쓴다면 삶의 질곡들이 구석구석 넘쳐나 장편소설로도 부족함이 없을 것이다.

어떻게 알았는지 대전 작은엄마가 접객실로 들어왔다.

"아이고 아주버님들, 또 이렇게 큰소리치네. 여기 왔을 때는 형님 돌아가셨다고 땅이 꺼지도록 서럽게 울더니만, 여기서 쌈박질하면 돌아가신 큰아주버님이 좋아라 하겠어요."

먼저 셋째 작은아버지를 일으켜 세웠다. 나도 거들었다. 잠시 휘청거리더니 작은아버지 세 명은 누가 먼저라 할 것 없이 아버지 영정 앞으로 기다시피 갔다. 그리곤 한참이나 울었다. 언제부터였는지 듬직이가 아버지 영정 앞에서 앉아 있었다. 왜일까? 사진으로만 보았던 할머니의 모습이 아버지의 사진과 겹쳐 보였다.

어떻게 삼 일이 지났는지 모른다. 아버지의 산소는 제법 높은 봉분으로 오래 전 순내미에 마련되어 있었다. 하지만 당신의 몸이 많이 편찮으신 이후에 화장을 원했다. 입관식을 지켜보는 시간, 시신을 화장터로 보내는 차 안, 먼지로 남는 과정을 지켜보는 화장터 유리 관객실에서 우리는 한 줌의 재로 이승을 마감하는 아버지를 지켜보며 모두 오열했다.

운구차가 고향 집 앞에 멈추었다. 아버지는 평생을 살아오신 이 집에서 잠시 떠났다가 다시 돌아오신 것이다. 혼백이 정말 있다면 아버지의 발걸음은 차마 떨어지지 않았을 것이다. 어쩌면 아버지는 이곳에 영영 머물러 계실 것이다. 그러나 우리는 이미 마련된 아버지의 유택을 향해 걸음을 옮겨야 했다. 내가 아버지의 유골함을 안았고, 듬직이는 영정사진을 들고 내 뒤를 따랐다.

칠월 초, 꽤나 무더운 날씨였지만 순내미 산소로 가는 길은 덥지도 않았고 길지도 않았다. 나는 따스한 유골함에서 아버지의 온도를 찾았다. 평생 느껴보지 못했던 아버지의 온기가 내 품으로 스르르 스며들고 있었다.

| 발문 |

눈물로 읽은 소설

정바름 _시인

　아무래도 먼저 양해를 구해야겠다. 이 글에서 나는 작가에 대한 호칭을 평소처럼 그냥 그의 이름으로 불러야겠다. 그래야 어색하지 않기 때문이다.

　어느 날 갑자기 철식이가 내게 원고를 보내왔다. 언제 썼는지 모르지만 200자 원고지 1100매에 달하는 장편소설을 느닷없이 던져준 것이었다. 정말이지 이건 깜짝 놀랄 만한 대사건이었다. 내 기억으로는 수십 년간 한 번도 문학작품을 습작한 적도 없었고, 더구나 초보 작가가 이렇게 방대한 분량의 원고를 집필했다니 누가 봐도 범상치 않은 일이었다. 아무리 달변인 사람도 그 말을 글로 옮겨 보라고 하면 쉽게 써내지 못한다. 막말로, 아무 말이나 씨부렁거린다고 해도 이렇게 긴 글을 써내는 일은 거의 불가능에 가깝기 때문이다. 그런데 이 엄청난 일을 마침내 그가 해냈다. 정말 자랑스럽고 대견한 일이다.

철식이와 나의 관계는 40여 년 전으로 거슬러 올라간다. 우리는 같은 고등학교 선후배 사이일 뿐 아니라, 특히 문학동아리인 '청시문학회'의 선후배 사이기도 하다. 1980년대 초, 고등학교에 이렇게 전문 문학단체가 있는 것도 흔치 않았지만, 더구나 해마다 문집을 발간하고 '문학의 밤' 행사를 이어가는 일은 더더욱 희귀한 일이었다. 이렇게 나는 청시문학회의 제1기로, 철식이는 제3기로 문학 활동을 통해 인연을 맺은 매우 각별한 사이였다.

청시문학회는 후에 시 전문 동아리로 자리매김했고 수십 년의 명맥을 이어왔다. 그런데 나이를 먹을수록 늘 아쉬운 점이 있었다. 어쩐 일인지 1기생인 나를 제외하고는 누구도 문학 활동을 이어가지 않았으며, 창작집을 냈다는 소식도 통 듣지 못했다. 적어도 각 기수별로 역량 있고 기대되던 후배들이 있었는데, 특히 2기의 옥현이와 3기의 철식이 그리고 5기의 준희가 대표적인 문학 유망주였다. 그러니 나로서는 그들에게 몹시 아쉽고 서운한 맘을 떨치지 못하고 있었다. 특히나 철식이는 대학 시절 때만 해도 시와 소설에 관심을 갖고 더러 습작한 일이 있었음을 알고 있었기에 더더욱 안타까운 마음이었다.

철식이가 부여에 국어교사로 부임한 이후 우리는 멀리 떨어져 있었지만, 가끔씩 만나기도 하고 연락을 주고받으며 돈독한 관계를 이어왔다. 그간에도 나는 철식에게 문학적 재능을 다시 살려 글을 써보라고 숱하게 권했으나 그때마다 묵묵부답이었다. 그래서 기대마저 포기하고 더이상 권하지 않은 지 이미 오래 되었던 터였다. 그러니 놀라움과 기쁨이 오죽하겠는가!

이 작품은 일종의 자전적 소설이다. 아버지의 투병 과정에서부터 사별에 이르기까지 겪은 자신의 행적과 심리를 매우 솔직 담백하게 기록했다. 그 과정 속에서 그의 어릴 적 추억이 소환되었고, 교사 생활을 통하여 겪었던 제자들과 그 아버지들의 이야기까지 작가의 삶을 대략이나마 통째로 들여다볼 수 있을 정도로 생생하게 묘사되었다. 또한 할아버지, 할머니를 비롯한 그의 가족사와 아픈 현대사의 질곡까지도 짚어낸 대서사이며, 그 아픔을 털어내려는 처절한 몸부림이기도 하다.

이 소설은 팩트(fact)와 픽션(fiction)이 절묘하게 결합되어 경계를 알 수 없지만, 분명한 것은 사실에 기반을 둔 작가의 진실이 오롯이 담겨 있다는 것이다. 단순히 사실만 기록되어 있다면 자서전이라 하겠지만, 사실을 효과적으로 뒷받침해 주는 픽션이야말로 소설로 분류해도 무방할 뿐 아니라, 그가 작가로서 충분한 역량을 발휘하고 있다는 증거이기도 하다.

이 글을 읽다가 나는 몇 번이고 중단해야 했다. 울컥하여 더 이상 읽을 수 없는 대목이 여러 번 등장했기 때문이다. 때로는 내 눈가에 눈물이 그렁그렁 맺히기까지 했다. 단순한 과거의 고백에 머물지 않고 이처럼 독자를 울릴 만한 작품으로 승화시킨 그의 작업은 참으로 숭고한 것이리라.

사실 그의 글을 읽는 내내 의아한 부분도 많았다. 우리가 기억하고 있는 철식이는 표정이 늘 해맑고 순하며, 고생이라고는 전혀 모르고 자란 귀공자처럼 곱상한 이미지였기 때문이다. 나는 그런 이미지가 아마도 4녀 1남의 외아들로, 부모님뿐 아니라 누나들의 지극한 사랑을 받아왔기 때문이라 짐작하고 있었다. 그래서 유복한 생활을 해왔으리라 막연히 생각해 왔는데, 순둥이 같은 그에게도 어릴 적부터 불타는 승부욕과 배짱도 있었으며, 더구나 수업시간에 책상을 뒤엎을 만한 깡다구도 있었다. 한편 그 시대에 누구나 겪었을 만한 가난과 결핍을 그 또한 충분히 겪어낸 것이다. 이처럼 그의 삶은 내가 알고 있던 것과는 전혀 다른 양상이었음을 그의 글을 통하여 뒤늦게 알게 되었다.

철식에게 구강리는 조상 대대로 이어온 삶의 터전이었으며, 어릴 적 놀이터이자 젖줄이었다. 강가에서 그는 다슬기와 물고기를 잡았고 친구들과 물놀이를 즐겼으며, 겨울이면 연을 날리고 썰매를 탔다. 또한 일찍 읍내로 나가 자취생활을 하던 갈래머리 누나들이 돌아오기를 기다리던 그리움의 공간이었다. 그러나 행복한 기억 너머 숨겨진 사연은 평생 잊을 수 없는 상처를 남기기도 했다. 물놀이를 하다가 나룻배 밑으로 쓸려 들어가 죽은 사촌동생도 있었고, 범람하는 강물을 건너다 물살에 휩쓸려 죽은 이웃집 아줌마도 있었다. 또한 강물과 사투를 벌이며 친구들과 구강을 건너던 절체절명의 순간도 있었다. 이런 현장을 직접 목격하고 몸소 겪으며 살아온 구강리는 마냥 행복한 곳만은 아니었다.

그는 중학생이 되어서야 비로소 구강리를 벗어나 읍내에서 자취생활을 시작하게 되었다. 그러나 더 큰 아픔과 설움은 여기서 본격적으로 시작되었다. 엄마와 떨어져 지낸 것만으로도 서러운 일일진대, 소풍날 김밥을 싸가지 못해 창피했던 일, 자취방에 홀로 남아 하루 종일 토하며 사경을 헤맸던 일, 같은 반 친구에게 괴롭힘을 당하다가 수업시간에 책상을 뒤엎으며 난리를 친 일 등은 마음결이 곱고 순둥이였던 그가 감당하기엔 너무나 버거운 것이었다.

성인이 되어서도 마찬가지였다. 참혹하고 끔찍했던 쫄병 시절의 군대 이야기 대목에서는 나도 분노가 확 치솟았다. 대체 인간이란 어떤 존재란 말인가, 나는 이렇게 근원적인 질문을 던지고 또 던지며 고민에 휩싸이기도 했다. 또한 처음 입사한 대기업에서 지방 국립대 출신이라는 이유로 눈치를 보며 주눅이 들어야 했던 일, 결국은 과감히 사표를 던지고 다시 고향으로 돌아오게 된 이야기는 그 시대의 단면을 적나라하게 보여주기도 한다.

이 모든 이야기는 결국 아버지에게 귀결된다. 아버지는 그에게 늘 권위적이고 무서운 존재였다. 그는 어릴 적부터 아버지를 대할 때마다 자신도 모르게 경직되었고, 아버지의 말씀은 거역할 수 없는 높은 산이었다. 성인이 되어서도 아버지는 여전히 철식의 가슴을 짓누르는 존재였다. 그러나 돌이켜보면 삶의 고비마다 아버지는 늘 그의 곁에 있었고, 흔들리는 그를 단단히 잡아 이 땅에 바로 세워준 큰 산이었다.

소설 속에는 기록되지 않았지만, 철식이는 한 번도 아버지를 '아빠'라 불러본 적이 없다고 했다. 아버지를 '아빠'라 부르는 친구들이 얼마나 부럽던지, 성인이 된 어느 날 이른 저녁 술을 핑계로 아버지에게 전화를 드려 안부를 물은 뒤 "아버지! 저도 한 번은 아빠라고 부르고 싶어요." 하고 말씀드렸다고 한다. 아무 말씀이 없으신 아버지께 "아빠! 사랑합니다!" 고백하고는 쑥스러워 얼른 전화를 끊은 뒤 한참 울었다는 이야기를 들었다. 살갑게 불러보고 싶었던 아버지, 그 아버지를 얼마나 마음 깊이 사랑했나 엿볼 수 있는 이야기였다.

얼마 전에 철식이와 나는 대천의 바닷가에서 소주 한잔 기울이며 하룻밤을 함께 보낸 적이 있었다. 그간 철식의 아버지 장례식장에서 한 번, 그 후 나의 어머니 장례식장에서 한 번 만난 뒤 처음이었다. 그러고 보니 우리는 최근 몇 년간 고작 부모님의 장례식장에서나 잠시 만난 것이 전부였다. 무언가 상실한 자들의 공감이었을까? 정말 오랜만에 만나 회포를 풀게 되었는데, 이날 나는 철식에게서 소설 속에서 마주하지 못했던 마음의 행간까지 읽게 되었다. 한 사람의 아들로서, 그리고 장손이자 외아들로서 감내해야 했던 그의 고충을 어떻게 다 헤아릴 수 있으랴. 그에겐 내게서는 볼 수 없는 듬직함이 있었고 강인한 정신이 있었다. 유약하고 떼를 많이 쓰며 자란 나는 철식의 이야기를 들을 때마다 매우 부끄러운 마음이 들었다. 마치 그에게 내가 무언가 크게 잘못한 것처럼 한없이 미안해지는 것이었다. 그날의 만남은 벌써 33년 전에 돌아가신 나의 아버지를 다시 떠올리게 했고, 나의 어린 시절과 가족사를 되돌아보는 계기가 되었다.

나는 그간 철식이의 원고를 여러 번 읽어 보았다. 처음 한두 번은 내용을 파악하기 위해서였고, 또 한두 번은 교정이나 봐줄 요량이었다. 처음엔 이야기 속의 이야기가 액자처럼 포개져 있어 흐름이 다소 혼란스런 부분도 있었고, 단숨에 써내려간 탓인지 적확(的確)하지 않은 표현도 더러 눈에 띄었다. 그래서 문맥을 조금씩 손봐준답시고 몇 번을 더 읽게 되었는데, 읽기를 거듭할수록 더 큰 감동에 이끌려 수없이 반복해서 읽게 되었다. 그뿐 아니라 소설 속에 등장하는 철식이의 족적을 좇아 그의 고향 마을과 우리의 모교 근처를 마치 성지순례하듯 돌아다니기도 했다. 굳게 닫힌 고향집 담장 넘어 그의 숨결을 느껴보기도 했고, 마을 앞 동산에 올라 사방을 둘러보며 그의 가족사를 떠올리기도 했다. 왠지 그래야 할 것 같았다.

그의 아버지는 이미 이 세상에 없지만, 그는 아버지와의 이별을 통해 드디어 아버지의 온도를 찾았다. 말없이 자전거 뒤에 스케이트를 묶고 한겨울 추위 속에 땀을 흘리며 페달을 밟고 오셨던 아버지, 아픈 아들을 등에 업고 대전의 병원까지 묵묵히 걸어가셨던 아버지, 목숨을 걸고서도 아들의 친구들을 위해 범람한 구강에 나룻배를 띄우셨던 아버지, 일찍 돌아가신 부모님을 대신해 많은 동생들을 키워내신 아버지…… 이는 곧 우리들의 아버지이자 우리가 본받아야 할 아버지의 표상이 아니던가.

철식이도 이젠 벌써 성인이 된 두 자녀의 아버지가 되었다. 그는 자신의 아버지와는 달리 자식들에게 한없이 다정하고 자애로운 아버지임을 나는 잘 알고 있다. 이토록 훌륭한 아버지로 자리매김한 철식의 삶이 가족과 더불어 더없이 행복하기를 기원한다. 그가 돌아가신 아버지의 온도를 찾은 것처럼, 그의 따스한 온기가 자식들뿐 아니라 주변 사람들에게 잘 전해지기를 소망한다.

비로소 나는 이 지면을 빌어 그를 작가라 불러 본다.
작가 배철식!

얼마나 고대했던 이름인가.

앞으로도 우리의 심금을 울려줄 주옥같은 글들을 기대하면서, 이 책의 표제어인 〈아버지가 울고 있었다〉 앞부분 일부를 인용하며 맺으려 한다.

안방은 불이 꺼지고 건넌방에 불이 켜져 있었다.
인기척을 내지 않기 위해 조심스럽게 마루에 올라섰다.
그때 작고 투박한 울음 소리가 들려왔다.
아버지가 울고 있었다.

아버지가 울고 있었다
2023년 4월 20일 초판 1쇄 발행

지은이 배철식
펴낸이 정환정

펴낸곳 도서출판 시시울
등 록 제364-1998-000008호
주 소 대전 동구 대전로 867번길 52
       한밭오피스텔 407호
평생전화 0505-333-7845
전   송 0505-815-7845
전자우편 sisiwool@naver.com

ISBN 979-11-89732-54-7 03810

값 15,000원

ⓒ배철식, 2023

*이 책 내용의 전부 또는 일부를 재사용하려면 반드시
 지은이와 시시울 양측의 동의를 받아야 합니다.